suhrkamp taschenbuch 1851

Bernard Shaw, geboren am 26. Juli 1856 in Dublin, ist am 2. November 1950 in Ayot St. Lawrence/Hertfordshire gestorben. Er gilt als meistgespielter Dramatiker unseres Jahrhunderts, seine Stücke zählen zu den weltweit erfolgreichsten aller Zeiten. 1925 wurde Shaw der Nobelpreis verliehen.
Zu seinen populärsten Stücken gehören die Komödie *Helden*, deren englischer Originaltitel *Arms and the Man* auf den Konflikt verweist, in den ein einzelner geraten kann, wenn Waffen und Krieg auf der Tagesordnung stehen, und das »Mysterium« *Candida*, unmittelbar nach *Helden* entstanden, ein romantisches und eher untypisches Stück für Shaw, weniger zum Lachen als zum Nachdenken, das heute vom Theater wiederentdeckt wird und große Erfolge feiert. Die Titelheldin, verheiratet mit einem Pastor und umschwärmt von einem jungen Dichter, muß sich zwischen den beiden Männern entscheiden.
Beide Stücke erlebten in Berlin in den Jahren 1903 bzw. 1904 ihre deutsche Uraufführung und begründeten Shaws Ruhm auf dem europäischen Kontinent. In beiden Stücken ergreift der Autor Partei für den Schwächeren, überraschend nur ist, was er als Schwäche erklärt. *Helden* zeigt eigentlich Anti-Helden, im guten wie im lächerlichen Sinn; *Candida*, eine Reaktion auf Ibsens *Nora*, zeigt die emanzipierte Frau, aber nicht im Aufbruch und Abbruch der häuslichen Begrenzung, sondern in deren Belebung durch die Frau selbst und ihre Stärke.
Auf Wahrheit und Wirklichkeit kommt es Shaw in den beiden so ungleichen Werken gleichermaßen an, und für beide trifft die ernsthafte Frage des Dichters aus *Candida* zu: »Glauben Sie, daß die Dinge, deretwegen die Menschen sich lächerlich machen, weniger wahr und wirklich sind als die Dinge, deretwegen sie sich vernünftig benehmen?«

Bernard Shaw
Gesammelte Stücke in
Einzelausgaben

Herausgegeben von
Ursula Michels-Wenz

Band 2

Bernard Shaw
Helden

Deutsch von
Wolfgang Hildesheimer

Candida

Deutsch von
Annemarie und Heinrich Böll

Begleittexte deutsch von
Ursula Michels-Wenz

Suhrkamp

Titel der Originalausgaben:
Arms and the Man (*Helden*), *Candida* (*Candida*).
Beide Stücke erschienen erstmals in:
Plays Pleasant, London 1898.
Umschlagfoto: Ullstein

suhrkamp taschenbuch 1851
Erste Auflage 1990

Satz: Uhl + Massopust, Aalen
Druck: Nomos Verlagsgesellschaft, Baden-Baden
Printed in Germany
Umschlag nach Entwürfen von
Willy Fleckhaus und Rolf Staudt

1 2 3 4 5 6 – 95 94 93 92 91 90

Inhalt

Helden 9
Zehn Minuten mit Mister Bernard Shaw
· Ein Interview · 94
Entgegnung Shaws an seine Kritiker 99

Candida 107
Ein außergewöhnlich gewöhnliches Stück
· Interview · 191
Anmerkung des Verfassers 196

Editorische Notiz 201
Zeittafel 207

Helden

Komödie in drei Akten

Personen:

PAWEL PETKOFF, ein bulgarischer Major
KATHARINA, seine Frau
RAINA (sprich Ra-ìna), ihre Tochter
SERGIUS SARANOFF (sprich Sarànoff), ein bulgarischer Major
BLUNTSCHLI, ein Hauptmann der serbischen Armee
LUKA, ein Zimmermädchen
NIKOLA, ein Diener
EIN RUSSISCHER OFFIZIER
EIN BULGARISCHER OFFIZIER

Erster Akt

Nacht. Das Schlafzimmer einer bulgarischen Dame in einer Kleinstadt nahe dem Dragonmanpaß, im später November 1885. Durch die Balkontür schimmern, weiß und wunderbar im Sternenlicht, die schneebedeckten Gipfel des Balkangebirges, scheinbar nah, in Wirklichkeit kilometerweit entfernt. Die Einrichtung des Zimmers hat keinerlei Ähnlichkeit mit der eines westeuropäischen Zimmers. Zur Hälfte ist sie bulgarisch-üppig, zur anderen Hälfte wienerisch-preiswert. Eine kurze Diagonalwand schneidet die linke Ecke des Zimmers ab. An ihr das Kopfende eines Bettes. Darüber ein hölzerner Schrein, blau und gold bemalt, mit einem elfenbeinernen Christusbild. Über ihm hängt an drei Kettchen in einer ausgestanzten Metallkugel ein Licht. An der anderen Seite des Zimmers, der Balkontür gegenüber, steht die Hauptsitzgelegenheit: eine türkische Ottomane. Bettdecke, Bettbehänge, Bettvorleger, Gardinen sowie alle anderen Textilien im Raum sind von morgenländischer Pracht, die Tapeten dagegen sind dürftiges Abendland. An der Wand zwischen Balkontür und Ottomane steht ein Waschtisch: ein lackierter Eisenständer, darauf ein emailliertes Eisenbecken, darunter ein Eimer, daneben ein einziges Handtuch am Halter. Der Toilettentisch zwischen Bett und Fenster ist aus gewöhnlichem Tannenholz. Auf ihm liegt eine buntgemusterte Decke, darauf ein kostbarer Toilettenspiegel. Die Tür ist nahe dem Bett, aber dazwischen zwängt sich eine Kommode, auch sie mit einem Tuch von balkanischer Farbigkeit bedeckt. Darüber verteilt sieht man einen Stoß papiergebundener Romane, eine Schachtel Pralinen und eine Miniaturstaffelei mit der großen Fotografie eines extrem gutaussehenden Offiziers, dessen erhabene Pose und magnetischer Blick sich dem Betrachter selbst aus einem unvollkommenen Abbild mitteilen. Das Zimmer wird von zwei Kerzen erhellt, die eine steht auf der Kommode, die andere auf dem Toilettentisch. Neben dieser liegt eine Schachtel Zündhölzer.

Die beiden Flügel der Balkontür sind weit geöffnet, ebenso die beiden hölzernen Türläden draußen. Auf dem Balkon steht eine junge Dame, in den Anblick der Schneeberge versunken, im tiefen Genuß nächtlich-romantischen Zaubers befangen, sowie der Tatsache, daß sie selbst, jugendlich und schön, einen Teil dieses Zaubers darstellt. Zwar ist sie im Nachthemd, aber darüber trägt sie einen langen Pelzmantel, der, gering geschätzt, dreimal soviel wert ist wie die gesamte Zimmereinrichtung. Ihre Träumerei wird vom Eintritt ihrer Mutter unterbrochen: Katharina Petkoff ist eine Dame in den frühen Vierzigern, majestätisch-resolut, Augen und Haar sind von wunderbarem Schwarz. Sie wäre das Musterexemplar einer prachtvollen Bergbauersfrau, aber ihr Ehrgeiz geht auf Wiener Dame. Daher trägt sie zu jeder Gelegenheit, auch jetzt, ein modisches Cocktailkleid.

KATHARINA *betritt das Zimmer voller Eile und guter Nachricht:* Raina! Raina! *Sie geht zum Bett, in Erwartung, Raina dort zu finden.* Um Gottes willen – wo –?
Raina sieht ins Zimmer.
Da bist du ja, Kind! In der Nachtluft, anstatt im Bett! Du wirst dir den Tod holen! Luka hat gesagt, du schläfst!

RAINA *träumerisch:* Ich habe sie fortgeschickt. Ich wollte allein sein. Die Sterne sind so herrlich. Was ist denn los?

KATHARINA Gute Nachricht! Eine Schlacht!

RAINA *mit weiten Augen:* Ah! *Sie geht gierig auf Katharina zu.*

KATHARINA Ein große Schlacht! Bei Livnitza. Ein Sieg. Und Sergius hat ihn erfochten!

RAINA *mit einem Freudenschrei:* Ah! *Sie umarmt ihre Mutter ekstatisch.* O Mami! *Dann plötzlich ängstlich.* Ist Papi in Sicherheit?

KATHARINA Natürlich. Von ihm habe ich ja die Nachricht. Sergius ist der Held des Tages, der Abgott des Regiments.

RAINA Erzähl! Erzähl! *In Ekstase.* O Mami, Mami, Mami!

Sie zieht ihre Mutter auf die Ottomane herab, sie küssen einander ekstatisch.

KATHARINA *mitgerissen von ihrem Enthusiasmus:* Es muß großartig gewesen sein. Eine Kavallerie-Attacke! Stell dir das vor! Er ist unseren russischen Generälen zuvorgekommen, hat einfach, ohne Befehl, auf eigene Faust angegriffen, er selbst an der Spitze. Er war der erste Mann, der die feindliche Artillerie durchbrach. Stell dir vor, Raina, unsere tapferen wunderbaren Bulgaren, wie sie mit gezogenen Schwertern und blitzenden Augen auf diese elenden Serben herabstürmen und sie mitsamt ihren österreichischen Salon-Offizieren einfach wegfegen wie Späne. Und du – du konntest dich zur Verlobung nicht entschließen – du hast Sergius ein Jahr lang warten lassen! Wenn du auch nur einen Tropfen bulgarisches Blut in deinen Adern hast, wirst du ihn jetzt anbeten, wenn er zurückkommt.

RAINA Was wird ihm daran liegen, von mir armseligem Geschöpf angebetet zu werden? Jetzt hat ihm ja eine ganze Armee von Helden zugejubelt. Aber das ist auch nicht so wichtig. Ich bin so glücklich – und so stolz. *Sie steht auf und geht in Erregung auf und ab.* Jedenfalls beweist es, daß alle unsere Vorstellungen eben doch Wirklichkeit sind.

KATHARINA *indigniert:* Unsere Vorstellungen Wirklichkeit? Was meinst du damit?

RAINA Unsere Vorstellungen, was Sergius alles tun würde! Unser Patriotismus. Unsere Ideale. Ich habe nämlich manchmal gezweifelt, ob das nicht alles nur Träume sind. Mädchen sind eben doch nur zaghafte dumme Puppen. Als ich Sergius den Säbel angeschnallt habe, da sah er so herrlich aus. Es war Verrat von mir, zu denken, daß es vielleicht Enttäuschungen geben könnte oder daß überhaupt alles scheitern würde. Und doch – *Sie setzt sich plötzlich wieder hin.* Versprich mir, daß du ihm nichts erzählst!

KATHARINA Ich kann nichts versprechen, bevor ich nicht weiß, was ich verspreche.

RAINA Gerade als er mich in den Armen hielt und mir in die

Augen sah, da fiel mir ein, daß wir unsere Vorstellungen von Heldentum nur daher haben, daß wir so gern Byron und Puschkin lesen und daß wir von der Bukarester Opernsaison so begeistert waren. Das wirkliche Leben ist eigentlich ganz anders. Zumindest, soweit ich es bisher kannte. *Mit Reue.* Denk dir, Mami, ich habe an ihm gezweifelt. Ich habe mich gefragt, ob es nicht mit seinem Heldentum und seiner Kriegsbegeisterung vorbei wäre, sobald es zu einer richtigen Schlacht käme. Ich hatte sogar Angst, daß er eine etwas klägliche Figur abgäbe unter all diesen gescheiten Offizieren vom Zarenhof.

KATHARINA Eine klägliche Figur! Schäm dich! Die Serben haben österreichische Offiziere, die sind genauso gescheit wie die Russen. Und trotzdem haben wir sie noch in jeder Schlacht geschlagen.

RAINA *lacht und schmiegt sich an ihre Mutter:* Ja, ich war eben nur ein prosaischer kleiner Feigling. Wenn ich jetzt denke, daß alles wahr gewesen ist! *Mit Pathos.* Daß Sergius wirklich so mutig und wunderbar ist, wie er aussieht! Daß die Welt eben ein herrlicher Platz ist für Frauen, die ihre Herrlichkeit sehen, und für Männer, die ihre großen Gefühle in die Tat umsetzen. Ein wunderbarer Gedanke! Eine unaussprechliche Erfüllung.

Sie werden durch den Eintritt Lukas unterbrochen. Sie ist ein schönes, stolzes Mädchen in kleidsamer bulgarischer Bauerntracht mit Schürze. Ihr Benehmen ist voller Trotz, so daß ihre unterwürfige Haltung Raina gegenüber beinah unverschämt erscheint. Vor Katharina hat sie Angst, aber auch bei ihr geht sie so weit wie nur möglich.

LUKA Entschuldigen Sie, gnädige Frau, man soll alle Fenster schließen und die Läden verriegeln. Man sagt, daß vielleicht in den Straßen geschossen wird.

Raina und Katharina stehen erschrocken auf.

Die Serben werden über den Paß zurückgejagt, und man meint, daß sie sich vielleicht in die Stadt flüchten könnten. Unsere Kavallerie setzt ihnen nach. Jetzt, wo sie wegrennen, wird man sie jedenfalls hier so empfangen, wie sie es verdienen. *Sie geht auf den Balkon, schließt die äußeren Läden und tritt zurück ins Zimmer.*

KATHARINA *sachlich, häuslich pflichtbewußt:* Ich muß sehen, daß unten alles verschlossen ist.

RAINA Ich wollte, unsere Leute wären nicht so grausam. Es gehört doch kein Mut dazu, fliehende Soldaten zu töten.

KATHARINA Grausam? Meinst du, die würden davor zurückschrecken, dich zu töten – oder sogar Schlimmeres mit dir zu tun?

RAINA *zu Luka:* Laß die Läden so, daß ich sie selbst schließen kann, wenn ich draußen irgend etwas höre.

KATHARINA *streng:* Nein, mein Kind. Die Läden müssen verriegelt sein. Du könntest einschlafen und sie offen lassen. Mach sie zu, Luka!

LUKA Ja, gnädige Frau. *Sie verriegelt die Läden.*

RAINA Du brauchst keine Angst zu haben. Sobald ich einen Schuß höre, mache ich das Licht aus, wickle mich in die Decken und verstopf mir die Ohren.

KATHARINA Das Klügste, was du tun kannst, mein Kind. Gute Nacht.

RAINA Gute Nacht. *Noch einmal kurz von ihren Gefühlen überwältigt:* Wünsch mir Glück, Mami!

Sie küssen einander.

Das ist die herrlichste Nacht meines Lebens. – Wenn nur diese armen Flüchtlinge nicht wären!

KATHARINA Geh zu Bett, mein Kind, und denk nicht daran. *Ab.*

LUKA *komplizenhaft zu Raina:* Wenn Sie die Läden offen haben möchten, drücken Sie nur leicht hier – so. *Sie stößt, die Läden öffnen sich, Luka schließt sie wieder.* Den einen sollte man unten verriegeln, aber der Riegel ist abgebrochen.

RAINA *von oben herab, mißbilligend:* Danke, Luka. Aber wir müssen tun, was uns befohlen wird. *Luka schneidet ein Gesicht.* Gute Nacht.

LUKA *obenhin:* Gute Nacht.

RAINA *allein, wirft ihren Pelzmantel ab und ist im Nachthemd. Sie geht zur Kommode und versinkt in Anbetung vor dem Porträt. Aber sie küßt es nicht etwa, drückt es auch nicht an den Busen, noch demonstriert sie irgendeinen Ausdruck körperlicher Liebe. Vielmehr nimmt sie es in ihre Hände und hält es hoch, wie eine Priesterin. Dann betrachtet sie es eingehend:* Niemals wieder werde ich mich deiner unwürdig zeigen, Held meiner Seele – niemals – niemals – niemals. *Sie stellt es zurück wie eine Reliquie. Dann wählt sie einen Roman aus dem Bücherstoß. Verträumt blättert sie darin, findet ihre Seite, biegt das Buch zurecht. Seufzend vor Glück geht sie zu Bett, um sich in den Schlaf zu lesen. Aber bevor sie sich den Fiktionen überläßt, hebt sie nochmals ihre Augen, denkt an die gesegnete Wirklichkeit und murmelt.* Mein Held, mein Held!

Ein ferner Schuß bricht durch die nächtliche Stille. Raina schreckt auf. Zwei Schüsse folgen, schon näher. Erschrokken klettert sie aus dem Bett und bläst die Kerze auf der Kommode aus. Die Finger in den Ohren, läuft sie zum Toilettentisch, bläst dort die Kerze aus, läuft im Dunkeln zurück zum Bett, nur noch beleuchtet vom Licht in der Kugel vor dem Christusbild und dem Licht der Sterne, das durch die Spalten der Fensterläden dringt. Wieder fallen Schüsse, diesmal eine Salve, sehr nah. Noch bevor sie verklungen sind, öffnen sich die Fensterläden nach außen. Und im Sternenlicht erscheint der schwarze Umriß eines Mannes. Er zieht sofort die Fensterläden von innen wieder zu. Die Stille wird von seinem schweren Atem belebt. Ein Streichholz leuchtet auf, in der Mitte des Zimmers.

RAINA *kauert auf dem Bett:* Wer ist da?

Sofort erlischt das Streichholz.

Wer ist da? Wer sind Sie?

STIMME EINES MANNES *im Dunkel, gedämpft, aber drohend:* Pssst! Nicht rufen! Ich schieße! Ruhig bleiben! Dann geschieht Ihnen nichts.

Man hört, wie sie ihr Bett verläßt und sich zur Tür hintastet.

Weg da! Sie kommen hier nicht raus.

RAINA Aber wer – –?

DIE STIMME *warnend:* Wenn Sie schreien, geht mein Revolver los, merken Sie sich das! *Befehl.* Machen Sie Licht! Ich will Sie sehen! Verstanden?

Ein Moment Stille und Dunkelheit, während dessen sie zur Kommode geht. Sie zündet ein Licht an, und das Rätsel ist gelöst: ein Mann, etwa 35, in erbarmenswertem Zustand, bespritzt mit Dreck, Blut und Schnee. Gürtel und Revolverriemen halten die zerfetzten Reste des blauen Waffenrockes eines serbischen Artillerie-Offiziers zusammen, verwahrlost, schmutzig, ungekämmt. Das Kerzenlicht beleuchtet den Mann von mittelgroßer Statur und recht alltäglichem Aussehen: Nacken und Schultern kräftig, Kopf rund und eigenwillig, kurzes braunes, gelocktes Haar, klare, bewegliche Augen, Stirn und Mund gut. Die Nase geradezu hoffnungslos prosaisch wie die eines gut entwikkelten Babys. Seine Haltung ist aufrecht, militärisch, seine Art resolut. Trotz seiner verzweifelten Lage disponiert er intelligent, er ist sogar fähig, sie mit Humor zu sehen, ist allerdings immer darauf bedacht, sein Leben nicht achtlos zu verspielen. Er überlegt, was er von Raina zu halten hat: Alter, soziale Stellung, Charakter, Grad ihrer Furcht. Dann spricht er weiter, höflich, aber äußerst entschlossen.

Entschuldigen Sie die Störung. Gewiß erkennen Sie die Uniform. Serbisch. Wenn die mich kriegen, bin ich erledigt. *Drohend.* Verstehen Sie?

RAINA Ja.

DER MANN Gut. Nun möchte ich aber nach Möglichkeit gern am Leben bleiben. *Noch drohender.* Verstehen Sie das auch? *Er verschließt die Tür schnell und leise.*

RAINA *mit Verachtung:* In Ihrem Fall ja. *Sie richtet sich auf, sieht ihm ins Auge und sagt überheblich, mit schneidender Betonung.* Es soll ja tatsächlich Soldaten geben, die Angst vor dem Tod haben.

DER MANN *mit grimmigem Humor:* Alle, verehrtes Fräulein, alle, glauben Sie mir. Es ist unsere Pflicht, so lange zu leben, wie wir können. Wenn Sie also rufen – –

RAINA Dann schießen Sie mich tot. Woher wissen Sie, daß ich Angst vor dem Tod habe?

DER MANN *schlau:* Und wenn ich Sie nicht erschieße, was dann? Ein paar Kerle Ihrer Kavallerie werden in dieses hübsche Kämmerlein stürzen und mich abschlachten wie ein Schwein. Ich würde natürlich kämpfen wie der Teufel. Mich werden die nicht auf die Straße bekommen, um sich da mit mir zu amüsieren. Ich kenne diese Burschen. Sind Sie bereit, die Herren zu empfangen, leicht bekleidet, wie Sie sind?

Raina wird sich plötzlich ihres Nachthemds bewußt, erschrickt und zieht es sich enger um den Hals. Er sieht ihr zu und sagt erbarmungslos:

Kaum der rechte Aufzug, wie?

Sie wendet sich zur Ottomane. Er hebt sofort den Revolver.

Halt!

Sie bleibt stehen.

Wo wollen Sie hin?

RAINA *geduldig würdevoll:* Meinen Mantel holen.

DER MANN *springt zur Ottomane, nimmt den Mantel:* Gute Idee. Ich behalte den Mantel, und Sie passen auf, daß niemand kommt und Sie ohne Mantel sieht. Die Waffe ist besser als ein Revolver, was? *Er wirft die Pistole auf die Ottomane.*

RAINA *angewidert:* Das ist nicht die Waffe eines Gentleman!

DER MANN Immerhin gut genug für einen Mann, den nur eine Dame wie Sie vom Tod trennt.

Sie sehen einander einen Moment lang an, Raina kann kaum glauben, daß ein Offizier, selbst ein Serbe, so zynisch, so egoistisch und unritterlich sein kann. Draußen auf der Straße ertönt eine scharfe Gewehrsalve. Der

Schauer unmittelbarer Todesgefahr macht seine Stimme heiser.
Hören Sie das? Wenn Sie dieses Gesindel hier auf mich loslassen möchten, dann treten Sie ihnen gefälligst so entgegen, wie Sie sind!
Tumult, Aufruhr. Die Verfolger draußen schlagen gegen die Haustür, sie rufen: Tür auf! – Öffnen! – Aufmachen! – *Die Stimme eines Dieners antwortet wütend:* Dieses Haus gehört Major Petkoff. Sie können hier nicht herein! *Aber der Aufruhr verstärkt sich, erneute Schläge gegen die Tür bewirken, daß eine Kette zurückgezogen wird. Man dringt brüllend in das Haus ein. Die Stimme Katharinas, sie wendet sich an einen Offizier:* Was soll das heißen! Wissen Sie überhaupt, wo Sie sind!! *Der Lärm hört auf.*

LUKA *draußen, klopft an die Schlafzimmertür:* Fräulein, Fräulein! Stehen Sie auf, öffnen Sie die Tür, schnell! Sonst bricht man sie auf!

DER MANN *deutet mit einer Geste an, daß alles verloren ist und steckt seine Einschüchterungstaktik auf. Resigniert und gutmütig sagt er:* Alles umsonst, mein Kind! Ich bin erledigt. *Er wirft ihr den Mantel hin.* Schnell. Ziehen Sie ihn an. Sie kommen.

RAINA Oh – vielen Dank! *Erlöst zieht sie den Mantel an.*

DER MANN *grimmig:* Oh –, bitte. Gern geschehen.

RAINA *ängstlich:* Und was wollen Sie tun?

DER MANN *entschlossen:* Der erste, der hereinkommt, wird es erfahren. Gehen Sie aus dem Weg. Und schauen Sie nicht hin. Es dauert zwar nicht lange, ist aber nicht hübsch. *Er zieht seinen Säbel und stellt sich in Erwartung vor die Tür.*

RAINA *impulsiv:* Ich helfe Ihnen. Ich rette Sie!

DER MANN Das können Sie nicht.

RAINA Doch. Ich verstecke Sie! *Sie zieht ihn zum Fenster.* Hier! Hinter dem Vorhang!

DER MANN *läßt sich ziehen:* Gut. Den Bruchteil einer Chance hätte ich. Wenn Sie den Kopf nicht verlieren.

RAINA *zieht den Vorhang vor ihm zu:* Pssst! *Sie geht zur*

Ottomane.

DER MANN *steckt seinen Kopf heraus:* Denken Sie daran –!

RAINA *läuft zu ihm:* Ja?

DER MANN – von zehn Soldaten sind neun schwachsinnig.

RAINA *ärgerlich:* Ach – *Zieht den Vorhang vor ihm zu.*

DER MANN *steckt seinen Kopf an der anderen Seite heraus:* Wenn sie mich finden, versprechen ich Ihnen eine Schlacht. Ein Glanzstück von einer Schlacht.

Raina jagt ihn zurück, er verschwindet. Sie legt den Mantel ab, wirft ihn auf das Fußende des Bettes, dann stellt sie sich schläfrig verstört und öffnet die Tür.

LUKA *tritt ein, erregt:* Einer dieser serbischen Viecher ist an der Dachrinne entlang auf Ihren Balkon geklettert, man hat ihn gesehen. Unsere Leute wollen ihn suchen. Sie sind ganz außer sich vor Wut. Und betrunken sind sie auch. *Sie geht zum anderen Ende des Zimmers, um so weit wie möglich von der Tür entfernt zu sein.* Die gnädige Frau sagt, Sie sollen sich sofort anziehen und – *Plötzlich sieht sie den Revolver auf der Ottomane liegen und unterbricht sich, entsetzt.*

RAINA *scheinbar ärgerlich über die Störung:* Hier werden sie nicht suchen. Warum hat man sie überhaupt hereingelassen?

KATHARINA *stürzt ins Zimmer:* Kind, ist dir auch nichts passiert? Hast du jemanden gesehen oder etwas gehört?

RAINA Ich habe die Schießerei gehört. Aber die Leute werden doch nicht etwa wagen, hier hereinzukommen!

KATHARINA Ein russischer Offizier ist dabei, Gott sei Dank. Er kennt Sergius. *Spricht durch die Tür zu jemandem draußen.* Bitte kommen Sie herein, Herr Leutnant. Meine Tochter ist bereit.

Ein junger russischer Offizier in bulgarischer Uniform tritt ein, den Säbel in der Hand.

OFFIZIER *höflich, sanft und geschmeidig, aber in steifer militärischer Haltung.* Guten Abend, mein gnädiges Fräulein. Ich bedauere die Störung zutiefst, aber ein Serbe versteckt sich auf Ihrem Balkon. Darf ich Sie und Ihre Frau Mutter bitten, das Zimmer zu verlassen, während wir hier suchen?

RAINA *gereizt:* Unsinn. Sie können doch sehen, daß niemand auf dem Balkon ist. *Sie drückt die Holzläden auf, bleibt mit dem Rücken zum Vorhang stehen, hinter dem der Mann versteckt ist, und deutet auf den mondbeschienenen Balkon. Direkt darunter werden ein paar Schüsse abgegeben. Eine Kugel dringt in das Glas Raina gegenüber. Erschrokken schließt sie einen Augenblick die Augen und hält den Atem an, aber sie weicht nicht von der Stelle. Katharina schreit auf.*

OFFIZIER *ruft:* Vorsicht! *Er läuft auf den Balkon hinaus und brüllt hinunter auf die Straße:* Hört auf zu schießen, ihr Schweinehunde – verstanden?! Aufhören! *Er starrt einen Augenblick lang hinunter auf die Straße, dann wendet er sich wieder höflich an Raina.* Könnte irgend jemand hier heraufgeklettert sein, ohne daß Sie es gemerkt hätten? Haben Sie geschlafen?

RAINA Ich war ja noch gar nicht im Bett.

OFFIZIER *ungehalten, tritt zurück ins Zimmer:* Ihre Nachbarn haben den Kopf voll mit davongelaufenen Serben. Sie sehen Gespenster. *Höflich.* Gnädiges Fräulein, ich bitte vielmals um Entschuldigung. Gute Nacht.

Militärische Verbeugung, Raina grüßt kühl zurück. Dann verbeugt er sich vor Katharina, die ihm folgt, beide ab. Raina schließt die Läden. Sie wendet sich um und blickt auf Luka, die alles mit Neugier mit angesehen hat.

RAINA Luka, lassen Sie meine Mutter nicht allein, bis diese Soldaten fort sind.

Luka sieht auf Raina, dann auf die Ottomane, dann auf den Vorhang. Sie grinst und geht. Raina, von dieser Demonstration höchst irritiert, folgt ihr zur Tür, schlägt sie hinter Luka zu und verschließt sie wütend. Sofort kommt der Mann hinter dem Vorhang hervor und steckt den Säbel in die Scheide. Der unmittelbaren Gefahr entledigt, kehrt er zur Tagesordnung zurück.

DER MANN Na, da bin ich noch mal davongekommen. Verehrtes Fräulein: bis zu meinem Tod werde ich Ihnen dankbar sein. Ihretwegen wünschte ich, ich wäre der bulgarischen Armee beigetreten, anstatt der serbischen. Ich bin nämlich gar kein Serbe.

RAINA *hochmütig:* Nein, Sie sind einer von diesen Österreichern. Sie haben die Serben angestachelt, uns unserer nationalen Freiheit zu berauben und beaufsichtigen ihre Armee. Wir hassen Sie.

DER MANN Ich Österreicher? Um Gottes willen! Hassen Sie mich nicht, mein Fräulein. Ich bin Schweizer, dazu Berufssoldat. Ich bin an die Serben geraten, weil sie auf dem Weg aus der Schweiz zuerst kamen. Seien Sie großherzig! Sie haben uns ja ohnehin schon kurz und klein geschlagen.

RAINA Ich bin schon großherzig gewesen, oder nicht?

DER MANN Großherzig und heroisch! Aber endgültig gerettet bin ich noch immer nicht. Dieser Hauptsturm ist zwar vorbei, aber die Wellen haben sich noch nicht gelegt. Die Nacht wird unruhig bleiben. Wenn eine Ruhepause eintritt, will ich versuchen, hier fortzukommen. *Freundlich.* Sie sind mir hoffentlich nicht böse, wenn ich noch einen Augenblick hierbleibe?

RAINA *gesellschaftlich gewandt:* Aber durchaus nicht. Nehmen Sie doch bitte Platz!

DER MANN Danke. *Er setzt sich auf das Fußende des Bettes. Mit einstudierter gesellschaftlicher Pose setzt sich Raina auf die Ottomane. Unseligerweise setzt sie sich auf die Pistole und fährt mit einem Schrei auf. Der Mann, dessen Nerven zum Zerreißen angespannt sind, schreckt auf und geht in Deckung.*

DER MANN Erschrecken Sie mich doch bitte nicht so! Was ist denn los?

RAINA Ihr Revolver! Da lag er die ganze Zeit und hat den russischen Offizier angesehen.

DER MANN *erlöst, aber irritiert:* Ach so. Wenn es weiter nichts ist –

RAINA *sieht ihn von oben herab an, ihre Sympathie für ihn nimmt immer mehr ab, und gleichzeitig wächst ihr Gefühl der Überlegenheit:* Ach so, ich habe Sie erschreckt. Das tut mir leid. *Sie gibt ihm die Pistole.* Bitte. Vielleicht brauchen Sie die zum Schutz gegen mich.

DER MANN *nimmt ihren Sarkasmus müde, aber gefaßt hin:* Das Ding nützt leider nichts. Es ist nämlich nicht geladen. *Mit einer fatalistischen Gebärde stopft er die Waffe in die Revolvertasche.*

RAINA Aber dann laden Sie es doch.

DER MANN Ich habe keine Munition. Was soll man mit Patronen in einer Schlacht! Ich habe statt dessen immer Schokolade bei mir. Leider habe ich meine letzte Tafel vor ein paar Stunden aufgegessen.

RAINA *Ihre heiligsten Vorstellungen von Männlichkeit brechen zusammen:* Schokolade! Sie stopfen Ihre Taschen voll mit Süßigkeiten! Wie ein Schuljunge! Auf dem Schlachtfeld!

DER MANN *grinst:* Genau. Unerhört, nicht wahr? *Hungrig:* Ich wollte, ich hätte jetzt welche.

RAINA Aber bitte! *Voller Verachtung holt sie die Pralinenschachtel und gibt sie ihm.* Leider habe ich das meiste selbst aufgegessen.

DER MANN *stürzt sich darauf:* Sie sind wirklich ein Engel. *Er macht sich daran und verschlingt den gesamten Inhalt.* Weiche Füllung! Wunderbar! *Er sieht nach, ob noch mehr in der Schachtel ist, aber es ist nichts mehr darin. Er kratzt sie daher mit dem Finger aus und leckt sich die Finger. Mit resigniertem Humor stellt er fest, daß die Mahlzeit vorbei ist, aber er ist dankbar und gerührt.* Gott segne Sie, mein liebes Fräulein. Einen alten Soldaten können Sie immer am Inhalt seiner Sattel- und Patronentaschen erkennen. Die Jungen haben Pistolen und Patronen drin. Die Alten haben was zum Fressen. Danke! *Er gibt ihr die leere Schachtel zurück. Voller Verachtung nimmt Raina ihm die Schachtel aus der Hand und wirft sie fort. Wieder schreckt er auf, als wolle sie ihn schlagen.* Um Gottes willen, Fräulein, Sie rächen sich dafür, daß ich Sie erschreckt habe, aber nett ist das nicht von Ihnen.

RAINA *mit Geringschätzung:* Erschreckt? Ich bin zwar nur ein Mädchen, aber wenn es darauf ankommt, bin ich bestimmt mindestens so mutig wie Sie!

DER MANN Davon bin ich überzeugt. Sie haben auch nicht drei Tage lang unter Beschuß gestanden wie ich. Zwei Tage lang halte ich es gut aus – aber drei – das schafft niemand. Ich bin nervös wie eine Maus. *Er setzt sich auf die Ottomane und stützt den Kopf in die Hände.* Möchten Sie mich weinen sehen?

RAINA *entsetzt:* Nein.

DER MANN Wenn Sie es wollen, brauchen Sie nur zu schimpfen, als sei ich ein kleiner Junge und Sie mein Kindermädchen. Wenn ich jetzt im Lager wäre, würde man allerhand Scherze mit mir treiben.

RAINA *ein wenig gerührt:* Es tut mir leid. Ich schimpfe ja nicht.

Berührt vom Mitleid in ihrer Stimme hebt er den Kopf und sieht sie dankbar an. Sie zieht sich sofort zurück und sagt steif:

Entschuldigen Sie – Unsere Soldaten sind eben ganz anders. *Sie bewegt sich von der Ottomane weg.*

DER MANN Keineswegs. Die sind ganz genauso. Es gibt bloß zwei Arten von Soldaten: alte und junge. Ich bin seit vierzehn Jahren Soldat. Die Hälfte Ihrer Leute hat ja noch niemals Pulver gerochen. Wie kommt es denn, daß sie uns soeben besiegt haben? Durch völlige Unkenntnis des Kriegshandwerks. *Mit Verachtung.* Ich habe noch niemals etwas derart Stümperhaftes gesehen.

RAINA *ironisch:* Ach so – es war reine Stümperei, Sie zu besiegen?

DER MANN Sagen Sie selbst: man wirft ein Kavallerie-Regiment in eine Batterie von Maschinengewehren. Wenn die Dinger losgehen, dann werden doch fünfzig Meter vor der

Schußlinie Reiter und Pferde einfach nur so weggemäht. Ist das dilettantisch oder nicht? Ich habe meinen Augen kaum getraut, als ich diesen Irrsinn sah.

RAINA *erregt, wendet sich ihm zu. Ihr Enthusiasmus und ihr Traum vom Ruhm sind wieder wach:* Ah – Sie haben die große Kavallerie-Attacke gesehen?! Erzählen Sie mir davon! Beschreiben Sie, wie es war!

DER MANN Ach so, Sie haben noch nie eine Kavallerie-Attacke gesehen?

RAINA Ich? Wie sollte ich?

DER MANN Natürlich. Wie sollten Sie! Na ja, es ist ein komischer Anblick. Als ob man eine Handvoll Erbsen gegen eine Fensterscheibe schleudert. Erst kommt eine, dann zwei oder drei direkt danach, und dann der ganze Rest auf einem Haufen.

RAINA *ihre Augen geweitet, in Ekstase:* Ja. Zuerst einer! Der Tapferste der Tapferen.

DER MANN *prosaisch:* Na ja – Sie hätten sehen sollen, wie der arme Kerl an seinem Pferd zog!

RAINA Warum an seinem Pferd zog?

DER MANN *ungehalten über die dumme Frage:* Na, weil es mit ihm durchging, natürlich. Meinen Sie etwa, der Kerl wollte vor den anderen da sein, um sich totschießen zu lassen? Und dann kommen alle die anderen. Die Jungen kann man sofort an ihrem Eifer erkennen, das sind die Draufgänger. Dann kommen die Alten in einem geschlossenen Haufen. Die wissen, daß sie nur Kanonenfutter sind und daß es sinnlos ist, zu kämpfen. Die meisten Wunden waren denn auch Beinbrüche, weil die Pferde dauernd gegeneinander geprallt sind.

RAINA Aber ich glaube Ihnen nicht, daß der erste Mann ein Feigling war. Ich weiß, daß er ein Held ist.

DER MANN *gutmütig:* Das hätten Sie wohl auch gesagt, wenn Sie den heute beim Angriff gesehen hätten.

RAINA *atemlos, sie verzeiht ihm alles:* Das kann ich mir vorstellen. Erzählen Sie! Erzählen Sie mir alles!

DER MANN Er führte sich auf wie ein Operntenor. Übrigens wirklich ein hübscher Junge, mit leuchtenden Augen und einem tollen Schnurbart. Er stieß ein Gebrüll aus und stürmte drauf los wie Don Quichote gegen die Windmühlen. Was wir gelacht haben!

RAINA Sie haben gewagt zu lachen?

DER MANN Und wie! Aber dann kam unser Feldwebel angerannt, weiß wie ein Gespenst, und sagte, wir hätten die falsche Munition und könnten für die nächsten zehn Minuten keinen einzigen Schuß abgeben. Da ist uns natürlich das Lachen vergangen. Niemals in meinem ganzen Leben war mir so elend zumute. Obwohl ich doch weiß Gott schon in mancher vertrackten Situation gewesen bin. Und ich hatte keinen einzigen Schuß im Revolver. Nur Schokolade. Bajonette hatten wir auch nicht. Wir hatten nichts. Natürlich haben die uns in Stücke geschnitten. Und da war dieser Don Quichote. Der stürmte heran wie ein Tambourmajor und meinte, er hätte die größte Heldentat der Welt vollbracht. Dabei gehörte er eigentlich vor ein Kriegsgericht. Von all den Schwachsinnigen, die man jemals auf ein Schlachtfeld losgelassen hat, war dieser Mann der schwachsinnigste. Er und sein Regiment hätten einfach Selbstmord verübt. Nur ging unser Feuer eben nicht los, das ist es.

RAINA *tief getroffen, aber standhaft und ihren Idealen treu:* Was Sie nicht sagen! Und würden Sie den Mann auch wiedererkennen, wenn Sie ihn sähen?

DER MANN Als könnte ich den jemals vergessen!

RAINA *geht zur Kommode. Sein Blick folgt ihr, er denkt, sie hätte etwas zu essen für ihn. Aber sie nimmt die Fotografie von der Kommode und bringt sie ihm:* Hier sehen Sie den Mann. Er ist ein Patriot und ein Held, und ich habe das Glück, mit ihm verlobt zu sein.

DER MANN *erkennt die Fotografie, sehr bestürzt:* Also – das tut mir wirklich entsetzlich leid. *Sieht sie an.* Aber es war auch nicht recht von Ihnen, mich zu provozieren. *Er besieht die Fotografie nochmals.* Ja, das ist er, Don Quichote, kein Zweifel! *Er verbeißt sich das Lachen.*

RAINA *rasch:* Worüber lachen Sie?

DER MANN *zerknirscht, aber verbeißt sein Lachen nur mühsam:* Ich habe gar nicht gelacht – wirklich nicht. Zumindest habe ich nicht lachen wollen. Aber wenn ich ihn so sehe, wie er gegen die Windmühlen stürmt – *Er muß wider Willen lachen.*

RAINA *tief verletzt:* Geben Sie mir sofort das Bild!

DER MANN *mit tiefer Zerknirschung:* Gewiß. Natürlich. Es tut mir wirklich aufrichtig leid.

Er gibt ihr das Bild. Sie küßt das Bild demonstrativ und sieht ihm, während sie es zurückstellt, herausfordernd ins Gesicht. In einem Aufwall von Reue folgt er ihr.

Vielleicht irre ich mich auch. Ja wirklich, ich glaube tatsächlich, ich sehe das alles falsch. Wahrscheinlich hatte er gehört, daß wir keine Munition hatten, und wußte, daß es eine sichere Sache war.

RAINA Das würde bedeuten, daß er ein Aufschneider und Feigling wäre. So etwas haben Sie v o r h i n n i c h t zu sagen gewagt.

DER MANN *mit einer Geste der Resignation:* Es hat keinen Zweck, verehrtes Fräulein: ich kann Ihnen anscheinend die Sache, vom beruflichen Standpunkt aus, nicht klarmachen.

Als er sich von ihr ab- und der Ottomane zuwendet, künden ein paar entfernte Schüsse neue Gefahren an.

RAINA *stellt mit Genugtuung fest, daß ihn die Schüsse beunruhigen:* Um so besser für Sie.

DER MANN *wendet sich ihr zu:* Wieso?

RAINA Sie sind mein Feind. Und Sie sind in meiner Gewalt. Was hätte ich jetzt zu tun, wenn ich ein Berufssoldat wäre?

DER MANN Sehr wahr, mein Fräulein. Sie haben völlig recht. Ich weiß, wie gut Sie zu mir waren. Bis zu meiner letzten Stunde werde ich mich der drei Pralinen erinnern, mit weicher Füllung. Es war gewiß unmilitärisch, dafür war es eine Tat der Barmherzigkeit.

RAINA *kühl:* Danke. Und jetzt werde ich militärisch handeln. Hier können Sie nicht bleiben, nach alledem, was Sie über meinen zukünftigen Mann gesagt haben. Aber ich werde auf den Balkon hinausgehen und nachsehen, ob es sicher für Sie ist, auf die Straße hinabzuklettern.

DER MANN *seine Fassung wankt:* Das Regenrohr hinab? Halt! Nein. Unmöglich. Das wage ich nicht. Schon der Gedanke daran macht mich ganz schwindlig. Hinauf ging es gut und schnell, der Tod war hinter mir her. Aber jetzt wieder zum Tod hinunterklettern – nein – *Er sinkt auf die Ottomane.* Es hat keinen Sinn mehr. Ich stecke auf, ich bin verloren. Schlagen Sie meinetwegen Alarm. *Besiegt stützt er den Kopf in die Hände.*

RAINA *von Mitleid entwaffnet:* Also, verlieren Sie doch nicht gleich den Mut! *Sie neigt sich über ihn, beinah mütterlich. Er schüttelt den Kopf.*

Sie sind ein ganz armer Soldat, ein Schokoladensoldat. Nehmen Sie sich jetzt mal zusammen. Es erfordert weniger Mut, da hinabzuklettern, als sich gefangennehmen zu lassen. Meinen Sie nicht?

DER MANN *träumerisch, von ihrer Stimme eingeschläfert:* Nein. Wenn die mich kriegen, bedeutet das Tod. Und Tod bedeutet Schlaf – ah – schlafen – schlafen – schlafen – Klettern bedeutet: etwas tun – sich anstrengen – sich entscheiden. Lieber zehnmal tot!

RAINA *weicher und von seinem schläfrigen Ton angesteckt:* Sind Sie wirklich so müde?

DER MANN Keine zwei Stunden habe ich bis jetzt ungestört schlafen können, seit ich hier dabei bin. Seit achtundvierzig Stunden habe ich die Augen nicht mehr zugemacht.

RAINA *am Ende ihrer Weisheit:* Aber was soll ich denn bloß mit Ihnen tun?

DER MANN *steht taumelnd auf, seine Verzweiflung bringt ihn wieder hoch:* Ganz recht. Ich muß etwas unternehmen. *Er schüttelt sich, versucht sich zu fassen und spricht mit forcierter Energie.* Schlaf oder nicht, Hunger oder nicht –

wenn etwas getan werden muß, dann kann man es auch tun! Und jetzt muß eben dieses Rohr hinuntergeklettert werden! *Er schlägt sich mit der Faust auf die Brust.* Hörst du das, du Schokoladensoldat!? *Er wendet sich zur Balkontür.*

RAINA *ängstlich:* Aber wenn Sie herunterfallen?

DER MANN Dann werde ich schlafen, als seien die Pflastersteine ein Federbett. Leben Sie wohl! *Er geht durch die Balkontür, und seine Hand ist schon an dem Verschluß der Läden, als draußen eine neue Gewehrsalve ertönt.*

RAINA *hält ihn zurück:* Halt! *Sie hält ihn fest und zieht ihn zurück.* Man wird Sie totschießen.

DER MANN *kühl und gefaßt:* Na wenn schon – das gehört alles zum Beruf. Darauf muß man es eben ankommen lassen. *Sachlich.* Jetzt tun Sie, was ich Ihnen sage! Machen Sie das Licht aus. Es muß dunkel sein, wenn ich die Läden öffne. Und bleiben Sie vor allem von der Balkontür weg, verstanden? Wenn die mich sehen, dann schießen sie.

RAINA *hält ihn fest:* Aber die müssen Sie ja sehen, es ist ja alles ganz hell vom Mond. Ich rette Sie! Seien Sie doch nicht so – so – fatalistisch! Sie wollen doch, daß ich Sie rette, oder nicht?

DER MANN Ich will Ihnen auf keinen Fall lästig sein.
Sie schüttelt ihn ungeduldig.
Ich bin gewiß nicht fatalistisch, mein liebes Fräulein, ich versichere Sie. Aber was soll ich denn sonst tun?

RAINA Erst mal von der Tür weggehen!
Sie zieht ihn in die Mitte des Zimmers. Als sie ihn losläßt, geht er mechanisch zur Balkontür zurück. Sie zieht ihn zurück.
Also jetzt – bitte!
Jetzt bleibt er bewegungslos stehen, wie ein hypnotisiertes Kaninchen. Sie läßt ihn los und sagt gönnerhaft.
Jetzt hören Sie mal zu! Sie müssen unserer Gastfreundschaft vertrauen. Sie wissen nämlich nicht, in wessen Haus Sie sind. Ich bin eine Petkoff.

DER MANN Eine was?

RAINA *ein wenig indigniert:* Ich gehöre zur Familie der Petkoff, der reichsten und angesehensten im ganzen Land.

DER MANN Ach so, natürlich. Verzeihen Sie. Die Petkoffs, ich weiß schon. Wie dumm von mir.

RAINA Ich sehe Ihnen an, daß Sie noch nie von uns gehört haben. Warum tun Sie so? Sie erniedrigen sich!

DER MANN Bitte verzeihen Sie mir! Ich bin zu müde, um nachzudenken. Der Themawechsel war zu viel für mich. Seien Sie mir nicht böse!

RAINA Ach so, ich vergesse immer, daß Sie den Tränen so nahe sind.

Er nickt, völlig ernsthaft. Sie nimmt ihren patronisierenden Ton wieder auf.

Aber Sie sollten doch wissen, daß mein Vater den höchsten Posten in der bulgarischen Armee hat. *Stolz.* Er ist Major!

DER MANN *als sei er zutiefst beeindruckt:* Major! Donnerwetter. Respekt – Respekt!

RAINA Sie haben natürlich gedacht, Sie müßten die Regenrinne heraufklettern. Unser Haus ist ja das einzige Privathaus mit zwei Fensterreihen. Da sieht man, daß Sie keine Ahnung hatten. Wir haben eine Treppe im Haus, auf der man herauf und herunter gehen kann.

DER MANN Eine Treppe im – alle Achtung! Mein Fräulein, Sie leben im Überfluß.

RAINA Wissen Sie, was eine Bibliothek ist?

DER MANN Eine Bibliothek? Ein Zimmer voller Bücher?

RAINA Ja. Wir haben eine. Die einzige in Bulgarien.

DER MANN Tatsächlich eine richtige Bibliothek! Die würde ich gern mal sehen.

RAINA *geziert:* Ich erzähle Ihnen das alles nur, damit Sie wissen, daß Sie hier nicht in einem Haus von ungebildeten Bauern sind. Die würden Sie töten, wenn sie Ihre serbische Uniform sähen. Sie sind bei zivilisierten Leuten. Wir gehen jedes Jahr nach Bukarest zur Opernsaison. Und ich bin einen ganzen Monat in Wien gewesen.

DER MANN Aha, deshalb! Ich dachte mir sofort: diese junge Dame kennt die Welt.

RAINA Kennen Sie die Oper ›Ernani‹?

DER MANN Ist das die mit dem Teufel in rotem Samt und dem Soldatenchor?

RAINA *mit Verachtung:* Nein.

DER MANN *unterdrückt einen Seufzer der Müdigkeit:* Dann kenne ich sie nicht.

RAINA Ich dachte, Sie könnten sich vielleicht an die große Szene erinnern, in der Ernani vor seinen Feinden flieht, so wie Sie heute nacht, und dann versteckt er sich im Schloß seines bittersten Feindes. Das ist ein kastilischer Edelmann. Und der Schloßherr findet ihn, aber der verrät ihn nicht. Der Gast ist ihm heilig.

DER MANN *wieder ein wenig wacher:* Neigt Ihre Familie zu dieser Haltung?

RAINA Meine Mutter und ich ›neigen zu dieser Haltung‹, wie Sie sich ausdrücken. Und wenn Sie sich mir, anstatt mich mit Ihrer Pistole zu bedrohen, einfach zu Füßen geworfen und unsere Gastfreundschaft erfleht hätten, dann wären Sie hier so sicher gewesen wie im Haus Ihres Vaters.

DER MANN Sind Sie sicher?

RAINA *wendet ihm entrüstet den Rücken zu:* Ach, es ist völlig sinnlos! Von Ihnen kann man absolut kein Verständnis erwarten.

DER MANN Bitte seien Sie mir doch nicht immer gleich böse. Denn wenn Sie sich irren, wäre ich schlecht daran, das werden Sie doch verstehen. Mein Vater zum Beispiel ist ein sehr gastfreundlicher Mann, er besitzt sechs Hotels. Aber so weit würde ich dem nicht trauen. Und wie ist es mit Ihrem Vater?

RAINA Er ist fort, bei Slivnitza, er kämpft für sein Vaterland. Aber ich bürge für Ihre Sicherheit. Hier, meine Hand darauf. Sind Sie jetzt beruhigt? *Sie bietet ihm ihre Hand.*

DER MANN *sieht zweifelnd auf seine Hände:* Berühren Sie lieber meine Hand nicht, verehrtes Fräulein. Ich muß sie erst waschen.

RAINA *gerührt:* Das ist sehr nett von Ihnen. Jetzt sehe ich, Sie sind doch ein Gentleman.

DER MANN *erstaunt:* Wie?

RAINA Sie müssen nicht denken, daß ich erstaunt bin. Die Bulgaren der höheren Kreise – Leute in unserer Stellung – waschen ihre Hände beinah jeden Tag. Daher verstehe ich Ihr Zartgefühl gut. Aber Sie dürfen meine Hand nehmen. *Sie reicht ihm nochmals die Hand.*

DER MANN *küßt die Hand mit seinen Händen auf dem Rükken:* Ich danke Ihnen, verehrtes Fräulein. Jetzt fühle ich mich geborgen. Würden Sie nun so gut sein und Ihre Mutter benachrichtigen? Sie sollten meine Gegenwart nicht länger geheimhalten, als unbedingt nötig ist.

RAINA Aber dann müssen Sie sich ganz ruhig verhalten, während ich draußen bin.

DER MANN Verlassen Sie sich darauf. *Er setzt sich auf die Ottomane.*

Raina geht zum Bett und hüllt sich in ihren Pelzmantel. Er schließt die Augen. Sie geht zur Tür, wendet sich noch einmal nach ihm um und stellt fest, daß er am Einschlafen ist.

RAINA *bei der Tür:* Sie werden doch nicht etwa einschlafen! *Er murmelt unartikuliert, sie rennt zu ihm zurück und schüttelt ihn.*

Wachen Sie auf! Sie schlafen ja schon!

DER MANN Wie? Ich schlafe schon – Aber ganz im Gegenteil, ich bin hellwach. Ich habe nur nachgedacht.

RAINA *streng:* Möchten Sie sich bitte hinstellen, während ich draußen bin!

Er steht unwillig auf.

Und jetzt bleiben Sie stehen, verstanden?

DER MANN *steht unsicher:* Gewiß. Sie können ganz beruhigt sein!

Raina sieht ihn zweifelnd an. Er lächelt schwach. Sie geht zur Tür, sieht ihn noch einmal an, er unterdrückt sein

Gähnen. Sie geht ab.

DER MANN *beinah schlafend:* Schlafen – schlafen – schlafen – schla –
Die Worte gehen in Murmeln über. Er fällt beinah um, versucht noch einmal, sich aufzuraffen.
Wo bin ich? Das möchte ich gern wissen. Wo bin ich? Jetzt wach bleiben! Nichts hält mich wach außer Gefahr – immer daran denken – Gefahr! – Gefahr! – Gefahr! –
Rafft sich noch einmal auf.
Wo ist eigentlich die Gefahr? – Muß sie finden – *Er torkelt durch den Raum auf der Suche nach Gefahr.* Was suche ich eigentlich? – Schlaf – Gefahr – weiß nicht – *Er stolpert gegen das Bett.*
Ah – ja – ich erinnere mich – ins Bett – aber nicht schlafen. Nicht einschlafen – ich bin in Gefahr. Nicht hinlegen – nein – nur hinsetzen. *Er setzt sich auf das Bett, ein glückseliger Ausdruck breitet sich über sein Gesicht aus.* Aaaah!
Mit einem Seufzer des Glücks sinkt er längs auf das Bett, hebt mit einer letzten Anstrengung die Beine auf das Bett und schläft sofort ein.
Katharina tritt auf, gefolgt von Raina.

RAINA *sieht zur Ottomane:* Er ist weg. Hier stand er.

KATHARINA Dann muß er wohl wieder heruntergeklettert sein.

RAINA *sieht ihn:* Oooh! *Deutet auf ihn.*

KATHARINA *empört:* Nein! *Sie schreitet resolut zum Bett, Raina ihr nach, stellt sich an der anderen Seite auf.*
Schläft fest! Dieser Unmensch!

RAINA *besorgt:* Ssss!

KATHARINA *schüttelt ihn:* Sie Kerl!! *Schüttelt ihn fester.* Sie! *Noch fester.* Mein Herr!

RAINA *hält ihr den Arm fest:* Laß ihn, Mama! Der arme Junge ist doch völlig erschöpft. Laß ihn schlafen!

KATHARINA *läßt von ihm ab und wendet sich höchst überrascht an Raina:* Der arme Junge!? Aber Raina!
Sie sieht ihre Tochter befremdet an.
Der Mann schläft tief und fest.

Zweiter Akt

Der sechste März 1886. Im Garten hinter dem Haus des Majors Petkoff. Ein schöner Frühlingsmorgen, der Garten sieht frisch und ordentlich aus. Jenseits des Zaunes sieht man die Spitzen zweier Minarette, die andeuten, daß im Tal eine kleine Stadt liegt. Dahinter erheben sich die Höhen des Balkangebirges und schließen die Landschaft ab. Links sieht man einen Teil des Hauses mit einer Tür, zu der ein paar Stufen führen, rechts ragt der Stallhof mit einem Tor in den Garten. Auf den Beerensträuchern an Zaun und Haus liegt Wäsche zum Trocknen ausgebreitet. Ein Weg führt am Haus vorbei, bildet an der Mauer zwei Stufen und verschwindet dahinter. In der Mitte ein kleiner Tisch mit Holzstühlen. Er ist zum Frühstück gedeckt: ein türkischer Kaffeetopf, Tassen, Brötchen etc. Die Tassen sind schon benutzt, die Brötchen zum Teil gegessen. An der Mauer rechts eine hölzerne Gartenbank.

Luka steht, eine Zigarette rauchend, zwischen Tisch und Haus und dreht voller Verachtung einem Mann den Rücken zu, der ihr Vorhaltungen macht. Er ist in mittlerem Alter, beherrscht, und auf subalterne, aber klare und disponierende Weise intelligent. Er hat die Mentalität eines Dieners, der aber seinen Rang einzuschätzen, seinen Wert genau zu kalkulieren weiß und sich keinen Illusionen hingibt. Er trägt bulgarische Tracht: Jacke mit bunter Borte, Schärpe, weite Pumphosen und verzierte Gamaschen. Sein Kopf ist bis zum Scheitel glattrasiert, was ihm eine Art japanische hohe Stirn gibt. Er heißt Nikola.

NIKOLA Ich möchte dich rechtzeitig warnen, Luka. Du mußt es anders machen. Ich kenne doch unsere Gnädige. Sie hält sich für so großartig, daß sie niemals auf die Idee käme, ein Diener könnte ihr gegenüber respektlos sein. Aber wenn sie mal merkt, daß du nicht gehorchst, dann fliegst du.

LUKA Ich gehorche nicht, und ich werde niemals gehorchen. Was geht mich die an!

NIKOLA Wenn du mit der Familie Krach bekommst, kann ich dich nicht heiraten. Das ist genauso, als wenn du mit mir Krach bekämst.

LUKA Ah – du stehst also auf ihrer Seite.

NIKOLA *gelassen:* Ich werde immer vom Wohlwollen der Familie abhängig sein. Wenn ich hier weggehe und ein Geschäft in Sofia aufmache, bedeutet ihre Kundschaft die Hälfte meines Kapitals. Ein schlechtes Wort von ihnen könnte mich ruinieren.

LUKA Du hast eben keinen Stolz. Die sollten sich mal unterstehen, ein Wort gegen mich zu sagen.

NIKOLA *redet ihr nachsichtig zu:* Ich hätte dich für gescheiter gehalten, Luka. Aber du bist noch jung – einfach noch sehr jung.

LUKA Ja, und deshalb gefalle ich dir ja auch. Aber jung oder nicht: ich weiß ein paar Familiengeheimnisse, die sie ganz gewiß lieber geheimhalten würden. Die soll es mal wagen, Krach mit mir zu bekommen.

NIKOLA *mitleidig überlegen:* Weißt du, was sie tun würden, wenn sie dich so reden hörten?

LUKA Was könnten sie tun?

NIKOLA Dich wegen Unehrlichkeit davonjagen. Und wer würde dir dann deine Geheimnisse glauben? Und wer nimmt dich dann noch ins Haus? Wer in diesem Haus würde dann überhaupt noch mit dir sprechen? Wie lange würde dein Vater seinen kleinen Bauernhof behalten? *Sie wirft wütend ihre Zigarette weg und tritt darauf.* Mein liebes Kind: du hast ja keine Ahnung, was diese Herren für eine Macht über uns haben, wenn wir arme Leute uns gegen sie auflehnen. *Er geht nahe zu ihr hin und spricht leise.* Sieh mich an: zehn Jahre im Dienst bei denen. Meinst du, ich weiß keine Geheimnisse – Ich weiß Dinge über unsere Dame, – ich sage dir: weit über tausend Lewa würde sie geben, damit der Herr sie nicht erfährt. Ich weiß Dinge über ihn – sechs Monate gäbe es keine Ruhe, wenn ich sie ihr sagen würde. Ich weiß Dinge über Raina, die würden die Verlobung mit Sergius sofort auflösen, wenn ich...

LUKA *rasch und scharf:* Woher? – Ich habe dir doch nichts gesagt.

NIKOLA *gerissen:* Aaah – da liegt dein kleines Geheimnis, wie? Ich dachte mir doch: so etwas wird es sein. Aber ich rate dir im guten: laß dir nichts anmerken! Laß die Gnädige fühlen, daß sie sich auf dich verlassen kann, was immer du auch weißt oder nicht weißt. Daß du den Mund hältst und immer treu weiter dienen willst. Das mögen sie, und das zahlt sich am Ende für dich aus.

LUKA *mit tiefster Verachtung:* Du hast eine Lakaienseele, Nikola.

NIKOLA *unbeirrt:* Richtig. Das ist das Geheimnis des Erfolges bei Dienern.

Man hört vom Stalltor her lautes Klopfen mit dem Peitschenkopf aus Holz.

EINE MÄNNLICHE STIMME *von außen:* Hallo! He, Nikola!

LUKA Der Herr. Aus dem Krieg zurück.

NIKOLA *schnell:* Mensch, du, der Krieg ist aus. Schnell, mach frischen Kaffee! *Er läuft hinüber zu den Ställen.*

LUKA *räumt das Geschirr ab und trägt es ins Haus zurück:* Aus mir machst du keine Lakaienseele, mein Lieber.

Gefolgt von Nikola kommt Major Petkoff vom Stallhof herüber. Er ist ein lustiger, temperamentvoller, unbedeutender, ungebildeter Mann, etwa 50, von Natur aus ehrgeizlos, außer was Geld und lokales Ansehen betrifft. Im Augenblick ist er in bester Stimmung, weil der Krieg ihm neuen Rang beschert hat, der aus ihm in seinem Kreis einen Mann von Bedeutung machen wird. Das Fieber patriotischen Eifers, das der serbische Angriff in den Bulgaren ausgelöst hat, hat ihn den Krieg gut überstehen lassen. Jedenfalls freut er sich, wieder zu Hause zu sein.

PETKOFF *deutet mit der Peitsche auf den Tisch:* Ah – Frühstück im Freien!

NIKOLA Ja, gnädiger Herr. Die gnädige Frau und Fräulein Raina sind soeben hineingegangen.

PETKOFF *setzt sich und nimmt ein Brötchen:* Geh hinein und sag ihnen, ich sei da. Und hol mir frischen Kaffee.

NIKOLA Schon unterwegs, gnädiger Herr.

Er geht zur Haustür, dort stößt er auf Luka mit frischem Kaffee, einer sauberen Tasse und einer Kognakflasche auf dem Tablett.

Hast du es der gnädigen Frau gesagt?

LUKA Ja, sie kommt schon.

Nikola geht ins Haus. Luka bringt den Kaffee.

PETKOFF Na – die Serben haben dich also nicht geraubt?

LUKA Nein, gnädiger Herr.

PETKOFF Um so besser. Hast du Kognak mitgebracht?

LUKA *stellt die Flasche auf den Tisch:* Hier, gnädiger Herr.

PETKOFF Na wunderbar! *Gießt sich Kognak in den Kaffee.*

Katharina kommt aus dem Haus. Zu dieser frühen Stunde hat sie nur sehr provisorisch Toilette gemacht. Über einem ehemals pompösen, aber inzwischen fadenscheinigen Morgenrock trägt sie eine bulgarische Schurze. Ein farbiges Kopftuch hält ihr reiches schwarzes Haar zusammen. Sie trägt türkische Sandalen, keine Strümpfe. Trotz alledem sieht sie erstaunlich hübsch und präsentabel aus. Luka geht ins Haus.

KATHARINA Mein lieber Pawel! Welche Überraschung. *Sie lehnt sich über den Stuhlrücken, um ihn zu küssen.*

Hat man dir frischen Kaffee gebracht?

PETKOFF Ja. Luka hat für mich gesorgt. Der Krieg ist aus. Der Friede ist vor drei Tagen in Bukarest unterzeichnet worden. Der Abrüstungsbefehl für unsere Armee wurde gestern ausgegeben.

KATHARINA *springt auf, erregt:* Pawel. Haben die Österreicher euch zum Frieden gezwungen?!

PETKOFF *ein wenig resigniert:* Meine Liebe: mich hat man

nicht gefragt. Was sollte ich tun?

Sie setzt sich und wendet sich von ihm ab.

Selbstverständlich haben wir zur Bedingung gemacht, daß der Friede ehrenvoll ist. Und sicher!

KATHARINA *empört:* Frieden!

PETKOFF *besänftigend:* – aber keine freundschaftlichen Beziehungen, wohlgemerkt! Sie wollten diesen Punkt hineinnehmen. Aber ich habe darauf bestanden, daß er gestrichen wird. Was hätte ich noch mehr tun sollen!

KATHARINA Du hättest Serbien annektieren und Prinz Alexander zum Kaiser des Balkans machen können. Das hätte ich getan!

PETKOFF Das bezweifle ich nicht, meine Liebe. Aber ich hätte zuerst das gesamte österreichische Kaiserreich unterwerfen müssen. Das hätte mich zu lange von dir ferngehalten. Du hast mir gefehlt.

KATHARINA *versöhnt:* Ah! *Liebevoll streckte sie die Hand über den Tisch nach ihm aus und tätschelt die seine.*

PETKOFF Und wie ist es dir so ergangen?

KATHARINA Das übliche Halsweh, sonst eigentlich nichts.

PETKOFF *mit Überzeugung:* Das kommt davon, daß du dir jeden Tag den Hals wäschst. Ich habe es dir oft genug gesagt.

KATHARINA Unsinn, Pawel!

PETKOFF *über Kaffee und Zigarette hinweg:* Ich bin sehr gegen diese neuen Gewohnheiten. Man soll es nicht zu weit treiben. Dieses dauernde Waschen kann ja der Gesundheit nicht zuträglich sein: es ist unnatürlich. Da gab es so einen Engländer in Philippopel, der sich tatsächlich jeden Morgen nach dem Aufwachen mit kaltem Wasser übergoß. Widerlich. Es kommt alles von den Engländern. Das Klima dort macht sie so dreckig, daß sie sich immer waschen müssen. Sieh dir meinen Vater an. Sein ganzes Leben lang hat er niemals gebadet. Und achtundneunzig Jahre ist er geworden, der älteste Mann in Bulgarien. Ich wasche mich ganz gern einmal die Woche, das erfordert ja auch meine

Stellung. Aber jeden Tag, das führt denn doch zu weit.

KATHARIAN Im Grunde bist du eben ein Barbar, Pawel. Ich hoffe wenigstens, daß du auf die russischen Offiziere einen guten Eindruck gemacht hast.

PETKOFF Ich habe mein Möglichstes getan. Jedenfalls habe ich deutlich zu verstehen gegeben, daß wir eine Bibliothek haben.

KATHARINA Aber du hast ihnen nicht erzählt, daß wir dort auch eine elektrische Klingel haben. Ich habe eine anbringen lassen.

PETKOFF Was ist denn das? Eine elektrische Klingel?

KATHARINA Man drückt auf einen Knopf, dann klingelt es in der Küche, und dann kommt Nikola herein.

PETKOFF Und warum soll ich nicht nach ihm rufen?

KATHARINA Kultivierte Leute brüllen nicht nach ihren Dienern. Das habe ich gelernt, während du fort warst.

PETKOFF So? Und jetzt erzähle ich dir etwas, was ich gelernt habe. Kultivierte Leute hängen ihre Wäsche nicht dort auf, wo Besuch sie sehen kann, *er deutet auf die Wäsche auf den Büschen,* und deshalb solltest du all das Zeug woanders aufhängen.

KATHARINA Lächerlich, Pawel! Ich bin überzeugt, daß feine Leute so etwas überhaupt nicht bemerken.

SERGIUS *klopft ans Hoftor:* Nikola! Aufmachen!

PETKOFF Da ist Sergius. *Brüllt:* He! Nikola!

KATHARINA Brüll doch nicht so, Pawel. Das ist nicht angenehm.

PETKOFF Unsinn! *Brüllt noch lauter:* Nikola!

NIKOLA *erscheint an der Haustür:* Ja, gnädiger Herr?

PETKOFF Bist du denn taub? Hörst du nicht, daß Major Saranoff klopft? Führ ihn hierher! *Er spricht den Namen mit der Betonung auf der zweiten Silbe aus: Saranoff.*

NIKOLA Jawohl, Herr Major. *Er geht zum Stallhof.*

PETKOFF Unterhalte du dich mit ihm, meine Liebe, bis Raina ihn uns abnimmt. Er ödet mich entsetzlich an, dauernd beklagt er sich, daß wir nichts für seine Beförderung tun.

Dazu noch über meinen Kopf hinweg.

KATHARINA Er sollte aber auch wirklich befördert werden, wenn er Raina heiratet. Außerdem sollten wir darauf bestehen, daß es zumindest einen bulgarischen General gibt.

PETKOFF So daß er ganze Brigaden verschleudern kann anstatt Regimentern. Mach dir keine Hoffnung, meine Liebe. Er hat nicht die geringste Aussicht auf Beförderung, bevor wir nicht ganz sicher sind, daß der Friede dauerhaft ist.

NIKOLA *am Tor, meldet an:* Major Sergius Saranoff.

Er geht ins Haus und kommt sofort darauf mit einem dritten Stuhl zurück, den er an den Tisch stellt. Dann zieht er sich zurück.

Major Sergius Saranoff, das Original des Bildes in Rainas Zimmer, tritt auf. Ein hochgewachsener Mann von romantischer Schönheit, mit der physischen Widerstandskraft, dem verwegenen Mut und der erregbaren Phantasie eines ungebändigten Gebirgs-Häuptlings. Trotz alledem wirkt er ausgesprochen zivilisiert. Seine Augenbrauen ziehen sich an den äußeren Enden aufwärts, als wollten sie sein Gegenüber ausforschen. Seine Augen beobachten genau und scharf. Seine Nase ist dünn, scharfgeschnitten und, trotz des hohen Nasenrückens und der weiten Nasenlöcher, höchst sensibel. Das Kinn wirkt resolut. Im ganzen würde er ebensogut in einen Pariser Salon passen, was bedeutet, daß der gescheite, phantasievolle Barbar eine kritische Begabung besitzt, die, durch die Ausbreitung westlicher Zivilisation auf dem Balkan aus dem Stadium der Latenz geweckt, sich neuerdings überall zu behaupten weiß. Das Resultat ist genau das, was das Aufkommen des für das neunzehnte Jahrhundert typischen Denkens in England geschaffen hat, nämlich Byronismus. Saranoff brütet über das dauernde Scheitern, Ideale zu realisieren, und zwar nicht nur über sein eigenes Scheitern, sondern auch das anderer. Daher verachtet er die Menschheit. Sein guter Glaube an die absolute Gültigkeit seiner Konzepte ist unfruchtbar, und er betrachtet die Welt als unwürdig, weil sie diesen Glauben nicht teilt. Er leidet, er windet sich geradezu unter dem Stachel der alltäglichen Desillusionierung, die ihm jede Stunde, die er mit anderen verbringt, ins Bewußtsein ruft und ihn, der ein sensibler Beobachter ist, verletzt. So hat er eine halb tragische, halb komische Note, eine geheimnisvolle Traurigkeit, er wirkt wie aus einer fremden und furchtbaren Geschichte, die nichts übriggelassen hat als jene immerwährende Zerknirschung, durch deren Darstellung Byrons ›Childe Harold‹ schon die Großmütter seiner englischen Zeitgenossen fasziniert hat. Es leuchtet sofort ein, daß dieser und kein anderer Rainas Idealtyp ist. Katharina ist kaum weniger hingerissen von ihm, nur zeigt sie ihre Begeisterung wesentlich offener als ihre Tochter. Als er von den Stallungen kommt, springt sie auf, um ihn überschwenglich zu begrüßen. Petkoff dagegen neigt weitaus weniger dazu, sich durch ihn aus der Ruhe bringen zu lassen.

PETKOFF Na, da bist du ja, Sergius! Freut mich, dich wiederzusehen.

KATHARINA Mein lieber Sergius! *Sie streckt ihm beide Hände entgegen.*

SERGIUS *küßt die Hände in korrekter Galanterie:* Liebe Mutter – wenn ich Sie so nennen darf.

PETKOFF *trocken:* Schwiegermutter, Sergius, Schwiegermutter! Setz dich! Kaffee?

SERGIUS Danke. Keinen Kaffee für mich. *Mit demonstrativem Widerwillen gegen Petkoffs Tafelgenuß entfernt er sich vom Tisch und stellt sich am Treppengeländer in Pose.*

KATHARINA Sie sehen großartig aus. Der Krieg hat Ihnen gut getan, Sergius. Hier sind sie alle verrückt nach Ihnen. Wir waren natürlich außer uns vor Begeisterung über diese unglaubliche Kavallerie-Attacke.

SERGIUS *mit schwerer Ironie:* Gnädige Frau: sie war die Wiege und das Grab meines Ansehens als Offizier.

KATHARINA Wieso?

SERGIUS Ich habe die Schlacht auf die falsche Weise gewonnen, während unsere russischen Generäle sie auf die richtige Weise verloren hätten. Kurz: ich habe ihre Pläne nicht befolgt und damit ihr Selbstgefühl verletzt. Zwei Kosaken-Obristen haben sich ihre Regimenter nach strenger Kriegswissenschaft zusammenschlagen lassen. Zwei Generalmajore sind nach genauer militärischer Vorschrift gefallen. Die beiden Obristen sind jetzt Generalmajore, und ich bin immer noch ein einfacher Major.

KATHARINA Sie sollen es nicht bleiben. Sie haben die Frauen auf Ihrer Seite. Wir werden dafür sorgen, daß Ihnen Gerechtigkeit geschieht.

SERGIUS Zu spät. Ich habe nur auf den Frieden gewartet, um meinen Abschied zu nehmen.

PETKOFF *läßt vor Erstaunen die Tasse fallen:* Deinen Abschied?

KATHARINA Das müssen Sie zurücknehmen.

SERGIUS *gemessen, mit pathetischem Ton:* Ich nehme niemals etwas zurück.

PETKOFF *aus allen Wolken gefallen:* Wer hätte gedacht, daß du so etwas tun würdest!

SERGIUS *mit Feuer:* Alle, die mich kennen. Aber reden wir nicht von mir und meinen Dingen. Wie geht es Raina? Wo ist sie?

RAINA *kommt um die Hausecke und steht auf dem Weg oberhalb der Treppe:* Raina ist hier!

Sie sieht bezaubernd aus. Ein Unterkleid aus grüner Seide, darüber ein Überwurf aus écrufarbenem Leinen, mit Gold bestickt. Auf dem Kopf trägt sie eine phrygische Mütze aus Goldflitter. Sie stellt sich anmutig in Pose und reicht Sergius ihre Hand. Nach Kavaliersart geht er auf ein Knie und küßt sie.

PETKOFF *beiseite zu Katharina, strahlend in väterlichem Stolz:* Bezaubernd! Wie sie auch immer im rechten Augenblick kommt!

KATHARINA *ein wenig irritiert:* Ja. Sie wartet auf das Stichwort. Eine sehr schlechte Angewohnheit.

Sergius geleitet Raina in vollendetem Zeremoniell nach vorn. Als sie am Tisch ankommen, wendet sie sich ihm zu und neigt den Kopf. Er verbeugt sich, dann trennen sie sich, er geht an seinen Platz, sie hinter den Stuhl ihres Vaters.

RAINA *neigt sich zu ihrem Vater hinab und küßt ihn:* Liebster Papi! Willkommen!

PETKOFF *streichelt ihre Wange:* Mein liebes Kind! *Er küßt sie. Sie geht zu ihrem Stuhl, den Nikola für Sergius geholt hat, und setzt sich.*

KATHARINA Dann sind Sie also kein Soldat mehr, Sergius.

SERGIUS Nein, ich bin kein Soldat mehr. Soldat-Sein, gnädige Frau, ist die Kunst der Feigheit: man greift gnadenlos an, wenn man stark ist, und hütet sich vor Gefahr, wenn man schwach ist. Das ist das ganze Geheimnis militärischer Erfolge. Bring deinen Feind ins Hintertreffen, aber bekämpfe ihn niemals unter den gleichen Bedingungen.

PETKOFF Zu so einem rechten Gefecht Mann gegen Mann hat man es gar nicht kommen lassen. Na ja, eigentlich ist Krieg ein Geschäft und nicht anders als andere Geschäfte.

SERGIUS Richtig. Und ich habe keinen Ehrgeiz, ein guter Geschäftsmann zu sein. Deshalb habe ich den Rat dieses Geschäftsmannes befolgt, der als Hauptmann den Gefangenenaustausch bei Pirot ausgehandelt hat, und habe es aufgesteckt.

PETKOFF Was, dieser Schweizer? Ich habe oft an den Austausch gedacht. Mit den Pferden hat er uns hereingelegt.

SERGIUS Natürlich hat er uns hereingelegt. Sein Vater ist Hotelbesitzer und Fuhrunternehmer. Er ist im Pferdehandel großgeworden, daher seine Kenntnisse. *Mit gespielter Bewunderung.* Das war ein Soldat, was? Soldat von oben bis unten. Wenn ich nur die Pferde für mein Regiment vorteilhaft gekauft hätte, anstatt es in Gefahr zu bringen, dann wäre ich jetzt Feldmarschall.

KATHARINA Ein Schweizer? Was hat der in der serbischen Armee zu suchen?

PETKOFF Ein Freiwilliger natürlich. Brannte darauf, seinen Beruf auszuüben. *Er lacht.* Wir hätten überhaupt nicht kämpfen können, wenn diese Ausländer uns nicht gezeigt hätten, wie man das macht. Wir hatten keine Ahnung, und die Serben auch nicht. Wahrhaftig – ich glaube, ohne diese Ausländer hätte es überhaupt keinen Krieg gegeben.

RAINA Gabe es viele Schweizer in der serbischen Armee?

PETKOFF Nein. Nur Österreicher, so wie es bei uns nur Russen gab. Er war der einzige Schweizer, den ich getroffen habe. Niemals werde ich einem Schweizer wieder vertrauen. Er hat uns doch tatsächlich dazu gebracht, ihm fünfzig taugliche Männer für zweihundert Schindmähren einzutauschen. Die konnte man noch nicht einmal essen.

SERGIUS Wir waren wie zwei Kinder in der Hand dieses gestandenen Soldaten, nicht wahr, Major? Nichts als zwei unschuldige Kinder.

RAINA Wie war er denn so, dieser Schweizer?

KATHARINA Was für eine dumme Frage, Raina!

SERGIUS Wie ein Handelsreisender in Uniform, ein Bourgeois von oben bis unten.

PETKOFF *grinsend:* Sergius, erzähl Katharina diese herrliche Geschichte, die uns sein Freund von ihm erzählt hat. Wie er nach der Schlacht von Slivnitza geflohen ist. Du weißt schon: die beiden Frauen, die ihn versteckt haben.

SERGIUS *mit bitterer Ironie:* Richtig. Eine romantische Geschichte. Er diente in der Batterie, die ich selbst so höchst unsachlich angegriffen habe. Als richtiger Soldat ist er natürlich weggerannt wie alle anderen, unsere Kavallerie hinter ihnen her. Um sich vor uns zu retten, ist er ein Regenrohr heraufgeklettert und gelangte ins Schlafzimmer einer jungen bulgarischen Dame. Diese junge Dame war ganz bezaubert von der gewinnenden Art dieses Handelsreisenden. Sie unterhielt sich mit ihm etwa eine Stunde lang. Natürlich bewahrte sie Anstand, dann rief sie aber doch die Frau Mama, denn sie hatte natürlich Angst, daß man diesen Besuch falsch deuten würde, falls man ihn entdeckte. Auch die alte Dame war ganz entzückt. Und gegen Morgen schickten sie den Herrn Hauptmann weg, verkleidet, in einem alten Rock des Hausherrn, der gerade im Krieg war.

RAINA *steht auf, mit Eiseskälte:* Ich stelle fest, daß der Krieg Ihre Manieren verdorben hat, Sergius. Niemals hätte ich es für möglich gehalten, daß Sie in meiner Gegenwart eine so ungehörige Geschichte erzählen. *Sie wendet sich ab.*

KATHARINA *steht ebenfalls auf:* Sie hat recht, Sergius. Wenn es wirklich solche Weiber gibt, so sollte man uns die Kenntnis ersparen.

PETKOFF Unsinn! Was ist denn dabei?

SERGIUS *beschämt:* Nein, Petkoff. Es war nicht recht von mir. *Zu Raina, mit tiefer Reue.* Ich bitte um Verzeihung, ich habe mich sehr schlecht benommen. Vergeben Sie mir, Raina!

Raina verneigt sich mit Zurückhaltung.

Und auch Sie, gnädige Frau.

Katharina verneigt sich gnädig und setzt sich wieder hin. Er fährt düster fort, sich an Raina wendend:

Ich habe während der letzten paar Monate Einblicke in die schäbigen Seiten des Lebens gewonnen. Vielleicht hat mich das zynisch gemacht. Aber ich hätte meinen Zynismus nicht mitbringen sollen. Vor allem nicht in Ihre Nähe, Raina. Ich – *Er wendet sich den anderen zu, offensichtlich zu einer längeren Rede ausholend.*

PETKOFF *unterbricht ihn:* Völliger Blödsinn, Sergius. Du machst aus einer Ameise einen Elefanten. Eine Soldatentochter sollte deutliche Worte vertragen können. *Er steht auf.* Komm, an die Arbeit! Wir müssen uns endlich entscheiden, wie wir diese drei Regimenter nach Philippopel zurückschicken wollen. Über Sofia geht es nicht. Keine Verpflegung. *Er geht auf das Haus zu.* Gehen wir! *Sergius ist im Begriff, ihm zu folgen, aber Katharina hindert ihn.*

KATHARINA Pawel, kannst du Sergius nicht einen Augenblick

entbehren? Raina hat ihn noch gar nicht gesprochen. Vielleicht kann ich dir da bei deinen Regimentern helfen.

SERGIUS *protestiert:* Liebe gnädige Frau, das ist ganz unmöglich. Sie – –

KATHARINA *hält ihn zurück:* Sie bleiben hier, mein lieber Sergius. Es hat ja alles Zeit. Ich muß ohnehin einiges mit Pawel besprechen.

Sergius verbeugt sich und tritt zurück.

Und jetzt, mein Lieber, *sie nimmt Petkoffs Arm,* mußt du erst einmal die elektrische Klingel bewundern.

PETKOFF Also gut, zeig sie mir mal!

Sie gehen Arm in Arm ins Haus. Sergius, mit Raina allein, sieht sie besorgt an, er fürchtet, daß sie noch beleidigt ist. Aber sie lächelt und streckt den Arm nach ihm aus.

SERGIUS *nähert sich:* Sie haben mir also verziehen?

RAINA *legt ihre Hände auf seine Schultern und sieht ihm mit Bewunderung und Verehrung ins Gesicht:* Mein Held, mein König!

SERGIUS Meine Königin! *Er küßt sie auf die Stirn.*

RAINA Ich habe Sie so beneidet, Sergius. Sie sind in der Welt gewesen, auf dem Schlachtfeld, und haben bewiesen, daß Sie jeder Frau auf der ganzen Erde würdig sind. Und ich, ich habe zu Hause gesessen und habe geträumt. Ich habe nichts getan, um zu beweisen, daß ich überhaupt einen richtigen Mann verdiene.

SERGIUS Liebste Raina, alle meine Taten waren die Ihren. Sie haben mich geführt. Ich bin durch den Krieg gegangen wie ein Ritter durchs Turnier, auf den seine Dame herabsieht.

RAINA Und meine Gedanken waren niemals woanders als bei Ihnen. *Feierlich.* Sergius, ich glaube, wir beide haben die höhere Liebe gefunden. Wenn ich an Sie denke, fühle ich, daß ich niemals etwas Niedriges tun oder einen unwürdigen Gedanken denken könnte.

SERGIUS Sie sind mein guter Geist, meine Heilige! *Er hält sie verehrend in den Armen.*

RAINA *umarmt ihn:* Mein Herr und mein...

SERGIUS Nein – *ich* will der Anbeter sein! Sie wissen ja gar nicht, daß selbst der würdigste Mann der Liebe eines reinen Mädchens unwürdig sein könnte.

RAINA Aber ich vertraue Ihnen, ich verehre Sie. Sie werden mich niemals enttäuschen, Sergius.

Man hört Luka im Haus singen. Sie gehen auseinander.

Da kommt Luka. Vor ihr kann ich nicht so tun, als mache ich Konversation. Mein Herz ist zu voll.

Luka kommt aus dem Haus mit dem Tablett. Sie geht zum Tisch und beginnt abzuräumen, dabei kehrt sie dem Paar den Rücken zu.

Ich hole meinen Hut. Dann wollen wir spazierengehen bis zum Mittagessen. Haben Sie Lust?

SERGIUS Beeilen Sie sich. Fünf Minuten Warten werden mir wie fünf Stunden vorkommen.

Raina läuft die Stufen hinauf, wendet sich noch einmal um, wirft ihm eine Kußhand zu und verschwindet. Hingerissen sieht er ihr einen Augenblick lang nach, wendet sich dann ab, sein Gesicht strahlend vor liebevoller Hingerissenheit. Aber da er nun den Blick anderen Dingen zuwendet, ändert sich auch der Gesichtskreis: er sieht Luka, die seinen Blick zunehmend zu fesseln beginnt. Er beobachtet sie genau und beginnt, seinen Schnurrbart unternehmungslustig zu zwirbeln. Er stemmt die linke Hand in die Hüfte und geht mit federndem, leichtem Schritt eben eines Kavallerie-Offiziers zum Tisch, so daß er ihr gegenübersteht.

Luka, verstehst du etwas von der ›höheren Liebe‹?

LUKA *erstaunt:* Nein, gnädiger Herr.

SERGIUS Eine etwas ermüdende Sache auf die Dauer. Hin und wieder muß man sich davon erholen.

LUKA *unschuldig:* Dann kann ich Ihnen vielleicht noch einen Kaffee machen, gnädiger Herr. *Sie streckt die Hand aus, um die Kaffeekanne aufzunehmen.*

SERGIUS *nimmt die Hand:* Nein danke, Luka.

LUKA *tut so, als wolle sie die Hand zurückziehen:* Aber gnädiger Herr, so war das nicht gemeint. Ich bin ganz erstaunt über Sie.

SERGIUS *geht vom Tisch weg und zieht sie mit sich:* Ich auch, Luka. Über mich selbst. Was würde der Held von Slivnitza sagen, wenn er mich jetzt sähe. Was würde Sergius, der Apostel der höheren Liebe, sagen, wenn er mich sähe. Was würde das Halbdutzend der anderen Sergiusse sagen, die immer abwechselnd aus meiner hübschen Haut herausschauen? Wenn die uns hier so sähen, wie? *Läßt ihre Hand los und faßt sie um die Hüfte.* Findest du, daß ich ein schöner Mann bin, Luka?

LUKA Lassen Sie mich los, Herr Major! Man wird mich davonjagen.

Sie versucht sich freizumachen, aber er hält sie fest.

Wollen Sie mich sofort gehen lassen?

SERGIUS *sieht ihr direkt in die Augen:* Nein.

LUKA Dann lassen Sie uns wenigstens irgendwohin gehen, wo niemand uns sieht. Haben Sie den Verstand verloren?

SERGIUS Ah, das hört sich schon besser an. *Er zieht sie in das Stalltor, wo man sie vom Haus her nicht sieht.*

LUKA *verängstigt:* Gewiß hat man mich vom Fenster aus schon gesehen. Fräulein Raina spioniert sicherlich hinter Ihnen her.

SERGIUS *empfindlich getroffen, läßt sie los:* Paß auf, was du sagst, Luka. Ich selbst bin vielleicht der höheren Liebe unwürdig, aber ich lasse sie nicht in den Schmutz ziehen.

LUKA *ernsthaft:* So meine ich es ja auch nicht, Herr Major. Ganz gewiß nicht. Dürfte ich jetzt bitte weiterarbeiten?

SERGIUS *legt wieder seinen Arm um sie:* Du forderst mich heraus, du kleine Hexe. Wenn du in mich verliebt wärst, würdest du mir nachspionieren?

LUKA Sie sagen, Sie hätten ein Halbdutzend Männer in sich, alle auf einmal. Da gäbe es ziemlich viel zu spionieren.

SERGIUS *entzückt:* Nicht nur hübsch, sondern auch witzig. *Er versucht, sie zu küssen.*

LUKA *weicht ihm aus:* Nein, ich will Ihre Küsse nicht. Herrschaften sind alle gleich. Sie amüsieren sich hinter Fräulein Rainas Rücken. Und Fräulein Raina tut das gleiche hinter Ihrem Rücken.

SERGIUS *läßt von ihr ab:* Luka!

LUKA Da sieht man, wie Ihr alle über die Liebe denkt.

SERGIUS *läßt die Intimität fallen und spricht mit eisiger Höflichkeit:* Wenn du Wert darauf legst, dich mit mir zu unterhalten, erinnere dich bitte, daß ein Herr über die Lebensführung einer Dame nicht mit ihrem Dienstmädchen spricht.

LUKA Man weiß wirklich nicht, was ein Herr für richtig hält. Nach Ihrem Versuch, mich zu küssen, dachte ich, daß Sie diese Dinge nicht so genau nehmen.

SERGIUS *wendet sich ab und tritt aus dem Tor, schlägt sich dabei gegen die Stirn:* Der Teufel!

LUKA Ha ha, einer der sechs Herren in Ihnen muß wohl ein wenig so sein wie ich, Herr Major. Obwohl ich nur Fräulein Rainas Mädchen bin. *Sie geht zu ihrer Arbeit zurück und nimmt keine Notiz mehr von ihm.*

SERGIUS *spricht zu sich selbst:* Wer von den sechs ist nun der Richtige, wer bin ich? Das ist die Frage! Einer von ihnen ist ein Held, ein anderer ein Schwachkopf, einer ein Schwindler, ein anderer vielleicht sogar ein Lump. *Er unterbricht sich, sieht verstohlen zu Luka hin und sagt:*
Und mindestens einer ist ein Feigling, und dazu auch noch eifersüchtig, wie alle Feiglinge. *Er geht zum Tisch.* Luka?

LUKA Was ist?

SERGIUS Wer ist mein Rivale?

LUKA Das werden Sie aus mir niemals herausbekommen, nicht für alles Geld der Welt.

SERGIUS Warum?

LUKA Das ist meine Sache. Außerdem würden Sie sagen, daß ich es Ihnen erzählt hätte, und ich würde meine Stellung verlieren.

SERGIUS *hält seine rechte Hand hoch, als wolle er schwören:* Bei meiner Ehre, ... *unterbricht sich, läßt die Hand fallen und fährt mit Selbstironie fort* ... der Ehre eines Mannes, der sich so benimmt, wie ich mich in den letzten fünf Minuten benommen habe. – Wer ist es?

LUKA Ich weiß es nicht. Ich habe nur seine Stimme aus Fräulein Rainas Schlafzimmer gehört.

SERGIUS Verdammt! Und du wagst es ...?

LUKA *weicht vor ihm zurück:* Ich konnte doch nichts dazu. Es ist nicht recht von Ihnen, mit mir zu schimpfen. Die gnädige Frau weiß auch davon. Und ich sage Ihnen, wenn der Mann jemals hier wieder erscheinen sollte, dann wird Fräulein Raina ihn gewiß heiraten, ob er will oder nicht. Ich kenne den Unterschied zwischen der Art, wie Sie und das Fräulein zusammen reden, und der richtigen Art.

SERGIUS *ist zutiefst betroffen, er geht mit einem hart entschlossenen Gesicht auf sie zu und packt ihre beiden Arme oberhalb des Ellbogens:* Jetzt hör mir mal zu!

LUKA *wimmert:* Au! Nicht so fest! Sie tun mir ja weh!

SERGIUS Das schadet dir gar nichts. Du hast meine Ehre befleckt, du hast mich zum Komplizen deiner Schlüsselloch-Horcherei gemacht. Und du hast deine Herrin verraten.

LUKA *windet sich:* Bitte – –

SERGIUS Das beweist nur, daß du ein erbärmlicher kleiner Klumpen Dreck bist, eine Lakaienseele. *Er läßt sie los, und als habe er etwas Schmutziges angefaßt, wischt er die Hände aneinander ab. Dann setzt er sich auf die Bank an der Hausmauer, wendet den Kopf ab und beginnt, vor sich hinzubrüten.*

LUKA *reibt sich wimmernd ihre Arme:* Sie wissen jedenfalls, wie man weh tut, nicht nur mit der Zunge, sondern auch mit den Händen. Aber mir ist es egal. Jetzt weiß ich wenigstens: aus solchen Klumpen, aus denen ich gemacht bin, sind Sie auch gemacht. Und das Fräulein ist eine Lügnerin, und ihre schönen Worte sind reiner Betrug. Und ich bin sechsmal soviel wert wie sie. *Sie schüttelt den Schmerz ab und macht sich wieder an die Arbeit.*

SERGIUS *sieht sie zweifelnd an, während sie das Geschirr*

aufs Tablett stellt, das Tischtuch aufnimmt, um alles hineinzutragen. Als sie das Tablett aufnehmen will, steht er auf: Luka!

Sie hält ein und sieht ihn trotzig an.

Ein Gentleman sollte einer Frau unter keinen Umständen weh tun. *Mit tiefer Zerknirschung nimmt er seinen Tschako ab.* Ich bitte um Verzeihung.

LUKA Diese Art von Entschuldigung mag recht sein für eine Dame. Aber was hat ein Dienstmädchen davon?

SERGIUS, *der seine Ritterlichkeit frustriert sieht, wirft sie mit verächtlichem Grinsen ab und sagt obenhin:* Ach so, du verlangst vielleicht Schmerzensgeld? *Er setzt seinen Tschako wieder auf, holt Geld aus der Tasche.*

LUKA *Tränen schießen ihr in die Augen:* Nein. Sie sollen meine Schmerzen wiedergutmachen.

SERGIUS *von diesem Ton ernüchtert:* Aber wie?

Luka rollt ihren linken Ärmel hoch, hält den Arm zwischen Daumen und Fingern der rechten Hand und besieht den blauen Fleck. Dann hebt sie den Arm und sieht Sergius an. Schließlich hebt sie ihm mit einer großen Geste den Arm entgegen, damit er ihn küsse.

SERGIUS *sieht ungläubig auf den Arm, dann auf sie selbst, dann wieder auf den Arm, zögert und sagt dann schaudernd vor dieser Zumutung:* Niemals! *Er geht so weit weg von ihr wie nur möglich.*

Ihr Arm fällt. Ohne ein weiteres Wort und mit natürlicher Würde nimmt sie das Tablett auf und geht zum Haus, wo soeben Raina erscheint, in Hut und Kostüm der letztjährigen Mode: Wien 1885. Luka geht ihr mit Stolz aus dem Weg, dann ins Haus.

RAINA Da bin ich. Was ist los? *Im Scherz.* Haben Sie etwa mit Luka geflirtet?

SERGIUS *rasch:* Um Gottes willen! Wie können Sie so etwas denken.

RAINA *beschämt:* Verzeihen Sie mir! Es war natürlich nur ein Scherz. Ich bin heute so glücklich.

Er geht auf sie zu und küßt in Reue ihre Hand. Katharina kommt aus dem Haus.

KATHARINA *geht auf sie zu:* Bitte verzeiht mir, daß ich störe, Kinder. Aber Pawel zerbricht sich immer noch den Kopf über diese drei Regimenter. Er weiß eben nicht, wie er sie nach Philippopel schaffen soll. Und meine Vorschläge findet er schlecht. Ich fürchte, Sie müssen ihm helfen, Sergius. Er ist in der Bibliothek.

RAINA *enttäuscht:* Aber wir wollten gerade spazierengehen.

SERGIUS Das dauert nicht lange. Warten Sie fünf Minuten.

Er läuft die Treppe hinauf ins Haus.

RAINA *folgt ihm bis zum Fuß der Treppe und ruft ihm kokett nach:* Ich geh und warte vor dem Bibliothekfenster. Machen Sie bitte meinen Vater auf mich aufmerksam. Wenn es auch nur eine Sekunde länger dauert als fünf Minuten, komm ich herein und hole Sie, Regimenter oder nicht.

SERGIUS *lachend:* Gut! *Er geht hinein.*

Raina sieht ihm nach, bis er verschwunden ist. Dann entspannt sie sich sichtlich und beginnt, tief in Gedanken, hin und her zu gehen.

KATHARINA Was sagst du dazu, daß sie ausgerechnet diesem Schweizer begegnen mußten. Und daß sie die ganze Geschichte kennen. Natürlich war die erste Frage deines Vaters nach dem alten Rock, den wir diesem Mann gegeben haben. Du hast uns da in schöne Verlegenheit gebracht.

RAINA *in Gedanken, betrachtet den Kies, auf dem sie geht:* Diese kleine Bestie!

KATHARINA Kleine Bestie? Was für eine kleine Bestie?

RAINA Ihm alles zu erzählen! – Wenn der hier wäre, ich würde ihn so vollstopfen mit Schokolade, daß er nicht mehr sprechen könnte.

KATHARINA Red nicht solchen Unsinn. Sag mir die Wahrheit, Raina! Wie lange war er in deinem Zimmer, bevor du mich gerufen hast?

RAINA *kehrt um und setzt ihren Marsch in der entgegengesetzten Richtung fort:* Das habe ich längst vergessen.

KATHARINA So etwas vergißt man doch nicht. Ist er wirklich erst heraufgeklettert, nachdem die Soldaten fort waren, oder war er im Zimmer, als dieser Russe ihn gesucht hat?

RAINA Nein. Ja. Er muß wohl schon dagewesen sein, denke ich.

KATHARINA Denkst du! Raina! Raina! Wirst du jemals lernen, die Wahrheit zu sagen? Wenn Sergius das erfährt, dann ist es aus zwischen euch!

RAINA *kühl und unverschämt:* O ich weiß, Sergius ist deine Wonne. Manchmal wünschte ich, du könntest ihn heiraten für mich. Du wärest genau die Richtige für ihn. Du würdest ihn den ganzen Tag betätscheln und verwöhnen und bemuttern.

KATHARINA *erstarrt:* Also das ist denn doch – –

RAINA *kapriziös, halb zu sich selbst:* Mich juckt es immer danach, ihm etwas Schreckliches zu tun oder zu sagen, ihn zu schockieren, so daß sich alle seine fünf Sinne sträuben. *Zu Katharina, mit gezielter Perversität:*
Es ist mir völlig gleichgültig, ob er von dem Schokoladensoldaten erfährt oder nicht. Beinah hoffe ich es sogar. *Sie wendet sich wieder um und geht auf das Haus zu.*

KATHARINA Und wie, wenn ich fragen darf, sollte ich das deinem Vater erklären?

RAINA *über die Schulter von oberhalb der Stufen:* Ach so – der arme Papi? Als ob der nicht auch zu manchem fähig wäre! *Sie geht um die Ecke und verschwindet.*

KATHARINA *sieht ihr nach, ihre Finger jucken:* Wenn du nur zehn Jahre jünger wärst!
Luka kommt aus dem Haus mit einem Silbertablett, das aber in ihrer Hand hängt.
Was ist denn jetzt?

LUKA Ein Herr ist draußen, gnädige Frau. Ein serbischer Offizier.

KATHARINA *zornig:* Ein Serbe! Und der wagt es – *Unterbricht sich, bitter:* Ach so, ich habe ja ganz vergessen, daß Friede ist. Wahrscheinlich kommen die jetzt den ganzen

Tag und machen uns ihr Aufwartung. Ein Offizier? Warum sagst du es nicht dem gnädigen Herrn? Er ist in der Bibliothek mit Major Saranoff. Warum kommst du zu mir?

LUKA Er hat nach Ihnen gefragt, gnädige Frau. Ich glaube nämlich, er weiß gar nicht, wer Sie sind. Er sagte: die Dame des Hauses. Da ist so eine Karte. Die hat er mir gegeben. Für Sie! *Sie zieht eine Karte aus ihrem Mieder, legt sie auf das Tablett und reicht es Katharina.*

KATHARINA *liest:* Hauptmann Bluntschli? Das ist doch ein deutscher Name.

LUKA Ich glaube, er ist Schweizer, gnädige Frau.

KATHARINA *erschrickt demonstrativ, daß Luka zurückfährt:* Schweizer! Wie sieht er aus?

LUKA *angstvoll:* Er hat einen großen Reisesack bei sich, gnädige Frau.

KATHARINA Um Gottes willen. Das ist der Rock. Schick ihn weg! Sag ihm, wir sind nicht zu Hause. Er soll dir seine Adresse geben, ich schreibe ihm – nein, das geht nicht. Warte! –

Sie wirft sich in einen Stuhl, um die Sache zu überdenken. Luka wartet.

Der gnädige Herr und der Herr Major sind in der Bibliothek und arbeiten, nicht wahr?

LUKA Ja, gnädige Frau.

KATHARINA *entschlossen:* Bring mir den Herrn hierher, sofort. *Streng.* Und sei sehr höflich zu ihm! Und mach schnell! Warte! *Reißt ihr das Tablett weg.* Laß das hier und geh!

LUKA Ja, gnädige Frau. *Geht.*

KATHARINA Luka?

LUKA Ja, gnädige Frau?

KATHARINA Ist die Bibliothekstür geschlossen?

LUKA Ich glaube ja, gnädige Frau.

KATHARINA Wenn nicht, schließ sie im Vorbeigehen.

LUKA Ja, gnädige Frau. *Will gehen.*

KATHARINA Warte!

Luka wartet.

Er soll außen herumgehen. *Sie deutet auf das Stallhoftor.* Und sag Nikola, er soll ihm den Reisesack hierher tragen. Vergiß es nicht!

LUKA *erstaunt:* Den Reisesack?

KATHARINA Ja. Hierher. So schnell wie möglich! *Aufgeregt.* Schnell!

Luka läuft ins Haus. Katharina reißt sich ihre Schürze ab und wirft sie hinter einen Busch. Dann nimmt sie das Tablett auf und benützt es als Spiegel. Das Resultat: ihr Kopftuch folgt der Schürze. Sie bringt ihr Haar in Ordnung, zupft ihren Morgenrock zurecht, und schon ist sie präsentabel.

Wie ist das möglich! Wie kann ein Mann bloß so schwachsinnig sein! Und ausgerechnet in diesem Augenblick!

Luka erscheint an der Haustür und meldet: Hauptmann Bluntschli.

Dann stellt sie sich zur Seite, um ihn vorbeigehen zu lassen, und geht wieder ins Haus. Er ist der Mann des nächtlichen Abenteuers in Rainas Zimmer, aber inzwischen ist er sauber, schön gekämmt, in eleganter Uniform und guter Verfassung, dennoch: der gleiche Mann. Kaum hat Luka die Szene verlassen, stürzt Katharina auf ihn zu und bestürmt ihn, offensichtlich in großer Not.

KATHARINA Hauptmann Bluntschli, ich freue mich sehr, Sie wiederzusehen. Aber Sie müssen das Haus sofort verlassen.

Er zieht eine Augenbraue hoch.

Mein Mann ist soeben zurückgekehrt, mit ihm mein zukünftiger Schwiegersohn, keiner von ihnen weiß etwas. Wenn sie etwas wüßten, würde etwas Schreckliches geschehen. Sie sind Ausländer. Sie kennen unsere nationalen Gefühle nicht. Wir hassen die Serben immer noch. Der Friede hat meinen Mann wütend gemacht. Er ist wie ein Löwe, dem man seine Beute weggenommen hat. Wenn er unser Geheimnis erfährt, wird er mir niemals verzeihen. Und das Leben meiner Tochter wäre kaum sicher. Darf ich daher an Sie appellieren als an einen Gentleman und Soldaten? Bitte gehen Sie sofort, bevor man Sie hier antrifft!

BLUNTSCHLI *enttäuscht, aber gefaßt:* Gern, verehrte gnädige Frau. Ich bin nur gekommen, um mich bei Ihnen zu bedanken und den Rock zurückzubringen, den Sie mir so freundlicherweise geliehen haben. Wenn Sie mir erlauben möchten, ihn aus meinem Reisesack zu nehmen und ihn beim Hinausgehen Ihrem Bedienten zu übergeben, brauche ich Ihnen nicht länger zur Last zu fallen. *Er geht auf das Haus zu.*

KATHARINA *hält ihn am Ärmel fest:* Bitte um Gottes willen nicht dort lang. *Sie führt ihn zum Tor.* Dies hier ist der kürzere Weg. Und nochmals vielen Dank. Ich freue mich, daß ich Ihnen habe helfen können.

BLUNTSCHLI Und mein Reisesack?

KATHARINA Den schicke ich nach. Geben Sie mir Ihre Adresse!

BLUNTSCHLI Gern. Erlauben Sie bitte!

Er zieht eine Karte aus seiner Brieftasche und beginnt zu schreiben, während Katharina in panischer Ungeduld wartet. Als er ihr die Karte gibt, kommt Petkoff, ohne Hut, eilig aus dem Haus gelaufen in gastfreundlicher Erregung, gefolgt von Sergius.

PETKOFF *noch auf der Treppe:* Mein lieber Hauptmann Bluntschli – –!

KATHARINA Jetzt ist alles aus. *Sie sinkt auf die Bank.*

PETKOFF *zu sehr mit seinem Willkommen beschäftigt, um sie zu bemerken, schüttelt Bluntschlis Hand:* Mein Personal scheint auf den Kopf gefallen zu sein. Es dachte wohl, ich sei hier draußen. Und ich war in der Bibliothek! *Auf dem Wort liegt Emphase.* Ich habe Sie durchs Fenster gesehen. Ich dachte schon – warum kommen Sie denn nicht herein! Saranoff ist auch da. Sie erinnern sich doch an ihn!

SERGIUS *salutiert humorvoll, dann reicht er ihm sehr liebenswürdig die Hand:* Willkommen, feindlicher Freund!

PETKOFF Gott sei Dank nicht mehr Feind. *In plötzlicher*

Befürchtung: Ich hoffe doch, Sie kommen als Freund und nicht, um über Pferde und Gefangene zu verhandeln?

KATHARINA Nein, nein, als Freund, Pawel. Ich hatte den Herrn Hauptmann gebeten, zum Mittagessen zu bleiben. Aber leider muß er sofort wieder gehen.

SERGIUS *sarkastisch:* Ausgeschlossen, Bluntschli, wir brauchen Sie dringend. Drei Kavallerieregimenter müssen wir nach Philippopel befördern und haben keine Ahnung, wie.

BLUNTSCHLI *mit beruflichem Interesse:* Philippopel. Da haben Sie wahrscheinlich Schwierigkeiten mit der Verpflegung.

PETKOFF *begeistert:* Genau! *Zu Sergius:* Der hat es sofort verstanden.

BLUNTSCHLI Ich glaube, da kann ich Ihnen helfen.

SERGIUS Sie sind unbezahlbar. Los, kommen Sie!

Hinter Bluntschli stehend, legt er ihm die Hand auf die Schulter und führt ihn zu den Stufen. Petkoff folgt.

RAINA *kommt aus dem Haus und sieht Bluntschli unterhalb der Treppe:* Ah – der Schokoladensoldat!

Bluntschli steht wie angewurzelt, Sergius erstarrt und sieht zuerst auf Raina, dann auf Petkoff, der auf Sergius und dann auf seine Frau sieht.

KATHARINA *geistesgegenwärtig:* Liebe Raina, siehst du nicht, daß wir einen Gast haben? Hauptmann Bluntschli. Einen unserer neuen serbischen Freunde.

Raina verneigt sich, Bluntschli verneigt sich.

RAINA Wie dumm von mir. *Sie steigt die Treppe herab und ist jetzt inmitten der Gruppe, zwischen Bluntschli und Petkoff.* Ich habe gerade unsere Eistorte dekoriert, und dieser blöde Nikola hat einen Stoß Teller daraufgestellt und sie verdorben. *Zu Bluntschli, gewinnend.* Ich hoffe, daß Sie sich nicht für den Schokoladensoldaten gehalten haben, Hauptmann Bluntschli.

BLUNTSCHLI *lacht:* In der Tat, ich dachte, Sie meinten mich. *Wirft ihr einen verstohlenen Blick zu.* Aber Ihre Erklärung hat mich beruhigt.

PETKOFF *argwöhnisch, zu Raina:* Darf ich fragen, seit wann du kochst?

KATHARINA In deiner Abwesenheit hat sie es gelernt. Ihr neuester Einfall.

PETKOFF *unbefriedigt:* Und Nikola hat offensichtlich angefangen zu trinken. Früher war er abstinent. Zuerst führt er Hauptmann Bluntschli hier heraus, wo er doch weiß, daß ich in der Bibliothek bin. Und dann geht er und ruiniert Rainas Schokoladensoldaten. Ich glaube, er ist wirklich – – *Nikola erscheint oberhalb der Treppe mit dem Sack, den er respektvoll Bluntschli vor die Füße legt. Dann wartet er auf weitere Anordnungen. Allgemeines Erstaunen. Nikola ist sich der Wirkung, die er hervorruft, nicht bewußt, offensichtlich ist er mit sich zufrieden. Schließlich gewinnt Petkoff die Gewalt über seine Sprache wieder und fragt ihn:* Sag mal, bist du eigentlich bei Sinnen, Nikola?

NIKOLA Ich verstehe nicht, gnädiger Herr?

PETKOFF Weshalb bringst du diesen Sack hierher?

NIKOLA Die gnädige Frau hat es so befohlen. Luka sagte mir...

KATHARINA *unterbricht:* Ich sollte es befohlen haben?! Warum sollte ich dir befehlen, Hauptmann Bluntschlis Gepäck hier herauszubringen? Was denkst du dir eigentlich, Nikola?

NIKOLA *ringt einen Augenblick um Fassung, dann nimmt er den Reisesack wieder auf und wendet sich mit der Perfektion des vollendeten Dieners an Bluntschli:* Ich bitte vielmals um Verzeihung, Herr Hauptmann. *Zu Katharina.* Natürlich habe ich mich geirrt, gnädige Frau. Ich bitte Sie, es mir nicht anzurechnen.

Er verbeugt sich und geht mit dem Sack zur Treppe, dort trifft ihn Petkoffs angestauter Ärger.

PETKOFF Du kannst diesen Reisesack in Fräulein Rainas Eistorte werfen.

Das ist zuviel für Nikola. Der Sack fällt ihm aus der Hand, beinah zu Füßen seines Herrn, der ihn anbrüllt.

Mach daß du fortkommst, du gepökeltes Rindvieh!

NIKOLA *nimmt schnell den Sack wieder auf:* Jawohl, Herr Major! *Und verschwindet mit dem Sack im Haus.*

KATHARINA Beruhige dich, Pawel, es ist doch nicht so schlimm!

PETKOFF *schäumend:* Der Schurke! Völlig verkommen, während ich fort war. Aber dem werde ich es zeigen – diesem Lump. Nächsten Samstag schmeiße ich ihn hinaus! Ich werde diesen ganzen Haushalt – –

Weitere Worte ersticken unter den Beruhigungsversuchen seiner Frau und seiner Tochter, die ihn von beiden Seiten liebkosend bearbeiten.

KATHARINA *gleichzeitig mit Raina:* Aber Liebster, ärgere dich doch nicht, er hat es ja nicht böse gemeint. Beruhige dich! Es ist doch nicht so schlimm... (etc.)

RAINA *gleichzeitig:* Aber Papi, reg dich doch nicht so auf! An deinem ersten Tag zu Hause! Ich mache dir auch eine neue Eistorte, wenn du wieder lieb bist... (etc.)

PETKOFF *beruhigt sich:* Na ja – also gut – ist schon gut. – Bluntschli, jetzt Spaß beiseite. Sie bleiben jetzt erst mal hier. Sie gehen doch ohnehin noch nicht gleich zurück in Ihre Schweiz. Bis dahin wohnen Sie bei uns.

RAINA Ja wirklich, Herr Hauptmann.

PETKOFF *zu Katharina:* Vor dir hat er Angst. Sag du es ihm noch einmal. Dann bleibt er.

KATHARINA Natürlich wäre ich *sieht Bluntschli flehentlich an* überglücklich, wenn er bleiben könnte –, wenn er es wirklich möchte. Ich glaube, er kennt meine Wünsche.

BLUNTSCHLI *trocken und militärisch:* Gnädige Frau, Ihr Wunsch ist mir Befehl.

SERGIUS *herzlich:* Abgemacht.

PETKOFF *zufrieden:* Na also.

RAINA Sehen Sie! Jetzt müssen Sie bleiben.

BLUNTSCHLI *vergnügt:* Um so besser. Wenn ich muß, dann muß ich eben.

Katharina macht eine Geste verzweifelter Ergebenheit.

Dritter Akt

In der Bibliothek, nach dem Mittagessen. Allerdings verdient der Raum diese Bezeichnung kaum. Die literarische Ausstattung beschränkt sich auf ein einziges Regal, auf dem abgegriffene papiergebundene Romane stehen, mit zerrissenen Rükken und Kaffeeflecken; dazu ein paar Etageren, darauf Geschenkbände. Was sonst an Wand übrigbleibt, ist mit Kriegsandenken und Jagdtrophäen bestückt. Aber als Wohnzimmer ist der Raum sehr gemütlich. Drei große Fenster lenken den Blick auf Gebirgslandschaft, im Augenblick in herrlichem Nachmittagslicht. In der Ecke neben dem äußeren Fenster rechts ragt ein ungeheuerlicher Kachelofen in glänzender Glasur beinah bis zur Zimmerdecke und verspricht wohlige Wärme. Die Ottomane ist ähnlich der in Rainas Zimmer und ist in derselben Art aufgestellt. Die Fensternischen sind Bänke, mit dicken bunten Kissen angehäuft. Nur ein Gegenstand paßt absolut nicht in seine Umgebung: ein kleiner, alter, schäbiger Küchentisch, als Schreibtisch hergerichtet, mit einer Blechbüchse voller Federn, einem mit Tinte gefüllten Eierbecher und einem großen Blatt abgenützten, zerfetzten rosa Löschpapiers. Seitlich am Tisch sitzt Bluntschli, arbeitet intensiv über einigen Generalstabskarten und schreibt Befehle aus. Vor dem Tisch sitzt Sergius, auch er offiziell bei der Arbeit, aber in Wirklichkeit, an einer Feder kauend, in den Anblick Bluntschlis vertieft, voller Neid über dessen Sachlichkeit und Tüchtigkeit und voller Unbehagen über seine eigene Unfähigkeit. Er staunt Bluntschlis Methodik an, aber ihr prosaischer Charakter verbietet ihm gleichzeitig, sie zu schätzen. Der Major dagegen hat sich bequem auf der Ottomane niedergelassen, die Zeitung in der Hand, das Mundstück seiner Wasserpfeife leicht erreichbar. Katharina sitzt stickend am Ofen, Raina sitzt auf der Fensterbank und sieht tagträumend hinaus auf die Balkanlandschaft, einen vernachlässigten Roman auf dem Schoß.

Die Tür ist auf der Seite des Ofens. Der Knopf der elektrischen Klingel an der anderen Seite, hinter Bluntschli.

PETKOFF *sieht von seiner Zeitung auf zum Tisch hinüber:* Kann ich Ihnen in irgendeiner Weise behilflich sein, Bluntschli?

BLUNTSCHLI *ohne die Arbeit zu unterbrechen oder aufzusehen:* Vielen Dank. Nicht nötig. Saranoff und ich werden gut damit fertig.

SERGIUS *ironisch:* Ja, sehr gut. Er arbeitet alles aus, schreibt die Ordern und ich unterschreibe. Arbeitsteilung. *Bluntschli schiebt ihm ein Papier hin.*
Noch eines? Danke. *Er legt das Papier vor sich hin, stellt seinen Stuhl parallel dazu und unterschreibt. Die Zunge vollzieht die Signatur mit.* Diese Hand hat mehr Übung mit dem Schwert als mit der Feder.

PETKOFF Es ist wirklich nett von Ihnen, Bluntschli, sich uns zur Verfügung zu stellen. Ich kann Ihnen wirklich nicht helfen?

KATHARINA *leise:* Du könntest aufhören, immer zu unterbrechen, Pawel.

PETKOFF *erschrocken, wendet sich zu ihr:* Wie? Ach so, ganz recht, meine Liebe, natürlich. *Er nimmt die Zeitung wieder auf, aber er läßt sie sofort wieder sinken.* Du warst ja nicht im Krieg, Katharina, du weißt gar nicht, wie wohltuend es ist für uns, hier zu sitzen nach einem guten Essen und nichts tun zu müssen. Nur eine einzige Sache fehlt mir zu meinem Glück.

KATHARINA Und das wäre?

PETKOFF Mein alter Rock. In diesem ist mir nicht recht wohl. Ich fühle mich darin wie bei der Parade.

KATHARINA Aber lieber Pawel, was hast du denn immer mit diesem alten Rock? Zieh ihn doch an! Er hängt in der blauen Kammer, wo er immer gehangen hat.

PETKOFF Ich sage dir doch, meine Liebe, ich habe dort nachgesehen. Habe ich Augen oder nicht?

Katharina steht auf, geht zur elektrischen Klingel und drückt auf den Knopf.

Du mußt natürlich deinen elektrischen Knopf herzeigen.

Sie blickt ihn mit einiger Überheblichkeit an und geht schweigend zu ihrer Stickerei zurück.

Meine Beste, wenn du meinst, daß die Hartnäckigkeit deines Geschlechts einen Hausrock aus zwei Morgenröcken Rainas und deinem Regenmantel machen kann, dann irrst du dich leider. Denn genau das sind die Dinge, die im Augenblick in der blauen Kammer hängen, und nichts anderes.

Nikola tritt auf.

KATHARINA Nikola, geh in die blaue Kammer und hole den alten Hausrock des gnädigen Herrn. Du weißt schon – den mit der Borte.

NIKOLA Ja, gnädige Frau. *Ab.*

PETKOFF Katharina.

KATHARINA Ja, Pawel?

PETKOFF Ich wette mir dir um jeden Schmuck, der dir in Sofia in die Augen sticht, gegen eine Woche Haushaltsgeld, daß der Rock nicht da ist.

KATHARINA Einverstanden.

PETKOFF *von seiner Chance angestachelt:* Wer steigt in dieses Spiel ein, wer macht mit? Bluntschli, sechs zu eins! Wie wär's?

BLUNTSCHLI *unbeirrt:* Sie wären ruiniert, Major. Die gnädige Frau hat sicher recht.

Ohne aufzusehen, gibt er einen Stoß Papiere an Sergius weiter.

SERGIUS Eins zu null für die Schweiz. Ich wette mein bestes Pferd gegen eine arabische Stute für Raina, daß Nikola den Rock in der blauen Kammer findet.

PETKOFF Dein bestes Pferd!

KATHARINA *unterbricht ihn:* Pawel, sei nicht verrückt! Eine arabische Stute kostet dich fünfzigtausend Lewa.

RAINA *erwacht plötzlich aus ihrer Träumerei:* Aber Mami,

wenn du den Schmuck nimmst, warum gönnst du mir dann die Stute nicht?

Nikola erscheint mit dem Rock, bringt ihn Petkoff, der seinen Augen nicht traut.

KATHARINA Wo war er, Nikola?

NIKOLA Er hing in der blauen Kammer, gnädige Frau.

PETKOFF Also, da soll mich doch der Teufel – –

KATHARINA *unterbricht:* Bitte, Pawel!!

PETKOFF Ich hätte schwören können, daß er nicht da ist. Ich glaube, ich werde alt, bald sehe ich Gespenster. *Zu Nikola.* Hilf mir in den Rock. *Er zieht sich um, Nikola hilft.* Gut, daß wir nicht gewettet haben. Jetzt mußt du Raina die Stute selbst kaufen, Sergius, sie rechnet damit. Nicht wahr, Raina.

Er sieht sich nach ihr um, aber sie ist schon wieder in ihren Träumen. Mit einem Anflug von väterlichem Gefühl macht er die anderen darauf aufmerksam.

Sie träumt schon wieder – wie immer.

SERGIUS Ich versichere dir, sie wird nicht zu kurz kommen.

PETKOFF Um so besser für sie. Ich fürchte, mich wird die Sache etwas teuer zu stehen kommen.

Inzwischen hat er sich umgezogen. Nikola geht mit dem abgelegten Rock hinaus.

Jetzt endlich fühle ich mich wirklich zu Hause. *Grunzend vor Befriedigung nimmt er die Zeitungslektüre wieder auf.*

BLUNTSCHLI *händigt Sergius das letzte Papier aus:* So, das wär's.

PETKOFF *überrascht, springt auf:* Was? Fertig?

BLUNTSCHLI Fertig.

PETKOFF *will zu guter Letzt noch mitspielen:* Gibts nicht auch noch etwas zum Unterzeichnen für mich?

BLUNTSCHLI Nicht nötig. Seine Unterschrift genügt.

PETKOFF *gebläht vor Befriedigung:* Da haben wir aber ein gutes Stück Arbeit geleistet heute. Kann ich noch irgend etwas tun?

BLUNTSCHLI Vielleicht wäre es ratsam, wenn Sie beide sich

die Leute mal ansehen, die das Zeug zu überbringen haben. *Sergius steht auf.*

Schicken Sie die Kerle gleich auf den Weg! Ich habe auf den Ordern genau verzeichnet, wann sie einzureichen sind. Und keine Verzögerung, kein Besuch im Wirtshaus unterwegs! Fünf Minuten Verspätung, und sie bekommen die Haut über die Ohren gezogen!

SERGIUS *indigniert:* Ich werde es ausrichten. Und wenn einer von ihnen den Mut hat, mir ins Gesicht zu spucken, weil ich seine Menschenwürde angetastet habe, dann kaufe ich ihn los und zahle ihm seine Pension! *Er geht ab.*

BLUNTSCHLI *vertraulich zu Petkoff:* Gehen Sie mit und sehen Sie zu, daß er mit den Leuten anständig umgeht, Herr Major!

PETKOFF *eifrig:* Sehr richtig, Bluntschli, sehr richtig. Ich werde mich der Sache annehmen. *Er stelzt zur Tür, aber dort zögert er.*

Übrigens, Katharina, du könntest eigentlich mitkommen. Vor dir haben sie wahrscheinlich mehr Respekt als vor mir.

KATHARINA *legt ihre Stickerei ab:* Ja, du hast recht, es ist besser. Ich fürchte, du machst dich den Leuten nicht recht verständlich.

Sie geht ab, Petkoff hält ihr die Tür und folgt ihr.

BLUNTSCHLI Das nenn ich mir eine Armee. Macht Kanonen aus Kirschbäumen. Und die Offiziere schicken nach ihren Frauen, damit sie Disziplin halten! *Er beginnt, die Papiere zu ordnen.*

RAINA *ist von ihrem Fenstersitz aufgestanden und kommt jetzt langsam, die Hände auf dem Rücken, auf ihn zu:* Sie sehen wesentlich netter aus als damals, als wir uns kennengelernt haben.

Er sieht sie erstaunt an.

Wie haben Sie das gemacht?

BLUNTSCHLI Ich habe mich gewaschen. Und gekämmt, gut geschlafen, richtiges Frühstück. Mehr eigentlich nicht.

RAINA Sind Sie gut zurechtgekommen an dem Morgen?

BLUNTSCHLI Ausgezeichnet. Danke.

RAINA War man böse mit Ihnen, weil Sie vor Sergius davongelaufen sind?

BLUNTSCHLI *grinst:* Überhaupt nicht. Die waren froh, daß ich da war. Sie sind ja selbst davongelaufen.

RAINA *stützt sich ihm gegenüber auf den Tisch:* Das hat wohl eine hübsche Geschichte abgegeben. Über mich und mein Zimmer.

BLUNTSCHLI Großartige Geschichte. Aber ich habe sie nur einem einzigen Menschen erzählt, einem guten Freund.

RAINA Auf dessen Verschwiegenheit Sie sich absolut verlassen konnten.

BLUNTSCHLI Absolut.

RAINA Aha. Er hat die ganze Geschichte meinem Vater und Sergius erzählt, an dem Tag, als die Gefangenen ausgetauscht wurden. *Sie wendet sich ab und geht langsam, im Bewußtsein der Wirkung, auf die andere Seite des Zimmers.*

BLUNTSCHLI *sehr betroffen und beinah ungläubig:* Nein. Das ist doch wohl nicht Ihr Ernst?

RAINA *wendet sich um, plötzlich ernsthaft:* Doch. Aber die beiden wissen natürlich nicht, daß es dieses Haus war. Wenn Sergius das wüßte, würde er Sie zum Duell fordern und töten.

BLUNTSCHLI Auch das noch! Dann erzählen Sie es ihm lieber nicht.

RAINA Bitte seien Sie doch mal ernst, Herr Hauptmann. Können Sie denn nicht begreifen, was es für mich bedeutet, ihn zu betrügen? Ich möchte doch, daß zwischen Sergius und mir keine Lüge steht, keine Gemeinheit, keine Kleinlichkeit. Meine Beziehung zu ihm ist der einzige wirklich schöne und edle Teil meines Lebens. Ich hoffe, Sie verstehen das!?

BLUNTSCHLI *skeptisch:* Sie meinen, Sie möchten nicht, daß er herausfindet, daß die Sache mit dem Schokoladensoldaten eine – eine – wie soll ich sagen – –

RAINA *höchst peinlich berührt:* Bitte sprechen Sie nicht darüber, als wäre das eine Bagatelle. Ich habe gelogen. Das weiß ich. Aber ich habe es getan, um Ihr Leben zu retten. Es war das zweite Mal, daß ich jemals die Unwahrheit gesagt habe.

Bluntschli steht auf und sieht sie zweifelnd und streng an.

Erinnern Sie sich an das erste Mal?

BLUNTSCHLI Ich? Nein. War ich denn dabei?

RAINA Ja. Ich habe dem Offizier, der nach Ihnen gesucht hat, gesagt, Sie seien nicht hier.

BLUNTSCHLI Natürlich. Wie konnte ich das nur vergessen!

RAINA *ermutigt:* Natürlich, Sie vergessen so etwas. Sie hat es nichts gekostet. Aber mich hat es eine Lüge gekostet. Eine Lüge!

Sie setzt sich auf die Ottomane und sieht vor sich hin, die Hände unter den Knien. Bluntschli, ganz gerührt, geht zu ihr und setzt sich neben sie.

BLUNTSCHLI *besänftigend:* Mein liebes Fräulein, ich glaube, Sie übertreiben. Sehen Sie mich an! Ich bin Soldat. Was sind nun die beiden Dinge, mit denen ein Soldat fertig werden muß, so daß sie ihm schließlich überhaupt nichts mehr ausmachen? Erstens, daß er von allen Seiten Lügen hört.

Raina ist schmerzlich berührt.

Zweitens: daß er sich manchmal das Leben retten lassen muß, und zwar von allen möglichen Leuten und auf alle möglichen Arten.

RAINA *steht auf, entrüstet:* Und das bedeutet, daß er nicht mehr an Treue und Dankbarkeit glaubt.

BLUNTSCHLI *trocken:* Glauben Sie an Dankbarkeit? Ich nicht. Wenn Mitleid der Liebe verwandt ist, dann entspricht Dankbarkeit dem Gegenteil.

RAINA Dankbarkeit! *Aggressiv:* Wenn Sie schon nicht dankbar sein können, dann sind Sie überhaupt nicht fähig, etwas Edles zu empfinden. Selbst Tiere sind dankbar. Jetzt sehe ich erst, was Sie von mir halten. Sie waren gar nicht erstaunt, mich lügen zu hören. Sie dachten vielleicht, das tue ich jeden Tag, jede Stunde. Das also denken Männer von Frauen. *Sie geht im Raum auf und ab, sieht sich tragisch.*

BLUNTSCHLI *stoisch:* Und nicht ganz unberechtigt. Sie sagen, Sie hätten in Ihrem Leben nur zweimal gelogen. Liebes gnädiges Fräulein: ist das nicht doch etwas sparsam gerechnet? Ich selbst glaube, daß ich verhältnismäßig ehrlich bin, aber damit käme ich noch nicht einen halben Tag aus.

RAINA *von oben herab:* Herr Hauptmann, Sie beleidigen mich!

BLUNTSCHLI Ich kann nichts dafür. Ich bin gewiß voller Bewunderung für Ihre edle Haltung und Ihren schwingenden Tonfall, aber ich glaube kein Wort davon.

RAINA *mit großem Pathos:* Hauptmann Bluntschli!

BLUNTSCHLI *ungerührt:* Bitte?

RAINA *steht über ihm, als traue sie ihrer Wahrnehmung nicht mehr:* Meinen Sie wirklich, was Sie eben gesagt haben?! Wissen Sie überhaupt, was Sie gesagt haben?!

BLUNTSCHLI Genau.

RAINA *ringt nach Atem:* Ich – Ich – –

Verschluckt sich beinah, was zu bedeuten hat: ›Ich, Raina Petkoff, soll eine Lügnerin sein!!‹ Er sieht sie an, unbeeindruckt. Plötzlich setzt sie sich neben ihn und fragt mit völlig verändertem Ton – das Heroische ist der Vertraulichkeit gewichen –

Wie haben Sie das herausbekommen?

BLUNTSCHLI *völlig natürlich:* Instinkt, mein Fräulein. Instinkt und Erfahrung.

RAINA *bewundernd:* Wissen Sie, daß Sie der erste Mann sind, der mich nicht ernst nimmt?

BLUNTSCHLI Sie meinen, ich bin der erste Mann, der Sie wirklich ernst nimmt.

RAINA Ja, wahrscheinlich meine ich das. *Gelockert und unbefangen:* So wie Sie hat noch niemand mit mir gesprochen. Es ist eine ganz neue Erfahrung. Wissen Sie, ich habe das nämlich immer so gemacht.

BLUNTSCHLI Was?

RAINA Ich meine die edle Haltung und den strengen Tonfall. *Beide lachen.*

Schon als kleines Kind mit meinem Kindermädchen. Die hat mir alles abgekauft. Auch mit meinen Eltern tue ich es, die glauben auch alles. Auch mit Sergius. Der glaubt auch alles.

BLUNTSCHLI Na ja, er geht ja selbst ein bißchen in diese Richtung, oder nicht?

RAINA Ich bin nicht ganz sicher. Meinen Sie? Wenn ich denke, daß er... *Entmutigt.*

Na gut. Ist ja auch gleichgültig. Wahrscheinlich verachten Sie mich jetzt, wo Sie alles wissen.

BLUNTSCHLI *freundlich, steht auf:* Aber keineswegs, mein liebes Fräulein, ganz gewiß nicht. Es gehört zu Ihnen, Ihrer Jugend, gerade darin liegt ja Ihr Reiz. Darin bin ich wie die anderen: das Kindermädchen, Ihre Eltern, Sergius. Ich bin tatsächlich ganz bezaubert von Ihnen.

RAINA *angenehm überrascht:* Wirklich?

BLUNTSCHLI *schlägt sich, nach deutscher Manier, die Hand aufs Herz:* Hand aufs Herz! Ganz ehrlich.

RAINA *glücklich:* Aber was haben Sie von mir gedacht, als Sie mein Bild gefunden haben?

BLUNTSCHLI *erstaunt:* Ihr Bild? Sie haben mir kein Bild gegeben.

RAINA *erschrocken:* Sie meinen, Sie haben es gar nicht gefunden?

BLUNTSCHLI Gefunden? Nein. *Mit erneutem Interesse setzt er sich wieder neben sie. Nicht ohne Befriedigung fragt er:* Wann haben Sie es mir denn geschickt?

RAINA *entrüstet:* Ich habe es Ihnen nicht geschickt. *Sie wendet ihren Kopf von ihm ab und sagt beschämt:* Es war in der Rocktasche.

BLUNTSCHLI *erschrocken und amüsiert:* Ich habe es nicht gefunden. Dann muß es noch immer in der Rocktasche sein.

RAINA *springt auf:* Noch immer in der – Und das erste, was

mein Vater findet, wenn er die Hand in die Tasche steckt, ist das Bild! Wie konnten Sie so nachlässig sein!

BLUNTSCHLI *steht ebenfalls auf:* Das ist doch nicht so schlimm. Es ist doch nur eine Fotografie. Er weiß doch nicht, wem es zugedacht war. Sagen Sie ihm, er hätte es selbst dort hineingesteckt.

RAINA Sie halten sich wohl für sehr gescheit! *In größter Not:* Was soll ich nur tun?

BLUNTSCHLI Ach so! Sie haben etwas daraufgeschrieben! Das war vielleicht unklug.

RAINA *beinah in Tränen:* Und wenn ich bedenke, daß ich das für Sie getan habe, dem es ganz egal ist, der mich dazu noch auslacht! – Sind Sie sicher, daß niemand den Rock berührt hat?

BLUNTSCHLI Da bin ich natürlich nicht ganz sicher. Ich habe den Rock natürlich nicht überall mitnehmen können, schließlich kann man im Krieg kein Gepäck brauchen.

RAINA Und was haben Sie damit getan?

BLUNTSCHLI Als ich nach Pirot kam, mußte ich ihn natürlich in möglichst sichere Verwahrung geben. Zuerst dachte ich an die Handgepäckaufbewahrung am Bahnhof. Aber im modernen Krieg werden solche Orte gern geplündert. Deshalb habe ich ihn versetzt.

RAINA Sie meinen – gegen ein Pfand – –?

BLUNTSCHLI Ich weiß, das klingt nicht schön. Aber es war bei weitem das Sicherste. Vorgestern habe ich ihn ausgelöst. Gott allein weiß, ob der Pfandleiher die Taschen ausgeleert hat oder nicht.

RAINA *wirft ihm wütend die Worte ins Gesicht:* Sie sind eine ganz niedrige Krämernatur. Sie denken sich Sachen aus, auf die ein Gentleman niemals kommen würde.

BLUNTSCHLI *phlegmatisch:* Das, mein Fräulein, ist der Schweizer Nationalcharakter. *Er geht zum Tisch.*

RAINA Oh – ich wünschte, ich hätte Sie niemals gesehen. *Sie wendet sich ab und setzt sich, immer noch zitternd vor Wut, ans Fenster.*

Luka kommt herein mit einem Stoß Briefe und Telegramme auf dem Silbertablett. In ihrer lockeren freien Art geht sie quer durch das Zimmer. Ihr linker Ärmel ist bis zur Schulter hochgekrempelt und zeigt ihren nackten Arm, auf dem der blaue Fleck mit einem breiten goldenen Armband verdeckt ist.

LUKA *zu Bluntschli:* Für Sie! *Sie leert den Teller auf den Tisch.* Der Mann wartet. *Sie ist fest entschlossen, einem Feind gegenüber unhöflich zu bleiben, wenn sie ihm auch die Post bringen muß.*

BLUNTSCHLI *zu Raina:* Bitte entschuldigen Sie mich. Das ist die erste Post seit drei Wochen. Es hat sich angehäuft. Vier Telegramme, eine Woche alt. *Er öffnet eines.* Oh – schlechte Nachricht.

RAINA *nähert sich ihm, ein wenig in Reue:* Schlechte Nachricht?

BLUNTSCHLI Mein Vater ist gestorben.

Er sieht in Gedanken auf das Telegramm, man sieht ihm an, daß er disponiert. Luka bekreuzigt sich.

RAINA Das ist aber traurig.

BLUNTSCHLI Ja. Ich muß heim. In einer Stunde muß ich abreisen. Er hat mir eine Reihe von Hotels hinterlassen, um die ich mich kümmern muß. *Er nimmt einen besonders dicken Brief auf.* Hier ein Monstrum von Brief, von unserem Familienanwalt. *Er öffnet ihn, geht eine Liste durch.* Donnerwetter! – siebzig – zweihundert *im crescendo, als sei er überfordert* viertausend, vier – t a u s e n d! Neuntausendsechshundert!!! Was soll ich mit all dem Zeug?!

RAINA *ahnungslos:* Neuntausendsechshundert Hotels?

BLUNTSCHLI Hotels? Nein – Ach – Sie ahnen es nicht. Es ist zu lächerlich. Entschuldigen Sie mich: ich muß meinem Burschen ein paar Anordnungen geben, wegen der Abreise. *Er verläßt das Zimmer in Eile, die Briefe in der Hand.*

LUKA *Ihr Instinkt sagt ihr, daß sie Raina ärgern kann, indem sie Bluntschli schlecht macht:* Der hat kein Herz, dieser Schweizer. Er hat kein Wort gesagt, daß er über den Tod seines Vaters traurig ist.

RAINA *bitter:* Traurig? Ein Mann, der seit Jahren nichts getan hat, als andere zu töten! Was macht dem das aus? Was macht das irgendeinem Soldaten aus? *Sie geht zur Tür, hält nur mit Mühe die Tränen zurück.*

LUKA Major Saranoff war schließlich auch im Krieg, aber der hat noch ziemlich viel Herz übrig.

Raina, an der Tür, wirft Luka einen tötenden Blick zu und segelt hinaus.

Ah – das hab ich mir doch gedacht, daß du aus deinem Soldaten nicht viel Gefühl herausquetschen wirst!

Im Begriff hinauszugehen, stößt sie auf Nikola, der mit einem Scheit Holz hereinkommt.

NIKOLA *grinst sie liebevoll an:* Ah endlich! Den ganzen Nachmittag schon versuche ich, dich allein zu kriegen, mein Kind. *Bemerkt den hochgekrempelten Ärmel.* Was ist denn das für eine neue Mode!

LUKA *stolz:* Meine eigene Mode.

NIKOLA So! Wenn die Gnädigste dich so sieht, wird sie dir ein paar Worte darüber zu sagen haben. *Er legt die Scheite ab und setzt sich bequem auf die Ottomane.*

LUKA Und deshalb fängst du schon jetzt mit ein paar Worten an.

NIKOLA Komm – komm, sei mal ein bißchen nett zu mir. Ich habe erfreuliche Nachricht für dich.

Sie setzt sich neben ihn. Er zieht Papiergeld aus der Tasche. Luka, gierig, will es ihm wegschnappen, aber er zieht es ihr mit der anderen Hand weg.

Siehst du! Zwanzig Lewa. Sergius hat sie mir gegeben, so aus einer Laune. Wenn der so weitermacht, ist er sein Geld bald los. Und hier sind nochmal zehn Lewa. Die hat mir dieser Schweizer gegeben, weil ich die Lügen unserer verehrten Dame und Rainas so treuherzig hingenommen habe. Der Kerl ist übrigens nicht auf den Kopf gefallen. Du hättest die alte Katharina mal hören sollen, da unten. Die war so freundlich zu mir wie noch nie. Sie sagt, ich soll dem

Alten nicht böse sein, er sei eben manchmal etwas ungeduldig. Sie wüßten genau, was für ein guter Diener ich sei –, nachdem sie mich wie einen Schwachkopf und Lügner behandelt haben, vor dem Besuch. Die zwanzig, die werden gespart. Und die zehn, die sind für dich, falls du dich bequemen kannst, mich ein bißchen menschlicher zu behandeln. Manchmal habe ich es nämlich satt, immer nur Diener zu spielen.

LUKA Ja. Du verkaufst deine Seele für dreißig Lewa, und meine willst du für zehn kaufen. *Sie steht auf, mit Verachtung.* Behalte dein Geld. Du bist zum Diener geboren. Ich nicht. Wenn du erst deinen Laden aufmachst, dann bist du der Diener aller Leute, jetzt bist du der Diener einiger Leute. *Sie geht zum Tisch und läßt sich auf Sergius' Stuhl nieder wie auf einen Thron.*

NIKOLA *nimmt die Holzscheite auf und geht zum Ofen.* Warte nur! Du wirst schon sehen! Es wird dir nichts fehlen. Und wir werden Herren in unserem Haus sein. Das verspreche ich dir. *Er wirft das Holz hin und kniet vor dem Ofen.*

LUKA In meinem Haus wirst du niemals Herr sein.

NIKOLA *wendet sich nach ihr um, immer noch auf den Knien:* Du bist zu ehrgeizig, Luka. Denk daran: wenn es dir im Leben mal gutgehen wird – ich war es, der überhaupt erst etwas aus dir gemacht hat.

LUKA Du?!

NIKOLA *stellt sich wieder auf die Füße und geht auf sie zu:* Ja. Ich. Wer hat es dir abgewöhnt, falsches Haar kiloweise auf dem Kopf zu tragen und deine Lippen und Backen rot anzumalen wie jedes beliebige bulgarische Bauernmädchen? Ich. Wer hat dir beigebracht, deine Nägel zu schneiden und deine Hände sauber zu halten und dich zu pflegen wie eine feine russische Dame? Ich war es! Hörst du? Ich. *In Verachtung wirft sie den Kopf zurück. Er wendet sich ab, etwas gefaßter:*

Ich habe manchmal gedacht: wenn diese Raina nicht wäre, und du wärst ein wenig gescheiter und Sergius noch ein wenig dümmer, dann wärst du eine meiner besten Kundinnen. Als meine Frau kostest du mich ja doch nur Geld.

LUKA Und ich glaube, du wärst lieber mein Diener als mein Mann. Da würdest du mehr aus mir herausbekommen. Ich kenne dich doch – dich und deine Krämerseele.

NIKOLA *nähert sich ihr, um seinen Worten Bedeutung zu geben:* Laß du ruhig meine Seele aus dem Spiel, und hör mir gut zu! Wenn du eine Dame sein möchtest, dann ist dein Verhalten mir gegenüber fehl am Platz, – außer wenn wir allein sind. Du bist zu grob und unverschämt. Unverschämtheit weist auf Vertraulichkeit. Das könnte sogar Zuneigung bedeuten. Und versuche nicht immer, mich von oben herab zu behandeln. Du bist wie alle diese Bauernmädchen: du meinst, es sei vornehm, einen Diener so zu behandeln, wie ich einen Stallburschen behandle. Das verrät nur, daß du eben keine Ahnung hast. Merk dir das! Und sei nicht immer so trotzig den anderen gegenüber! Tu meinetwegen so, als ob du erwartest, daß du recht hast. Aber nicht als ob du erwartest, daß man dich herumkommandiert. Der Erfolg einer Dame beruht auf den gleichen Regeln wie der Erfolg eines Dienstmädchens: man muß genau wissen, wo man steht. Das ist das Geheimnis. Und du kannst dich darauf verlassen, daß ich weiß, wo ich stehen werde, solltest du es weiter bringen als ich. Überleg dir das mal, Mädchen! Ich werde dir schon helfen. Ein Diener sollte dem anderen immer helfen.

LUKA *steht ungehalten auf:* Ich tue, was ich selbst für richtig halte. Du mit deiner kaltblütigen Weisheit, du nimmst mir nur den Mut! Leg das Holz aufs Feuer! Das ist die einzige Sprache, die du verstehst.

Bevor Nikola antworten kann, kommt Sergius herein. Einen kurzen Augenblick scheut er, als er Luka sieht, dann geht er zum Ofen.

SERGIUS *zu Nikola:* Bin ich im Weg?

NIKOLA *glatt und ältlich-gütig:* Aber nein, gnädiger Herr, vielen Dank. Ich habe nur gerade mit diesem dummen

kleinen Ding ein wenig geschimpft. Jeden Augenblick rennt sie hier in die Bibliothek, um sich die Bücher anzusehen. Das ist der Nachteil ihrer Erziehung: sie versucht, sich über ihren Stand zu erheben. *Zu Luka:*
Luka, räum den Tisch ab für den Herrn Major! *Gemessen verläßt er den Raum. –*
Luka tut, als räume sie den Tisch auf. Sie sieht Sergius nicht an. Er geht zu ihr hinüber und besieht ihren Arm.

SERGIUS Zeig mal her. Sieht man den Fleck noch? *Er zieht das Armband hinauf und sieht den Fleck. Sie steht ohne Bewegung, sieht ihn immer noch nicht an: gebannt und auf alles gefaßt.* Tut's noch weh?

LUKA Ja.

SERGIUS Soll ich es heilen?

LUKA *zieht sofort den Arm zurück, sieht ihn aber nicht an:* Nein. Jetzt ist es zu spät.

SERGIUS *siegessicher:* Bist du sicher? *Er will sie in seinen Arm nehmen.*

LUKA Bitte spielen Sie nicht mit mir! Ein Offizier sollte nicht mit einem Dienstmädchen anbandeln.

SERGIUS *legt den Zeigefinger auf den Fleck an ihrem Arm, so daß sie es spürt:* Das war kein Spiel, Luka!

LUKA *fährt bei der Berührung zusammen, dann sieht sie ihn zum ersten Mal an:* Tut es Ihnen leid?

SERGIUS *mit berechneter Emphase, kreuzt die Arme:* Mir tut niemals etwas leid, Luka!

LUKA *resigniert:* Ich wollte, das könnte ich glauben! Daß ein Mann so anders sein kann als eine Frau! Ich weiß nicht, ob Sie wirklich ein so tapferer Mann sind.

SERGIUS *natürlich, ohne Stolz:* Doch. Ich bin ein tapferer Mann. Beim ersten Schuß ist mein Herz gehüpft wie das einer Frau. Aber als wir dann angriffen, stellte ich fest, daß ich Mut habe. Da wenigstens stimmt es bei mir.

LUKA Und haben Sie bei diesem Angriff festgestellt, daß die Söhne armer Leute weniger mutig waren als reiche Leute wie Sie?

SERGIUS *leichthin, aber bitter:* Keineswegs. Sie haben gekämpft und geflucht und gebrüllt wie Helden. Aber der Mut, sich zu schlagen und zu töten, ist billig. Ich habe einen englischen Bullterrier, der genau den gleichen Mut hat wie die bulgarische Nation und die russische Nation noch dazu. Aber von meinem Stallknecht läßt er sich trotzdem prügeln. Genau wie unsere Soldaten. – Nein, Luka: deine armen Leute können Hälse abschneiden. Aber vor ihren Offizieren haben sie Angst. Die lassen sich jede Beleidigung und jede Ohrfeige gefallen. Sie sehen zu, wenn jemand anders bestraft wird, wie die Kinder, und wenn der Offizier befiehlt, dabei zu helfen, dann helfen sie auch noch. Und die Offiziere! *Mit einem kurzen bitteren Lachen.* Ich bin Offizier. *Mit Pathos.* Den Mann möchte ich sehen, der sich allen Mächten im Himmel und auf der Erde entgegenstellt, wenn es gegen seinen Willen oder sein Gewissen geht. Nur der wäre ein wirklich mutiger Mann.

LUKA Sie haben leicht reden. Überhaupt: manchmal denke ich, Männer werden nie erwachsen. Sie haben Ideen wie Schulkinder. Was wirklicher Mut ist, das wissen Sie gar nicht.

SERGIUS *ironisch:* So? Dann kannst du es mir vielleicht erklären. *Er setzt sich breit und in Erwartung auf die Ottomane.*

LUKA Sehen Sie mich an! Wieviel eigenen Willen erlaubt man mir? Ich muß das Zimmer für Sie aufräumen, fegen, Staub wischen, heben, tragen, laufen. Wie sollte mich aber das alles erniedrigen, wenn es Sie nicht erniedrigt, das alles von mir zu verlangen! *Mit verhaltener Leidenschaft.* Aber wenn ich die Zarin von Rußland wäre, das Höchste in der Welt – dann – Sie denken, ich hätte keinen Mut – aber ich würde es Ihnen zeigen! Sie sollten mal sehen!

SERGIUS Was würdest du dann tun, Kaiserliche Hoheit!?

LUKA Ich würde den Mann heiraten, den ich liebe. Keine Kaiserin in ganz Europa hat den Mut, das zu tun. Sie wären dann unter meinem Stand, so wie ich jetzt unter Ihrem Stand bin, aber ich würde Sie heiraten und mich meinen Untergebenen gleichstellen. Würden Sie das etwa wagen, wenn Sie mich liebten? Nein: Sie würden so eine Liebe gar nicht erst aufkommen lassen, Sie würden gleich am Anfang etwas dagegen tun. Sie würden das gar nicht erst wagen, sondern ein reiches Mädchen heiraten, weil Sie Angst hätten, daß die Leute schlecht über Sie reden.

SERGIUS *getroffen:* Du lügst. Das ist nicht wahr! Weiß Gott nicht! Wenn ich dich liebte, und wäre ich der Zar selbst, ich würde dich neben mich auf den Thron setzen. Aber du weißt ja, daß ich eine andere liebe, und zwar eine Frau, die so hoch über dir steht, wie der Himmel über der Erde. Und du bist nur eifersüchtig.

LUKA Dazu habe ich gar keinen Grund. Fräulein Raina heiratet Sie ohnehin nicht. Der Mann, von dem ich Ihnen erzählt habe, ist ja wieder da. Sie wird den Schweizer heiraten.

SERGIUS *fällt aus allen Wolken:* Den Schweizer?

LUKA Der ist zehnmal soviel wert wie Sie. Dann können Sie zu mir kommen. Aber ich werde Sie abweisen. Sie sind nicht gut genug für mich. *Sie wendet sich zur Tür.*

SERGIUS *ist mit einem Satz bei ihr und reißt sie wild in seine Arme:* Ich werde den Schweizer töten. Und mit dir werde ich tun, was mir gefällt.

LUKA *in seinen Armen, passiv und gelassen:* Vielleicht wird aber auch der Schweizer Sie töten. In der Liebe hat er Sie besiegt. Vielleicht besiegt er Sie auch im Krieg.

SERGIUS *gequält:* Meinst du, das glaube ich dir? Sie, deren schlimmste Gedanken besser sind als deine besten, sollte sich hinter meinem Rücken mit einem anderen Mann eingelassen haben?

LUKA Meinen Sie etwa, sie würde dem Schweizer glauben, wenn er ihr erzählte, daß ich in Ihrem Arm bin?

SERGIUS *läßt sie los, in Verzweiflung:* Verdammt – verdammt! ich finde mich da nicht mehr zurecht. Alles, was ich glaube, wird in den Schmutz gezogen von allem, was ich tue. *Er schlägt sich auf die Brust.* Lügner, Narr, Feigling! Soll ich mich töten wie ein Mann oder leben bleiben

und so tun, als sei alles zum Lachen?
Luka wendet sich wieder zum Gehen.
Luka!
Sie bleibt an der Tür stehen.
Vergiß nicht: du gehörst mir!

LUKA *wendet sich zu ihm:* Und was hat das zu bedeuten? Eine Beleidigung?

SERGIUS *kommandiert:* Es hat zu bedeuten, daß du mich liebst und daß ich dich hier in meinen Armen gehalten habe und vielleicht wieder halten werde. Ob das eine Beleidigung ist, weiß ich nicht, und es ist mir auch gleichgültig. Nimm es wie du willst. Aber *heftig* ich will kein Feigling sein und kein Lügner. Wenn ich mich entschließe, dich zu lieben, dann wage ich es auch, dich zu heiraten, und wenn ganz Bulgarien gegen mich aufsteht. Wenn diese Hände dich jemals wieder berühren, dann berühren sie meine Braut.

LUKA Wir wollen sehen, ob Sie es wagen, Ihr Wort zu halten. Und entscheiden Sie sich. Lange warte ich nämlich nicht.

SERGIUS *faltet wieder die Arme vor der Brust und steht bewegungslos im Zimmer:* Jawohl. Wir werden sehen. Und du wirst warten, solange es mir behagt.
Bluntschli, sehr beschäftigt, seine Papiere immer noch in der Hand, kommt herein. Er läßt die Tür für Luka offen. Er geht zum Tisch, sieht Luka kurz an, während er an ihr vorbeigeht. Sergius, ohne seine resolute Haltung zu ändern, beobachtet ihn scharf. Luka geht und läßt die Tür offen.

BLUNTSCHLI *abwesend, setzt sich an den Tisch wie zuvor und legt seine Papiere nieder:* Ein sehr hübsches Mädchen übrigens, diese Kleine.

SERGIUS *mit Gewicht, bewegungslos:* Hauptmann Bluntschli!

BLUNTSCHLI Ja?

SERGIUS Sie haben mich betrogen. Sie sind mein Rivale. Rivalen dulde ich nicht. Um sechs Uhr erwarte ich Sie auf dem Exerzierplatz an der Straße nach Klissura. Allein, zu Pferd, mit meinem Säbel. Verstehen Sie?

BLUNTSCHLI *sieht ihn distanziert an, völlig ruhig:* Danke. Aber das ist eine typische Kavallerie-Forderung. Ich bin bei der Artillerie. Und ich darf die Waffen wählen. Wenn ich komme, bringe ich ein Maschinengewehr mit. Und diesmal werde ich auch die richtige Munition bei mir haben!

SERGIUS *wird rot, spricht mit tödlicher Kälte:* Nehmen Sie sich in acht, Herr Hauptmann. Bei uns in Bulgarien ist es nicht üblich, über diese Art von Aufforderung zu spaßen.

BLUNTSCHLI *freundlich:* Ach, reden Sie mir doch nicht von Bulgarien. Sie wissen ja gar nicht, was kämpfen überhaupt heißt. Aber wie Sie wünschen. Nehmen Sie ruhig Ihren Säbel mit. Ich werde da sein.

SERGIUS *entzückt, in seinem Gegenüber einen Mann von Geist zu finden:* Wohl gesprochen, Schwyzer! Ich leihe Ihnen auch mein bestes Pferd.

BLUNTSCHLI Bleiben Sie mir bloß mit Ihrem Pferd vom Leibe. Trotzdem, vielen Dank, mein Junge. *Raina tritt ein und hört den nächsten Satz.* Ich fechte lieber auf meinen beiden Beinen. Im Sattel ist es mir zu gefährlich. Ich möchte Sie nach Möglichkeit am Leben lassen.

RAINA *tritt zwischen sie, zutiefst verstört:* Ich habe gehört, was der Hauptmann gesagt hat, Sergius. Ein Duell! Warum?

Sergius wendet sich schweigend ab und geht zum Kamin, wo er beobachtend stehenbleibt. Sie fragt Bluntschli: Um was geht es denn?

BLUNTSCHLI Keine Ahnung. Das hat er mir nicht anvertraut! Aber mischen Sie sich lieber nicht ein, gnädiges Fräulein. Es wird nichts geschehen. Ich bin ausgebildeter Fechtlehrer. Er wird mich gar nicht erst berühren, und ich werde ihm nicht weh tun. Jedenfalls erspart es Erklärungen. Morgen früh fahre ich nach Hause. Sie werden mich nie wiedersehen und nie mehr von mir hören. Sie und er werden dann alles klären und glücklich miteinander leben bis ins hohe Alter.

RAINA *wendet sich ab, zutiefst verletzt, sie erstickt ein*

Schluchzen: Ich habe ja auch gar nicht gesagt, daß ich Sie wiedersehen wollte.

SERGIUS *tritt nach vorn:* Ah – das ist ein Geständnis.

RAINA *mit Würde:* Wie meinen Sie das?

SERGIUS Sie lieben diesen Mann!!

RAINA *empört:* Sergius!

SERGIUS Hinter meinem Rücken sind Sie mit ihm beisammen gewesen, so wie Sie mich hinter seinem Rücken als Verlobten behandeln. Bluntschli: Sie haben von dieser Verlobung gewußt. Sie haben mich betrogen. Das ist es, wofür Sie büßen sollen, nicht weil Sie eine Gunst genossen haben, die ich nicht genossen habe.

BLUNTSCHLI *erhebt sich ärgerlich:* Unsinn! Ich habe keinerlei ›Gunst genossen‹! Die junge Dame weiß ja noch nicht einmal, ob ich verheiratet bin oder nicht.

RAINA *verliert ihre Fassung:* Oooh –! *Sinkt auf die Ottomane.* Sind Sie – – –?

SERGIUS Sehen Sie, Bluntschli? Das ist ihr keineswegs gleichgültig. Sie können es nicht leugnen. Sie hatten das Privileg, von ihr in ihrem eigenen Zimmer empfangen zu werden, spät nachts ...

BLUNTSCHLI *unterbricht ihn energisch:* Jawohl, Sie Schwachkopf, sie hat mich empfangen, meine Pistole an ihrem Kopf. Ihre Kavallerie war mir auf den Fersen. Ich hätte ihr ein Loch in den Kopf geschossen, wenn sie einen Ton von sich gegeben hätte.

SERGIUS *fassungslos:* Bluntschli! – Raina: ist das wahr?

RAINA *erhebt sich in zorniger Würde:* Wie können Sie es überhaupt wagen – –!

BLUNTSCHLI So, und jetzt entschuldigen Sie sich gefälligst bei der Dame! *Setzt sich wieder an den Tisch.*

SERGIUS *in der gewohnten Art, die Arme verschränkt:* Ich entschuldige mich niemals!

RAINA *wütend:* Das hat er von Ihrem Freund, Hauptmann Bluntschli. Der hat überall diese furchtbare Geschichte über mich verbreitet. *Sie geht erregt im Zimmer hin und her.*

BLUNTSCHLI Nein. Der ist tot. Lebendig verbrannt.

RAINA *bleibt stehen, tonlos:* Lebendig, ver – – –?

BLUNTSCHLI In einem Holzlager in die Hüfte geschossen. Konnte nicht mehr heraus. Ihre Leute haben das Lager in Brand geschossen und ihn verbrannt. Zusammen mit ein paar anderen Verwundeten.

RAINA Entsetzlich!

SERGIUS Und sinnlos! Ja, der Krieg, dieser Krieg! Der Traum aller Patrioten und Helden. Alles Schwindel, Bluntschli! Alles Betrug. Wie die Liebe.

RAINA *zutiefst empört:* Wie die Liebe! Und das sagen Sie von mir!

BLUNTSCHLI Lassen wir das, Saranoff. Die Sache ist erledigt.

SERGIUS Betrug, sage ich. Bluntschli, wären Sie etwa wieder hierhergekommen, wenn zwischen Ihnen und Raina nichts geschehen wäre als eine Drohung mit der Pistole? Raina irrt sich. Ich weiß es nicht von Ihrem Freund, der verbrannt ist. Ich habe es aus einer anderen Quelle.

RAINA Von wem denn dann? *Plötzlich ahnt sie die Wahrheit.* Ach so – ich weiß: von Luka natürlich! Von dem Dienstmädchen. Gewiß, Sie waren ja heute morgen mit ihr zusammen, nachdem – so sieht also der Held aus, den ich angebetet habe.
Er begegnet ihrem Blick und genießt die Entzauberung. Dadurch in ihrem Ärger noch gesteigert, tritt sie näher an ihn heran und spricht in einem leiseren, intensiveren Ton. Ich habe nämlich aus dem Fenster gesehen, als ich hinaufging, um mir meinen Helden von oben anzusehen, und habe etwas gesehen, was ich nicht verstanden habe. Aber jetzt verstehe ich es: Sie haben sich an Luka herangemacht –

SERGIUS *mit grimmiger Ironie:* Sie haben es also gesehen?

RAINA Genau. Zu genau. *Sie wendet sich ab und wirft sich auf den Fenstersitz, von Empörung überwältigt.*

SERGIUS *zynisch:* Liebe Raina, unsere Liebe ist zu Ende. Das Leben ist eine Farce.

BLUNTSCHLI *zu Raina:* Sehen Sie? Schließlich hat er sich doch noch selbst durchschaut.

SERGIUS *stellt sich vor Bluntschli auf:* Bluntschli, Sie haben mich einen Schwachkopf genannt. Ich habe es hingehen lassen. Meinetwegen dürfen Sie mich jetzt auch noch einen Feigling nennen. Das Duell findet nicht statt. Und wissen Sie, warum nicht?

BLUNTSCHLI Nein, aber das macht nichts. Ich habe Sie ja schließlich auch nicht gefragt, warum es stattfinden sollte. Und deshalb frage ich auch jetzt nicht. Ich bin Berufssoldat. Ich schlage mich, wenn es sein muß, und bin sehr froh, mich nicht schlagen zu müssen, wenn es nicht sein muß. Sie sind ein Amateur: Sie denken, kämpfen sei ein Vergnügen.

SERGIUS *setzt sich an die andere Seite des Tisches, das Gesicht sehr nah bei dem Bluntschlis:* Ich werde Ihnen den Grund erklären, ob Sie wollen oder nicht, Herr Berufssoldat. Der Grund ist der: zu einem Zweikampf gehören zwei Männer, und zwar richtige Männer, mit Ehrgefühl, mit Herz und von Geblüt! Mit Ihnen könnte ich so wenig kämpfen, wie ich eine häßliche Frau lieben kann. Sie haben einfach keine – keine Ausstrahlung. Sie sind gar kein Mann. Sie sind eine Maschine.

BLUNTSCHLI bedauernd: Völlig richtig, völlig richtig. Ich bin immer so gewesen, es tut mir leid. Aber jetzt, da Sie herausgefunden haben, daß das Leben eben doch keine Farce ist, sondern ganz vernünftig und ernsthaft sein kann, was stellt sich da noch Ihrem Glück entgegen?

RAINA *steht auf:* Sie sind sehr besorgt um mein Glück und seines. Sie vergessen dabei aber seine neue Liebe, nämlich Luka. Sein Rivale sind daher nicht Sie, sondern es ist Nikola.

SERGIUS *fährt wie von der Tarantel gestochen hoch:* Nikola!

RAINA Wußten Sie denn nicht, daß die beiden verlobt sind?

SERGIUS Nikola! Öffnen sich denn immer neue Abgründe?!

RAINA *sarkastisch:* Ein empörendes Opfer, nicht wahr? Diese Schönheit! Dieser Geist! Diese Erhabenheit! Und alles soll an einen ältlichen Diener verschwendet werden. Wirklich,

Sergius! Das dürfen Sie nicht zulassen. Sie müssen eingreifen. Das sind Sie sich selbst schuldig.

SERGIUS *verliert seine Selbstkontrolle:* Sie Schlange! Sie Ekel! *Er läuft wütend im Zimmer umher.*

BLUNTSCHLI Ja, lieber Saranoff, ich fürchte, da ziehen Sie den kürzeren.

RAINA Verstehen Sie, was er getan hat, Herr Hauptmann? Er hat das Mädchen als Spionin gewonnen, und als Lohn dafür gibt es einen Kuß im Garten.

SERGIUS Gelogen! Das ist ungeheuerlich!

RAINA Ungeheuerlich? *Spielt aus:* Leugnen Sie, daß sie es war, die Ihnen von Hauptmann Bluntschli erzählt hat?

SERGIUS Das nicht. Aber –

RAINA *unterbricht:* Leugnen Sie, daß sie Ihnen ungebührlich nahe war, als sie es Ihnen erzählte?

SERGIUS Nein, aber ich sage Ihnen doch...

RAINA *unterbricht, in tiefster Verachtung:* Sie brauchen uns gar nichts mehr zu sagen. Es genügt völlig. *Sie wendet sich ab und rauscht zurück zum Fenster.*

BLUNTSCHLI *unbeirrt zu Sergius, der völlig entgeistert auf die Ottomane sinkt und den Kopf zwischen den Händen hält:* Ich habe Sie gewarnt, Saranoff. Sie ziehen den kürzeren.

SERGIUS Giftschlange!

RAINA *springt auf und rennt zu Bluntschli:* Haben Sie gehört, wie dieser Herr mich nennt, Herr Hauptmann?

BLUNTSCHLI Was sollte er sonst tun, Fräulein? Irgendwie muß er sich ja wohl Luft schaffen. Aber lassen wir das jetzt! *Mit sanfter Überredung:* Genug mit dem Streit! Es hat doch keinen Zweck.

Raina setzt sich erschöpft auf die Ottomane, und nach einem vergeblichen Versuch, Bluntschli strafend anzusehen, wird sie das Opfer ihres Humors und lehnt sich tatsächlich wie ein Kind gegen Sergius, der sich windet, um ihr die Schulter zu entziehen.

SERGIUS Verlobt mit Nikola! Ja – Sie haben wohl recht,

Bluntschli, wenn Sie diese Welt mit Gelassenheit nehmen. Sie ist eine Zumutung.

RAINA *im Scherz zu Bluntschli, versucht, seine Gedanken zu lesen:* Gewiß halten Sie uns für völlig kindisch?

SERGIUS *mit grimmiger Ironie:* Natürlich tut er das. Schweizer Zivilisation nimmt sich bulgarischer Barbarei an, wie?

BLUNTSCHLI *ertappt:* Aber keineswegs. Ich versuche ja nur, Sie beide ein wenig zu beruhigen. – Also jetzt wollen wir uns mal nicht aufregen und die Sache freundschaftlich klären. Wo ist diese andere junge Dame?

RAINA *grinst vor Genugtuung:* Höchstwahrscheinlich horcht sie an der Tür.

SERGIUS *zuckt zusammen, als habe ihn eine Kugel getroffen, spricht aber mit ruhiger Empörung:* Das ist eine Verleumdung. Und ich werde es beweisen.

Würdevoll schreitet er zur Tür und öffnet sie. Dort entfährt ihm ein Ausdruck der Wut, er schießt hinaus in den Gang, kommt zurück und zieht Luka hinter sich her, wirft sie gegen den Tisch.

Bluntschli, sprechen Sie das Urteil aus. Sie sind kühl und unparteiisch. Was soll man mit der da anfangen!

Luka behauptet sich, sie bleibt stehen, stolz und schweigend.

BLUNTSCHLI *schüttelt den Kopf:* Ich kann darüber nicht richten. Ich habe selbst einmal gehorcht, durch die Wand eines Zeltes. Drinnen wurde eine Meuterei geplant. Der Grad der Schuld hängt wohl davon ab, was auf dem Spiel steht. Damals stand natürlich mein Leben auf dem Spiel.

LUKA Hier steht meine Liebe auf dem Spiel. Ich schäme mich nicht.

RAINA *mit Verachtung:* Deine Liebe! Deine Neugier, meinst du!

LUKA *wendet sich zu Raina und gibt ihre Verachtung mit Zinsen zurück:* Meine Liebe ist jedenfalls stärker als irgend etwas, was Sie empfinden können, sogar für Ihren Schokoladensoldaten.

SERGIUS *mit flammendem Verdacht zu Luka:* Was hat das zu bedeuten?

LUKA *entschlossen:* Es bedeutet, daß – –

SERGIUS *unterbricht, mit sinkendem Interesse:* Ach, ich verstehe – die Eistorte. Dieser Hieb trifft daneben, Luka.
Major Petkoff tritt auf in Hemdsärmeln.

PETKOFF Bitte entschuldigen Sie die Hemdsärmel, meine Herren. Raina, irgend jemand muß diesen Rock getragen haben, da bin ich sicher. Und zwar jemand, dessen Rücken anders ist als meiner. Am Ärmel ist er aufgeplatzt. Deine Mutter näht ihn soeben wieder zu. Ich hoffe, sie beeilt sich. Ich werde mich noch erkälten. *Er sieht einen nach dem anderen an.* Ist irgend etwas geschehen?

RAINA Nein. *Sie setzt sich an den Ofen und ist still.*

SERGIUS Ich wüßte jedenfalls nicht, was. *Er setzt sich an den Tisch.*

BLUNTSCHLI *bleibt sitzen:* Keineswegs, keineswegs.

PETKOFF *läßt sich auf die Ottomane nieder:* Dann ist ja alles gut. *Er sieht Luka.* Ist irgend etwas los, Luka?

LUKA Nein, gnädiger Herr.

PETKOFF *zufrieden:* Na, dann ist ja alles in Ordnung. *Er niest.* Luka, sei so lieb und bitte meine Frau, dir meinen Rock zu geben!
Nikola kommt mit dem Rock. Luka tut, als habe sie das Zimmer aufzuräumen. Sie stellt den kleinen Tisch mit der Wasserpfeife an die Wand neben das Fenster.

RAINA *sieht den Rock an Nikolas Arm:* Hier ist er schon, Papi. Gib ihn mir, Nikola. Lege du etwas mehr Holz aufs Feuer!
Sie nimmt den Rock und bringt ihn dem Major, der aufsteht, um ihn anzuziehen. Nikola kümmert sich ums Feuer.

PETKOFF *zu Raina, gutmütig neckisch:* Ah – man ist mal wieder nett zu seinem alten Vater, jetzt, wo er aus dem Krieg zurück ist, wie?

RAINA *vorwurfsvoll:* Wie kannst du so etwas sagen, Papi!

PETKOFF Ist ja nur Spaß, mein Kind. Komm, gib mir einen Kuß.

Sie küßt ihn.

Und jetzt gib mir meinen Rock!

RAINA Nein, ich helfe dir, ihn anzuziehen! Dreh dich um!

Er dreht sich um und tastet blind mit den Armen nach den Ärmeln. Sie nimmt geschickt und schnell die Fotografie aus der Tasche, wirft sie vor Bluntschli auf den Tisch, der sie mit einem Blatt Papier bedeckt. Sergius beobachtet diesen Akt, sein Argwohn ist aufs höchste gesteigert. Raina hilft Petkoff in den Rock.

Na, bist du jetzt zufrieden, Papi?

PETKOFF Glücklich, mein Kind, restlos glücklich!

Er setzt sich. Raina kehrt zu ihrem Sitz zurück.

Ach, übrigens habe ich etwas Seltsames gefunden. Was mag das bedeuten? *Er sucht mit der Hand in der Tasche.* Na, wo ist denn ...? *Versucht die andere Tasche.* Ich hätte doch schwören können ... *Versucht die Brusttasche.* Aber das ist ja ... *Versucht wieder die erste Tasche.* Wo kann denn das ...? *Hat die Lösung:* Deine Mutter wird es herausgenommen haben.

RAINA *in Not:* Was?

PETKOFF Deine Fotografie mit der Unterschrift: ›Als Andenken an ihren Schokoladensoldaten, Raina‹. Da muß doch etwas dahinterstecken. Und ich möchte gern herausfinden, was. *Ruft.* Nikola!

NIKOLA *geht zu ihm:* Gnädiger Herr?

PETKOFF Sag mal, hast du wirklich heute morgen Fräulein Rainas Eistorte zerstört?

NIKOLA Fräulein Raina hat es Ihnen doch selbst gesagt, gnädiger Herr.

PETKOFF Das weiß ich, du Hornochse. Aber ist es auch wahr?

NIKOLA Ich bin sicher, daß Fräulein Raina nicht imstande ist, eine Unwahrheit zu sagen, gnädiger Herr.

PETKOFF So? Du bist sicher? Ich nicht. *Wendet sich an die anderen:*

Ich durchschaue alles. *Er geht zu Sergius und schlägt ihm auf die Schulter.* Der Schokoladensoldat bist du natürlich.

SERGIUS *entrüstet:* Ein Schokoladensoldat?! Nein, das bin ich nicht.

PETKOFF Nicht?

Er sieht sich um. Alle sind sehr ernst.

Willst du etwa sagen, daß Raina so etwas an einen anderen Mann geschickt hat?

SERGIUS *kryptisch:* Die Welt ist eben kein solch unschuldiger Platz, wie wir immer geglaubt haben, Petkoff.

BLUNTSCHLI *steht auf:* Ich will Sie aufklären, Major. Ich bin der Schokoladensoldat.

Petkoff und Sergius sind gleichermaßen erstaunt.

Die liebenswürdige junge Dame hat mein Leben gerettet, indem sie mich mit Schokolade gefüttert hat, als ich am Verhungern war. Den Geschmack werde ich übrigens niemals vergessen. Mein Freund Stolz hat Ihnen ja die Geschichte in Pirot bereits erzählt. Ich war der Soldat auf der Flucht.

PETKOFF *schnappt nach Luft:* Sie! Sergius! Du erinnerst dich, wie diese beiden Damen sich heute morgen aufgeregt haben, als wir die Geschichte erzählten!

Sergius lächelt zynisch, Petkoff stellt sich streng vor Raina auf.

Du bist mir ja ein nettes Früchtchen. Das hätte ich denn doch nicht von dir gedacht.

RAINA *bitter:* Major Saranoff hat es sich anders überlegt. Und als ich die Fotografie unterschrieb, wußte ich noch nicht, daß Hauptmann Bluntschli verheiratet ist.

BLUNTSCHLI *protestiert heftig:* Ich bin doch gar nicht verheiratet!

RAINA *sehr vorwurfsvoll:* Aber das haben Sie gesagt.

BLUNTSCHLI Ich?! Ich habe nichts dergleichen gesagt. Ich bin in meinem ganzen Leben noch niemals verheiratet gewesen.

PETKOFF *verliert allmählich die Geduld:* Raina! Wenn es nicht zu viel verlangt ist, möchte ich dich bitten, mir zu sagen, mit welchem der beiden Herren du verlobt bist.

RAINA Mit keinem von beiden. *Zieht Luka hervor.* Dieses junge Mädchen ist, zumindest im Augenblick, Gegenstand der Zuneigung des Herrn Majors Saranoff.

Luka schweigt stolz und eigensinnig.

PETKOFF Luka?! Bist du verrückt, Sergius? Das Mädchen ist doch mit Nikola verlobt.

NIKOLA Wenn ich mir ein Wort erlauben darf, gnädiger Herr: Luka ist mit mir nicht verlobt.

PETKOFF Mit dir nicht verlobt, du Lump? Fünfundzwanzig Lewa habe ich dir am Tag deiner Verlobung geschenkt. Und sie hat von Fräulein Raina das goldene Armband bekommen.

NIKOLA *kühl und salbungsvoll:* Es schien uns opportun, diese Version zu verbreiten, gnädiger Herr. Luka brauchte einen gewissen Schutz. Sie ist zu Höherem geboren, und ich habe ihr als Vertrauter gedient. Wie Sie wissen, gnädiger Herr, möchte ich ein Geschäft in Sofia eröffnen, und ich verspreche mir viel von ihrer Kundschaft und ihren Empfehlungen, sollte sie in die vornehme Welt hineinheiraten.

Würdevoll und gelassen verläßt er den Raum, die anderen starren hinter ihm her.

PETKOFF *bricht das Schweigen:* Also, ich muß schon sagen ...

SERGIUS Das ist entweder höchster Heroismus oder übelste Speichelleckerei. Was von beiden ist es, Bluntschli?

BLUNTSCHLI Welches es auch sei: Nikola ist der fähigste Mann, den ich in Bulgarien kennengelernt habe. Den mache ich zum Hoteldirektor, wenn er Englisch und Französisch lernt.

LUKA *plötzlich ausbrechend, gegen Sergius:* Jetzt bin ich aber wirklich von allen hier beleidigt worden. Sie haben das Beispiel gegeben. Sie müssen sich bei mir entschuldigen!

Sergius macht die für ihn typische Bewegung, er verschränkt die Arme.

BLUNTSCHLI *bevor Sergius etwas sagt:* Da warten Sie vergebens. Er entschuldigt sich nie.

LUKA Gewiß nicht vor Ihnen. Sie kommen aus demselben Stall und sind außerdem sein Feind. Aber vor mir, seiner armen Dienerin, wird er sich entschuldigen.

SERGIUS *beeindruckt:* Du hast recht. *Er geht zeremoniell auf die Knie.* Verzeih mir!

LUKA Ich verzeihe Ihnen. *Sie gibt ihm zögernd ihre Hand, die er küßt.* Diese Berührung macht mich zu Ihrer Braut.

SERGIUS *springt auf:* Ach so, das hatte ich ganz vergesesn.

LUKA *kalt:* Sie können Ihr Wort zurücknehmen, wenn Sie wollen.

SERGIUS Zurücknehmen? Ich?! Niemals! Du gehörst mir! *Er legt seinen Arm um ihre Schultern.*

Katharina tritt ein, findet Luka in Sergius' Arm und die anderen, wie sie fassungslos das Paar anstarren.

KATHARINA Was hat denn das zu bedeuten?

Sergius läßt Luka los.

PETKOFF Also, meine Liebe, wenn ich die Sache richtig sehe, heiratet Sergius nicht Raina, sondern Luka.

Katharina ist im Begriff, ihm empört ins Wort zu fallen, aber er kommt ihr zuvor.

Es ist nicht m e i n e Schuld. Ich habe mit dieser Angelegenheit nicht das geringste zu tun! *Er zieht sich hinter den Ofen zurück.*

KATHARINA Luka heiraten! Sergius! Sie haben uns Ihr Wort gegeben! Sie sind gebunden!

SERGIUS *verschränkt die Arme:* Mich bindet nichts!

BLUNTSCHLI *beeindruckt von dieser Demonstration gesunden Menschenverstands:* Saranoff, Ihre Hand! Ich gratuliere Ihnen. Ihre heroischen Anwandlungen haben eben doch auch ihren praktischen Wert. *Zu Luka.* Mein sehr verehrtes junges Fräulein. Ein eingefleischter Republikaner wünscht Ihnen Glück!

Zu Rainas Entrüstung küßt er Luka die Hand. Dann kehrt er an seinen Platz zurück.

KATHARINA Luka, du hast schon wieder über uns geredet.

LUKA Ich habe Raina nichts Böses getan.

KATHARINA *entrüstet:* Raina!

Auch Raina gibt ihrer Entrüstung über diese Freiheit Ausdruck.

LUKA Ich habe das Recht, sie Raina zu nennen. Sie nennt mich Luka. Ich habe Major Saranoff nur gesagt, daß sie ihn nicht heiraten würde, wenn der Schweizer jemals zurückkäme.

BLUNTSCHLI *überrascht, steht auf:* Wie bitte?

LUKA *zu Raina:* Ich dachte, Sie mögen ihn lieber als Sergius. Sie müssen ja am besten wissen, ob ich recht habe oder nicht.

BLUNTSCHLI Das ist doch alles Unsinn. Herr Major, gnädige Frau, seien Sie versichert, daß Ihre Tochter nichts weiter mit mir getan hat als mein Leben gerettet. Gewiß macht sie sich nichts aus mir. Das liegt doch auf der Hand. Sehen Sie die junge Dame an und sehen Sie mich an. Sie reich, jung, schön, mit einer blühenden Phantasie und Träumen von Märchenprinzen, edlen Gestalten, Kavallerie-Attacken und was es sonst noch so gibt. Und ich, ein ganz gewöhnlicher Schweizer Soldat, der nach fünfzehn Jahren Soldatendasein kaum noch weiß, wie man ein anständiges Leben führt. Ein Vagabund, ein Mann, der sich alle Chancen im Leben verdorben hat mit seiner unheilbaren romantischen Veranlagung – ein Mann, der ...

SERGIUS *fährt hoch und unterbricht Bluntschli in höchstem Erstaunen:* Augenblick mal, Bluntschli! Was – sagten Sie – hat Ihre Chancen im Leben verdorben?

BLUNTSCHLI Eine unheilbare romantische Veranlagung. Zweimal bin ich als Kind von zu Hause durchgebrannt. Ich bin zum Militär gegangen anstatt ins Geschäft meines Vaters. Ich bin hier den Balkon heraufgeklettert. Jeder vernünftige Mann hätte sich im nächsten Keller verkrochen. Ich habe mich hierhergeschlichen, um mir die junge Dame noch einmal anzusehen. Jeder vernünftige Mensch in meinem Alter hätte den Rock einfach zurückgeschickt –

PETKOFF Meinen Rock!

BLUNTSCHLI Sehr richtig, das ist genau der Rock, den ich meine. Jeder einigermaßen vernünftige Mensch hätte ihn zurückgeschickt und sich still davongemacht. Bin ich etwa der Typ eines Mannes, in den sich junge Mädchen verlieben? Allein der Altersunterschied! Ich bin vierunddreißig. Die junge Dame dürfte wenig über siebzehn sein.

Diese Feststellung stößt auf höchstes Erstaunen. Alle anderen sehen einander an. Er fährt ungerührt fort:

Für mich war es ein Abenteuer auf Leben und Tod, aber für sie war es ein Kinderspiel – Versteckspiel und Pralinen. Hier der Beweis! *Er nimmt die Fotografie vom Tisch.*

Ich bitte Sie, eine junge Dame, die es ernst meint, hätte keine solche Unterschrift verfaßt: ›Ein Andenken von Raina an ihren Schokoladensoldaten‹. *Demonstrativ zeigt er die Fotografie her, als habe er das endgültige, unwiderlegbare Beweisstück in der Hand.*

PETKOFF Das war es doch, was ich gesucht habe, wie kommt es zu Ihnen? *Er kommt vom Ofen her, um es sich anzusehen, dann setzt er sich auf die Ottomane.*

BLUNTSCHLI *zu Raina, mit sich zufrieden:* Ich glaube, ich habe alles richtiggestellt. Oder nicht, mein Fräulein?

RAINA *geht zum Tisch hinüber und steht ihm gegenüber:* Was Sie betrifft, haben Sie recht. Sie sind ein romantischer Schwachkopf.

Bluntschli ist überrascht und beleidigt.

Ich hoffe, bis zum nächsten Mal können Sie ein siebzehnjähriges Schulmädchen von einer dreiundzwanzigjährigen Dame unterscheiden.

BLUNTSCHLI *höchst erstaunt:* Dreiundzwanzig!

Raina reißt ihm mit einer Geste der Verachtung die Fotografie aus der Hand, zerreißt sie und wirft ihm die Schnitzel ins Gesicht, dann rauscht sie an ihren alten Platz zurück.

SERGIUS *mit grimmigem Vergnügen am Unbehagen seines Rivalen:* Bluntschli, jetzt wankt auch schon mein letzter Glaube! Ihre ganze Weisheit ist ebensolcher Schwindel wie alles andere. Sie haben noch weniger Verstand als ich.

BLUNTSCHLI *noch nicht beruhigt:* Dreiundzwanzig! – Dreiundzwanzig! *Er überlegt.* Hmmm – *Entscheidet sich und stellt sich vor seinem Gastgeber auf.* In diesem Fall, Major Petkoff, möchte ich hiermit in aller Form um die Hand Ihrer Tochter anhalten, an Stelle des zurückgetretenen Majors Saranoff.

RAINA Das ist der Gipfel!

BLUNTSCHLI Wenn Sie wirklich schon dreiundzwanzig waren, als Sie mir heute nachmittag von sich erzählten, dann nehme ich alles ernst.

KATHARINA *höflich, aber von oben herab:* Verzeihen Sie, Herr Hauptmann, aber ich denke, Sie haben wohl kaum die soziale Stellung meiner Tochter und des Herrn Majors berücksichtigt, dessen Nachfolge Sie anzutreten wünschen. Die Petkoffs und die Saranoffs sind als die reichsten und wichtigsten Familien unseres Landes bekannt. Unsere Namen sind bereits Geschichte, wir sehen bereits auf zwanzig Jahre zurück.

PETKOFF Das tut nichts zur Sache, Katharina. *Zu Bluntschli:* Sie wären uns schon recht, Bluntschli, wenn es sich nur um Ihre Stellung handelte. Aber der Haken ist eben, daß Raina an einen hohen Lebensstandard gewöhnt ist. Sergius hält zwanzig Pferde.

BLUNTSCHLI Aber wer braucht denn zwanzig Pferde. Wir wollen doch schließlich keinen Zirkus eröffnen.

KATHARINA *streng:* Meine Tochter rechnet mit einem erstrangigen Reitstall, Herr Hauptmann.

RAINA Aber wirklich, Mama! Du machst mich ja lächerlich.

BLUNTSCHLI Also gut, wenn Sie schon von Besitz reden – dann rede ich mit. *Er springt zum Tisch, nimmt die Papiere im blauen Umschlag auf und wendet sich an Sergius.* Wie viele Pferde, sagten Sie?

SERGIUS Zwanzig, mein lieber Schweizer.

BLUNTSCHLI Ich habe zweihundert.

Alles verstummt.

Wie viele Kutschen?

SERGIUS Drei.

BLUNTSCHLI Ich habe siebzig. Vierundzwanzig davon haben Platz für zwölf Fahrgäste, zwei weitere können auf dem Bock sitzen. Kutscher und Kontrolleur nicht mitgezählt. Wie viele Tischdecken haben Sie?

SERGIUS Woher sollte ich das wissen?

BLUNTSCHLI Haben Sie viertausend?

SERGIUS Nein.

BLUNTSCHLI Aber ich. Ich habe neuntausendsechshundert Paar Leintücher und Bettdecken, zweitausendvierhundert Daunenkissen. Ich habe zehntausend Messer und Gabeln und dieselbe Anzahl von Dessertlöffeln. Ich habe dreihundert Angestellte, ich habe sechs palastartige Gebäude, dazu zwei Mietställe, einen Teegarten und ein Privathaus. Ich habe vier Medaillen für hervorragende Dienste. Ich habe den Rang eines Offiziers und den Stand eines Gentleman. Ich habe drei Muttersprachen. Jetzt bitte: zeigen Sie mir einen Mann in Bulgarien, der das gleiche bieten kann!

PETKOFF *zutiefst beeindruckt:* Sind Sie Kaiser der Schweiz?

BLUNTSCHLI Mein Rang ist der höchste der Schweiz. Ich bin ein freier Bürger.

KATHARINA In diesem Fall, Hauptmann Bluntschli, da Sie nun einmal die Wahl meiner Tochter sind...

RAINA *aufsässig:* Das ist er ja gar nicht!

KATHARINA *ignoriert sie:* ...möchte ich Ihrem Glück nicht entgegenstehen.

Petkoff will sprechen.

Major Petkoff ist der gleichen Meinung.

PETKOFF Jawohl, ich freue mich sehr. Zweihundert Pferde – Donnerwetter!

SERGIUS Und was sagt die Dame?

RAINA *spielt die Beleidigte:* Die Dame sagt, daß er seine Tischtücher und Omnibusse behalten kann. Ich lasse mich nicht an den Meistbietenden verschachern.

BLUNTSCHLI Diese Antwort lasse ich nicht gelten. Ich bin zu Ihnen gekommen, als ich am Verhungern war, als Flüchtling, als Bettler. Sie haben mich aufgenommen. Sie haben mir Ihre Hand zum Kuß gegeben und Ihr Bett zum Schlafen und Ihr Dach zum Schutz.

RAINA Aber das habe ich nicht für den Kaiser der Schweiz getan.

BLUNTSCHLI Na, das meine ich doch! *Er nimmt sie bei den Schultern und wendet sie, daß sie ihm gegenübersteht.* Jetzt erzählen Sie uns, für wen Sie es getan haben.

RAINA *lächelt scheu und gegen ihren Willen:* Für meinen Schokoladensoldaten.

BLUNTSCHLI *lacht vergnügt:* Das wollte ich hören. Danke. *Er sieht auf die Uhr und steht bereits im Berufsleben.* Die Zeit ist um, Major. Sie haben diesen Transport so vorzüglich organisiert, daß man sich gewiß an Sie wenden wird, um diese Infanterieeinheiten in der Timok-Region abzubauen. Senden Sie die Leute über Lom Palanka! Saranoff: verschieben Sie Ihre Hochzeit, bis ich wieder da bin. Ich werde Dienstag in vierzehn Tagen hier sein, und zwar pünktlich um fünf Uhr nachmittags. Meine verehrten Damen, *seine Absätze klappen zusammen,* guten Abend! *Er macht eine militärische Verbeugung und ist weg.*

SERGIUS Was für ein Mann! – Ist das ein Mann?

Zehn Minuten mit Mister Bernard Shaw

Interview der Zeitung To-Day *vom 28. April 1894*

Seit Samstag letzter Woche ist Bernard Shaw, Kritiker, Fabier, Vortragsredner und nicht zuletzt Dramatiker, in einem besonderen Sinn der Mann der Stunde. Einem Vertreter von *To-Day* gegenüber hat er sich freundlicherweise bereit erklärt, einige seiner Methoden und Gedanken zur Kunst des Bühnen-Handwerks darzulegen.

»Sie haben den Schauplatz Ihres Stückes nach Bulgarien verlegt. Halten Sie es für unabdingbar, daß ein historisches Theaterstück im wesentlichen genau den Tatsachen etc. entspricht?«

»Nicht mehr als jede andere Art von Theaterstück. Historische Tatsachen sind kein bißchen heiliger als alle anderen Tatsachen. Wenn man ein Stück aus ihnen macht, muß man sie der Bühne anpassen, und das verändert sie mehr oder weniger auf einen Schlag. Ja, man kann nicht einmal ein Geschichtsbuch schreiben, ohne die Tatsachen den Bedingungen der literarischen Erzählform anzupassen, die in mancher Hinsicht viel verzerrender sind als die dramatischen Bedingungen für die Darstellung auf der Bühne. Die Dinge ereignen sich nicht in Form von Geschichten oder Dramen; und da sie in irgendeiner dieser Formen erzählt werden müssen, sind alle Berichte, auch die von Augenzeugen, alle Geschichtsbücher, alle einzelnen Geschichten, alle dramatischen Darstellungen nur Bemühungen, die Tatsachen in einer nachvollziehbaren, einleuchtenden, interessanten Form zu ›arrangieren‹ – vorausgesetzt, es handelt sich nicht um mehr oder weniger absichtliche Anstrengungen, die Wahrheit zu verschleiern, was sehr oft der Fall ist. Aber mein Stück ist keineswegs ein historisches Stück, wie Sie es verstehen. Es wurde ohne die geringste Bezugnahme auf Bulgarien geschrieben. Im Originalmanuskript waren die Orte leere Stellen, und die Personen waren lediglich als der Vater, die Tochter, der Fremde, der heldenhafte Liebhaber und so weiter bezeichnet. Allein der Vorfall mit dem Maschinengewehr band mich an einen Krieg aus neuerer Zeit; das war alles. Da meine eigenen historischen Kenntnisse ziemlich durcheinandergeraten sind, habe ich Sidney Webb gebeten, einen passenden Krieg für mein Anliegen ausfindig zu machen. Er brauchte etwa zwei Minuten für ein rasches Rekapitulieren sämtlicher Kriege, die je geführt worden sind, und sagte mir dann, der Serbokroatische Krieg sei das, was ich wollte. Daraufhin las ich die betreffenden Kriegsberichte im *Annual Register* nach, mit einer modernen Eisenbahnkarte der Balkanhalbinsel vor mir, und füllte meine Leerstellen aus, so daß die ganze Handlung nun in Serbien im Haus einer serbischen Familie spielte. Alsdann las ich das Stück [Sergius] Stepniak vor und dem Admiral, der die bulgarische Flotte im Krieg kommandiert hatte und der zufällig gerade in London lebt. Er riet mir, den Schauplatz von Serbien nach Bulgarien zu verlegen und aus den Serben Bulgaren zu machen, und gab mir Beschreibungen vom Leben und Denken der Bulgaren, die es mir ermöglichten, mein Stück genau in das Kolorit und die Atmosphäre der lokalen Vorlage einzubinden. Ich habe mich so eng wie möglich an die Fakten gehalten, die er mir gab, denn erfundene Begebenheiten sind, in allen Stücken gleichermaßen, schales Zeugs, da die Einbildungskraft eines Menschen in derartigen Dingen so ziemlich derjenigen irgendeines anderen Menschen gleicht, während wirkliche Begebenheiten frisch und immer wieder anders sind; Sie können also ganz genau beurteilen, wie weit mein historisches Gewissen geht. Würde ich ein Stück über Julius Cäsar schreiben, wäre ich nicht wirklich historisch; trotzdem würde ich auch hier darauf achten, ihn nicht mit einem Revolver und Feldstecher auftreten zu lassen.«

»Schreiben Sie dem Regisseur eine wichtige Aufgabe zu? Glauben Sie, daß Kostüme, Kulissen und, ganz allgemein, das Inszenieren heutzutage viel mit dem Erfolg oder Mißerfolg eines neuen Stückes zu tun haben?«

»Der Regisseur ist so wichtig in seiner Funktion wie der Dirigent eines Orchesters – und gute Regisseure sind auch fast ebenso selten. Eine adäquate Inszenierung ist notwendig, damit die Darstellung auf der Bühne zu einer vollkommenen Wirkung gelangt, ob es sich nun um ein volkstümliches Lustspiel oder um eine große Opernaufführung handelt. Fragen Sie mich aber, was ich wählen würde, wenn ich zwischen ein paar kahlen Brettern und Leidenschaft oder einer aufwendigen Inszenierung ohne Leidenschaft zu entscheiden hätte, dann wäre ich für die kahlen Bretter. Es gibt keine Regel, die für alle Stücke zutreffend wäre, außer der einen, daß ein Stück eben nicht schäbig dastehen soll.«

»Sollte ein Stück einfach darauf hinzielen, eine Geschichte zu erzählen, oder sollte man es auch als ein Mittel zur Verkörperung bestimmter Theorien und Ideen einsetzen?«

»Dem Stückeschreiber stellt sich diese Alternative nicht. Man kann die Sache wirklich nicht so formulieren. Die größten Geschichtenerzähler sind auch die hartnäckigsten Moralisten; und niemand, er sei denn schwachsinnig, kann eine Geschichte erzählen, ohne sie in einer Art und Weise zu gestalten, die das Mitgefühl der Zuhörer bewegt, indem sie an deren eigene moralische Vorstellungen appelliert. Molières Stücke sind voll von Predigten; die wissenschaftlichen Dialoge bei Joyce hingegen beschränken sich zumeist auf die Wiedergabe objektiver Tatsachen. Joyce wäre der ideale Dramatiker für Leute, die sich über das Moralisch-Didaktische an Theaterstücken beschweren. Ich für meinen Teil bevorzuge Molière, und das Publikum auch.«

»Sind Sie für Realismus auf der Bühne? Finden Sie zum Beispiel Gefallen an der Einrichtung des Théâtre Libre?«

»Ich bin ein Befürworter des Bühnenzaubers, der Theater-Illusion; Realismus auf der Bühne ist ein Widerspruch in sich selbst. Nur in einem platonischen Sinn bin ich Realist. Eigentlich bin ich ein Klassizist, was meinen Geschmack an den Werken anderer betrifft. Was meine eigenen angeht, so schreibe ich, was mir einfällt, ohne Referenz zu irgendeiner

Theorie über Gut und Böse. Ich vermeide nur, was mich unangenehm berührt, sowohl im Ton wie im Inhalt. Ich habe nie eine Aufführung des Théâtre Libre gesehen. Mit dem Théâtre Français würde ich mich begnügen, wenn man mir erlaubte, tabula rasa mit den ganzen Erscheinungsformen des Aberglaubens zu machen, gegen die Monsieur Antoine sehr zu Recht protestiert. Unser eigenes Theater benötigt dringend eine Reform, aber es würde zu weit führen, an dieser Stelle darauf einzugehen. Wir brauchen sehr viel mehr Energie, Lebendigkeit, Frische und aufgeschlossene Intelligenz bei unseren Schauspielern. Unsere Ausbildung ist eine der chronischen Sentimentalität und feierlichen Schwäche. Ein ›hervorragender Mann‹ aus London eignet sich in der Welt zu nichts anderem als zu einem Statisten oder stummen Leichenbestatter.«

»Schreiben Sie schon lange Theaterstücke? Arbeiten Sie zur Zeit an einem neuen?«

»1885 bat mich William Archer, gemeinsam mit ihm ein Drama zu schreiben, und unter diesem äußeren Druck schrieb ich die beiden ersten Akte von *Die Häuser des Herrn Sartorius* [*Widower's Houses*]. Den Abbruch der Zusammenarbeit, den ich verschuldet habe, da ich Archers Pläne alle über den Haufen warf, hat Archer selbst in seinem Artikel in der *World* beschrieben, anläßlich der Aufführung des Stückes durch die *Independent Theatre Society* im Jahre 1892, für welche ich den dritten Akt zu Ende schrieb. Sie finden Archers Darstellung auch im Vorwort zur Buchausgabe des Stückes. Das *Independent Theatre* ersuchte mich noch um ein zweites Stück, das ich daraufhin schrieb, doch konnte sich, als es beendet war, die Schauspielerin, auf die ich mich für die Hauptrolle verlassen hatte – ein sehr schwieriger Part –, nicht dazu überwinden, auf eine gewisse Szene einzugehen, in der sie einen heftigen Ausbruch von Trauer über einen Hund spielen mußte, von dem sie irrtümlicherweise annehmen sollte, er sei viviseziert worden. So legte ich das Stück beiseite, verwarf es und schrieb ein anderes, das freilich, selbst wenn es der Unterdrückung durch die unerträgliche, gemeinschädliche Zensur entginge, eher ein in sozialen Fragen beängstigend ernsthafteres Publikum ansprechen wird als den gewöhnlichen Theaterbesucher. Auch dieses Stück wurde beiseite gelegt und wartet nun auf die rechte Gelegenheit. Schließlich schrieb ich *Helden* für Miss [Florence] Farr, deren unternehmerische Initiative am *Avenue Theatre* damals gerade im Anfangsstadium steckte. Gegenwärtig arbeite ich nicht an einem Stück, da keiner eins von mir will. Ich habe mehr als genug andere Arbeit, politische wie literarische, zu tun; und meine Stücke werden nur ins Notizbuch gekritzelt, wenn ich im Zug oder Omnibus unterwegs bin oder wenn ich mich mal von der weitaus härteren Arbeit als Musik- und Wirtschaftskritiker erholen muß. Noch ein halbes Dutzend weiterer Versuche, dann werde ich einen ansehnlichen Grad von Fertigkeit im Entwickeln eines dramatischen Leitmotivs erworben haben. Im Augenblick bin ich nicht in der Lage, dies bis zum äußerst Möglichen zu tun. Mein Witz versagt; und wenn ich das, was mir fehlt, auch geschickt verbergen und durch einen Komödiantenstreich oder etwas dergleichen überspielen kann, so bin ich doch, wie ich hoffe, ein zu guter Kritiker, um jetzt schon mit mir selbst zufrieden zu sein.«

Auszüge aus einer Entgegnung Bernard Shaws an seine Kritiker, erschienen in der Zeitschrift *The New Review*, London, Juli 1894, unter dem Titel

»A Dramatic Realist to His Critics«.

Die Inszenierung von *Helden* am Avenue Theatre vor etwa neun Wochen hat das Mißverständnis zwischen meiner wirklichen Welt und der Theater-Welt der Kritiker auf die Spitze getrieben, weil dieses Mißverständnis in gewisser Hinsicht selbst Thema des Schauspiels ist. Ich brauche die Handlung des Stückes nicht in allen Einzelheiten zu beschreiben: es reicht, wenn ich erwähne, daß ich den Schauplatz in das Bulgarien von 1885–86 verlegt habe und damit in eine Zeit, während welcher die Bulgaren, aus der Notwendigkeit, den Ansturm der Serben zurückzudrängen, sechs Monate lang zu einem Volk von Helden wurden. Da sie aber kurz zuvor befreit worden waren, nach Jahrhunderten elender Abhängigkeit von den Türken, und folglich auch gerade erst begonnen hatten, ihre Befreiung vom Barbarismus – oder, wenn Sie so wollen, ihren kulturellen Zerfall – selbständig weiterzutreiben, waren sie sehr unwissende Helden, grenzenlos mutig zwar und patriotisch begeistert, aber militärisch so wenig begabt, daß sie sich dem Kommando russischer Offiziere unterstellen mußten. Und ihr Streben nach der westlichen Zivilisation war ihrem Bestreben im Krieg ziemlich gleich – romantisch und unwissend, aber lehrreich. Auf allen Gebieten waren sie eine Nation beherzter Anfänger. In dieses Land nun kommt – in meinem Stück – ein Berufsoffizier aus der hochdemokratischen Zivilisation der Schweiz, ein Mann, der durch lange praktische Erfahrung restlos mit den Realitäten des Krieges vertraut ist. Die Komik entsteht natürlich aus dem Zusammenprall von Wissen und Erfahrung des Schweizers mit den Illusionen der Bulgaren ... Folgen wir der Komödie ein wenig weiter in die Details.
Der Krieg übt, wie wir alle wissen, eine starke Anziehungs-

kraft auf die romantische Vorstellung aus. Den größten realistischen Roman der Welt – *Don Quijote* – verdanken wir der wachrüttelnden Lektion, die einem romantischen Phantasten durch einige wirkliche Erlebnisse im praktischen Soldatentum zuteil wurde. Nur aber ist niemand so albern, Cervantes einen Zyniker zu nennen, weil er über den Romanritter Amadis lacht, oder Don Quijote eine wertlose Kreatur, weil er gegen Windmühlen und Schafherden kämpft. Mich dagegen hat man reichlich als Zyniker angeprangert, meinen schweizer Soldaten als Feigling und meinen bulgarischen Don Quijote als Humbug, obwohl ich dem gleichen Antrieb und den gleichen Grundgedanken wie Cervantes gefolgt bin. Da ich selbst nicht Soldat bin, wie Cervantes das war, mußte ich freilich meine Sachkenntnisse aus zweiter Hand beziehen, was aber nicht sehr schwierig war, zumal gewisse Kriege, wie der zwischen Frankreich und Deutschland oder zwischen Rußland und der Türkei, eine stattliche Anzahl erfahrener Soldaten hinterlassen haben, denen man gelegentlich sogar in England begegnen und Fragen stellen kann... Auch realistische Dichtungen sind in dieser Hinsicht verwertbar geworden: zum Beispiel liegt es auf der Hand, daß Zola für sein *Débâcle* [deutsch: Der Zusammenbruch, 1892] gewissenhaft genug den Augenzeugenberichten gefolgt ist, um seiner Schilderung eine hohe Glaubwürdigkeit zu verleihen, das heißt, eine Schlacht so beschreiben zu können, wie sie wirklich war. Das Ausmaß, bis zu welchem meine Behandlung des Themas mich in Konflikt mit den Kriegsvorstellungen der Kritiker gebracht hat, ist verbal kaum zu vermitteln. So kam ihnen schon der Gedanke, daß der Mut eines Soldaten irgendeine Grenze haben könne oder daß er selbst vielleicht lieber leben und mit heiler Haut davonkommen möchte, statt ruhmreich im Dienst für das Vaterland zu sterben, ausgesprochen abstoßend vor. Ihre Ansichten waren simpel, männlich und redlich, wie die meisten impraktikabeln Ansichten: Ein Mann ist entweder ein Feigling oder kein Feigling. Wenn er tapfer ist, fürchtet er sich vor nichts. Wenn er ein Feigling ist, dann ist er kein wahrer Soldat; und ihn als solchen darzustellen, heißt, einen edelmütigen Berufsstand zu beleidigen...

Man mag mir entgegenhalten, daß ich in meinem Stück einen Soldaten dargestellt habe, der wie ein nervöses Pferd scheut, aber nicht vor Geschossen, sondern vor etwas so Banalem wie einer jungen Dame, die ihm seine Pralinen abnimmt und sie wegwirft. Mein Soldat jedoch erklärt, daß er drei Tage lang unter Beschuß gestanden hat – und das würde dem idealen Soldaten natürlich gar nichts ausmachen, den realen aber verändert es beträchtlich. Ich zitiere General Porter:* »Courage nutzt sich ab wie alles andere. Im vergangenen Krieg gingen die Truppen am ersten Tag immer mit sichtbarer Gelassenheit und Festigkeit in Aktion, so daß man hätte meinen können, das Schrillen und Getöse von Kugel und Granate sei die Musik, mit der sie aufgewachsen wären. Aber nachdem sie ein paar Tage gekämpft hatten, nahm die Spannung der Nerven allmählich ab, ihr innerer Auftrieb ließ nach, und bei Gefahren, über die sie am ersten Tag gelacht hätten, flohen sie oft schon am dritten Tag in panischer Angst nach hinten. Es war immer ein merkwürdiger Anblick, nach drei Tagen Kampf in einem Lager die Auswirkung auf die Sensibilität der Nerven zu beobachten: Beim leisesten Geräusch schreckten die Männer zusammen und rannten vor einem fliegenden Vogel oder einem zugeworfenen Kieselstein davon. Eines der Hauptvergnügen unter solchen Umständen war es immer, einander Steinchen und kleine Gegenstände an den Kopf zu werfen, um das darauf folgende Wegrennen zu beobachten.«

Eine einfache dramatische Paraphase dieses Tatsachenberichtes erscheint im ersten Akt von *Helden* und ist als wilde Phantasterei aufgefaßt worden, die alles auf den Kopf stelle; Hauptmann Bluntschli, der zu der jungen Dame sagt: »Wenn ich jetzt im Lager wäre, würde man allerhand Scherze mit mir treiben«, hätte wohl eher bekennen sollen, er sei der größte

* General Horace Porter, Veteran des amerikanischen Bürgerkriegs.

Feigling der serbischen Armee. Tatsächlich aber spielt er sich, so wie er ist, auch noch auf nach Art des altgedienten Soldaten. Wenn ein Offizier über das Stadium der jugendlichen Eitelkeit hinausgelangt, in dem er als Held eine gute Figur abgeben will, und zu verstehen beginnt, daß Mut eine Eigenschaft ist, die man nutzen, aber nicht zur Schau stellen soll, und daß der Soldat, der mit dem geringsten Risiko gewinnt, der beste Soldat ist, dann wendet sich seine Eitelkeit nämlich in eine andere Richtung; und wenn er nur ein wenig von einem Humoristen hat, beginnt er die Komik zu schätzen, die in der Diskrepanz zwischen ihm selbst und dem Theater-Soldaten verborgen liegt, für welchen der Zivilist ihn hält...

Der Held auf der Bühne hat, wenn er stirbt, den schönsten Trost, daß er aufstehen und nach Hause gehen kann, sobald der Vorhang fällt. Der wirkliche Soldat aber, auch wenn er unter schrecklicher und anhaltender Gefahr mit Kopfschützern in der vordersten Linie kämpft, begeht nicht Selbstmord für nichts. Tatsache ist, daß ich Bluntschlis Schilderung des Kavallerie-Angriffs fast wörtlich einer Erzählung entnommen habe, die einer meiner Freunde privatim von einem Hauptmann gehört hatte, der im Deutsch-Französischen Krieg gewesen war. Ich bin mir sehr wohl bewußt, daß meine Wahl, mich an Menschen zu orientieren, die ganz und gar nichts von Theaterkritik wissen und deren einzige Qualifikation darin besteht, daß sie Kavallerie-Angriffe auf Schlachtfeldern miterlebt haben, Konsequenzen für mich haben muß. Glücklicherweise waren diese Konsequenzen, soweit sie mich und das Publikum betreffen, nicht unangenehm; ja, im Vertrauen empfehle ich das Experiment mit aller Zuversicht auch meinen Dramatiker-Kollegen.

So sehr man aber schon Anstoß nahm an meiner Darstellung des Soldaten als eines Menschen ohne Appetit auf unnötige Gefahr, viel anstößiger noch fand man es, daß ich ihn als einen Menschen mit Appetit auf das lebensnotwendige Essen dargestellt habe. Die Natur versorgt die Verteidiger unseres

Landes mit einem regelmäßigen und tüchtigen Appetit. Und der Steuerzahler versorgt, unter beträchtlichen Eigenkosten, die Soldaten mit in Friedenszeiten ungenügenden, in Kriegszeiten gelegentlich auch unregelmäßigen Rationen. Daraus folgt, daß unsere jungen heranwachsenden Soldaten mitunter monatelang marschieren, ohne auch nur ein einziges Mal das Gefühl zu haben, rundherum satt zu sein, und daß sie sich unter dem Druck ihres Hungers oft dazu »herablassen«, von den jungen Damen, die mit ihnen ausgehen, diese oder jene Silbermünze zu borgen, nur damit sie mit ihrem »Mindestsold« zurechtkommen. Lassen Sie mich eine Stelle aus dem Buch *Advice to Young Men* [*Ratschlag für junge Männer*] von Cobbett anführen, worin der Autor seine Soldatenzeit schildert. Niemand, der das Buch gelesen hat, wird es jemals vergessen:

»Ich erinnere mich, und zwar genau! daß ich einmal an einem Freitag, nachdem alle absolut notwendigen Ausgaben bezahlt worden waren, einen halben Penny in Reserve hielt, den ich für den Kauf eines Herings am andern Morgen vorgesehen hatte; aber als ich abends meine Kleider auszog, so hungrig, daß ich kaum noch imstande war, das Leben zu ertragen, mußte ich entdecken, daß ich meinen halben Penny *verloren* hatte. Ich vergrub meinen Kopf in dem armseligen Laken unter der Decke und weinte wie ein Kind.«

Ich bin keineswegs überzeugt, daß die heimlichen Tränen, die junge Soldaten in ähnlicher Notlage auch heute noch vergießen (sie würden jedoch lieber sterben, als es zugeben), nicht ein noch größeres Faß füllen als die über verlorene Kameraden oder Verletzungen der Nationalehre Englands. Auf dem Schlachtfeld ist die Sache noch ernster. Es ist ein Irrtum anzunehmen, daß während eines Kampfes regelmäßig Kellner vorbeikämen mit Suppe, Fisch, Entrée, kleinen Häppchen, einer Scheibe Braten, gekühltem Pudding, Kaffee, Zigaretten und Getränken zur freien Wahl. Wenn Kämpfe mehrere Tage andauern, was heute oft der Fall ist, kann die Nahrungs- und Munitionsversorgung durcheinandergeraten oder auch

– an jedem beliebigen Ort – völlig abgeschnitten werden, so daß der Soldat folglich übermäßig Hunger zu leiden hat. Um sich dagegen zu schützen, würde ein Veteran seine Ausrüstung zusätzlich mit einem gefüllten Picknick-Korb aufstokken, wenn er das Ganze nur tragen und es sich leisten könnte... Wie es nun aber ist, bescheidet er sich mit dem billigsten, tragbarsten und einfachst zu kaufenden Sättigungsmittel, das seinen Magen füllt – was, wie jeder Radfahrer weiß, Schokolade ist. Diese Schokolade, die Raina in dem Stück so schockiert (weil sie, arme Unschuld vom Lande, nur eine ›Süßigkeit‹ darin sieht) und die so vielen meiner Kritiker als Spitze meiner unverschämten Extravaganzen erscheint, gehört zu den Selbstverständlichkeiten der modernen Kriegsführung. Ich kenne einen Mann, der am Schipka-Paß zwei volle Tage davon gelebt hat.

Im übrigen bin ich ausgelacht worden, weil ich meinen Hauptmann eine leere Pistole tragen lasse und weil er lieber Pralinen bei sich hat als Patronen. Ich hätte aber noch weiter gehen und ihn ganz ohne Pistole auftreten lassen können... Das ist keine Burleske: Ich habe mich genau an den Kriegsalltag gehalten, so wie er mir von wirklichen Kriegern geschildert worden ist. – Allerhand Strafpredigten hat man mir auch gehalten über die »Gemeinheit«, mit der ich gewisse Anspielungen auf Seife und Wasser in Bulgarien habe einfließen lassen. Ich tat das, um dem Publikum auf dem kürzesten und wirksamsten Weg die Zivilisationsstufe zu veranschaulichen, auf der die Bulgaren 1885 standen: Obwohl sie saubere Luft und saubere Kleidung hatten, also viel sauberer waren, als uns jedes noch so häufige Waschen in der schmutzigen Londoner Luft wird machen können, übernahmen sie damals doch die Waschgewohnheiten der westlichen Großstädte als reine Kultur- und Zivilisationszeremonien, nicht aber aus hygienischen Gründen. Ich hatte nicht die leiseste Absicht, meinen bulgarischen Major, der sich aus gesellschaftlichen Gründen größeren Waschungen unterwirft, oder seinen Vater, der nie im Leben gebadet hat, als unsaubere Leute hinzu-

stellen. Ein waschechter Londoner freilich, der allein dadurch, daß er sich der Atmosphäre aussetzt, innerhalb von drei Stunden unansehnlicher wird als ein Balkanbewohner in drei Jahren, mag sich verpflichtet fühlen, über solche Leute entsetzt zu tun und angewidert zurückzuschrecken vor nur einer einzigen Auslassung des täglichen Bades, das, wie er sehr wohl weiß, die Mehrheit der Engländer, Iren und Schotten ohnehin nicht pflegt und worüber die Mehrheit der Weltbevölkerung erst gar keine Lügengeschichten verbreitet.
Major Petkoff liegt ganz richtig mit seiner intuitiven Erkenntnis, daß Seife eben nicht das radikale Heilmittel gegen Schmutz ist, sondern in Wahrheit eine der schlimmsten Folgen davon. Und seine Bemerkung, der Kult mit der Seife stamme von den Engländern, weil deren Klima sie so ungewöhnlich schmutzig machte, ist eine der bissigsten und treffendsten Stellen im ganzen Stück, was wir, die wir in verräucherten Städten wohnen, ja zu unseren eigenen Ungunsten wissen. Trotzdem tut es mir leid, daß dieser Realismus meines Stückes als eine Beleidigung des bulgarischen Volkes ausgelegt werden konnte; und vielleicht hätte ich gezögert, das Stück überhaupt freizugeben, wenn ich gewußt hätte, daß der passionierte Glaube an die skrupulöse Reinlichkeit der Bewohner der Balkanhalbinsel ein wesentlicher Bestandteil der liberalen Ansichten in unserer Außenpolitik ist. Aber was geschehen ist, ist geschehen...
Ich habe mir nichts ausgedacht, ich habe nichts erfunden, ich habe mir nichts vorgestellt, ich habe nichts verdreht. Ich habe lediglich im wirklichen Leben ein Drama entdeckt.
Und nun bitte ich inständig um ein Theater, das dem Bedürfnis nach dieser Art von Drama entgegenkommt und es erfüllt. Ich erkläre, daß ich es satt habe, meinen Widerwillen gegen das Scheinleben zu äußern, gegen das Scheinrecht, die Scheinethik und allen anderen Schein in Wissenschaft, Frieden, Krieg, Liebe, Tugend und Laster, sei es nun auf der Bühne oder nicht. Ich fordere Respekt, Anteilnahme und Zuneigung für die menschliche Natur, so wie sie ist, und für das Leben,

das wir immer noch leben müssen, auch wenn wir uns noch so sehr bessern... Ich fordere überdies, daß der Kritiker, wenn ich mit Realitäten umgehe, über die er niemals Erkundigungen eingezogen hat und die er persönlich niemals erlebt hat, seine eigene Einbildung nicht zum Kriterium für meine Genauigkeit macht. Ich kann wirklich nicht jedesmal, wenn ich ein Stück schreibe, auch noch ein Buch mit ausführlichen Erklärungen hinterherschicken zum Thema Hypotheken [für *Die Häuser des Herrn Sartorius*] oder über das Soldatentum oder was auch immer es sein mag, nur um den Wissensstand der Herren anzuheben, die weder das Ergebnis meiner Beschäftigung mit diesem Stoff anerkennen (das könnte ja ihre hochgeschätzten Ideale zerstören), noch irgendwelche Nachforschungen auf eigene Faust anstellen. Da ich ein Stück geschrieben habe, dessen ganze Besonderheit darin liegt, daß es der Bosheit gegen meine Mitmenschen völlig entbehrt und die entscheidenden Wirklichkeiten akribisch genau herausarbeitet, erhebe ich Einwand gegen Komplimente hinsichtlich meiner »Brillanz« im Produzieren zynischer Übertriebenheiten. Auch halte ich es nicht für anständig seitens der Kritiker, ihre eigene Ignoranz als »britische Öffentlichkeit« oder »das Publikum« zu bezeichnen, was sie fast ausnahmslos tun...
Hier muß ich Schluß machen, damit ich nicht den Anschein erwecke, zu viel über mein eigenes Stück zu reden. Eigentlich hätte ich schon früher aufhören sollen, wenn da nicht die Versuchung gewesen wäre, einmal auf das Recht der Autoren zu pochen, selbst zu entscheiden, wer der beste Kritiker ist, zumal die Kritiker ja auch selbst entscheiden, wer der beste Autor ist.

Candida

Ein Mysterium in drei Akten

Personen:

PASTOR JAKOB MORELL
CANDIDA, seine Frau
BURGESS, ihr Vater
ALEXANDER (LEXY) MILL, Vikar
PROSERPINE GARNETT, Sekretärin
EUGEN MARCHBANKS, ein junger Dichter

Ort der Handlung: Die Pfarre St. Dominic, Viktoriapark, London E.
Zeit: Oktober 1894

Erster Akt

Ein schöner Oktobermorgen des Jahres 1894 im Nordosten von London, einem riesigen Bezirk, der Meilen entfernt liegt vom Mayfair- und St. James-London; die Slums hier sind aber nicht so eng, schmutzig, stinkend und luftlos. Hier wird ein unmodisches Mittelklasse-Leben geführt: die Straßen sind breit und wimmeln von Menschen, der Bezirk ist wohlbestückt mit häßlichen Eisenpissoirs, radikalen Klubs und Straßenbahnlinien, auf denen sich ein ununterbrochener Strom von gelben Wagen bewegt. Die Hauptstraßen erfreuen sich grasbewachsener »Vorgärten«, die vom Tor zur Haustür außer auf dem Pfad nie von eines Menschen Fuß betreten werden. Der Fluch dieser Straßen ist die gleichmütig ertragene Monotonie endloser Reihen unschöner Ziegelhäuser, schwarzer Eisengitter, steiniger Pflaster und Schieferdächer mit anständig, aber schlecht gekleideten und weniger anständig und noch schlechter gekleideten Menschen, die an die Gegend gewöhnt sind und von denen die meisten sich uninteressiert mit Arbeit für andere Leute herumplagen. Das wenige an Energie und Eifer, das hier gedeiht, zeigt sich in kleinbürgerlicher Begehrlichkeit und Geschäfts»sinn«. Nicht einmal Polizisten und Kirchen sind so selten, daß sie die Monotonie unterbrächen. Die Sonne scheint freundlich, es herrscht kein Nebel, und obgleich der Qualm im Endeffekt verhindert, daß irgend etwas, Gesichter oder Hände, Ziegel oder Mörtel frisch und rein aussehen, hängt er doch nicht schwer genug herab, um einen Londoner zu stören. Diese Wüste der Häßlichkeit hat ihre Oase. Am äußeren Ende der Hackney Road befindet sich ein Park von etwa dreihundert Morgen, der von einem Holzzaun, nicht von einem Gitter eingefriedet wird, der reichlich Bäume und Rasen enthält, einen See zum Baden, Blumenbeete, die einen vielbewunderten Triumph der Londoner Kunst im Anlegen von Blumenteppichen darstellen, und einen Sandkasten, der ursprünglich zum Vergnügen der Kinder mit Seesand gefüllt, aber schnell aufgegeben worden ist, weil er sich bald in ein natürliches Würmerreservoir für die ganze Kleintierfauna von Kingsland, Hackney und Hoxton entwickelt hat. Ein Musikpavillon, ein nicht vorgesehenes Forum für religiöse, antireligiöse und politische Redner, Kricket-Plätze, ein Sportplatz und ein altmodischer Steinkiosk gehören zu den Attraktionen des Parks. Wo die Aussicht von Bäumen oder ansteigendem Rasen begrenzt wird, ist der Park ein angenehmer Ort, da, wo das Gelände flach an den grauen Holzzaun grenzt, hinter dem man Ziegel und Verputz, Reklameschilder, den Wald von Kaminen und Rauch sieht, läßt diese Aussicht auch den Park trostlos und schmutzig erscheinen. Die schönste Aussicht auf den Viktoria Park hat man vom vorderen Fenster des Pfarrhauses von St. Dominic, von wo aus man nicht einen einzigen Ziegel sieht. Das Pfarrhaus besteht aus der Hälfte eines Doppelhauses, hat einen Vorgarten und einen überdachten Eingang. Besucher steigen die Stufen zu diesem überdachten Eingang hinauf, Lieferanten und Familienmitglieder gehen durch eine Tür, die sich unter diesen Stufen befindet, ins Souterrain, wo sich vorn ein Frühstücksraum befindet, in dem alle Mahlzeiten eingenommen werden, hinten die Küche. Oben, in einer Ebene mit der Eingangstür, liegt das Wohnzimmer, dessen großes Spiegelglasfenster auf den Park hinausgeht. In diesem, dem einzigen Wohnraum, der vor den Kindern sicher ist und in dem keine Mahlzeiten eingenommen werden, arbeitet der Pfarrer, Hochwürden James Mavor Morell. Er sitzt in einem soliden Drehstuhl mit runder Lehne am Ende eines langen Tisches, der im rechten Winkel zum Fenster steht, so daß er sich mit einem Blick über die linke Schulter am Anblick des Parks erfreuen kann. Am anderen Ende des Tisches, dicht daran, steht ein Tischchen, das nur halb so breit ist wie der große Tisch; darauf eine Schreibmaschine. Die Stenotypistin sitzt, mit dem Rücken zum Fenster, an dieser Maschine. Der große Tisch ist bedeckt mit Flugblättern, Zeitschriften, Briefen, Schubfächern, einem Bürotagebuch, Posttarifen und ähnlichem. Mitten vor dem Tisch, dem Ende desselben zugekehrt, steht ein Stuhl für Besucher, die dienstlich mit dem Pfarrer zu tun haben. In des Pfarrers Reichweite stehen ein Karton mit Briefpapier und eine Photographie in einem Rahmen. An der Wand in seinem Rücken sind Büchergestelle angebracht, auf denen das Auge eines Fachmannes einen Eindruck von der theologischen Ausrüstung und der Kasuistik des Pfarrers bekommt, denn hier stehen die Theologischen Essays von Maurice und eine vollständige Ausgabe der Gedichte von Browning; des Pfarrers reformerische Politik wird durch folgende Bücher belegt: »Fortschritt und Armut«, ein Buch mit gelbem Rücken, »Essays über die Fabier«, »Ein Traum« von John Ball, »Das Kapital« von Marx und ein halbes Dutzend anderer literarischer Standardwerke über den Sozialismus. Ihm gegenüber an der anderen Zimmerwand, in der Nähe der Schreibmaschine, ist die Tür. Weiter nach vorn, dem offenen Kamin gegenüber, steht ein Bücherschrank, in dessen unterem Teil sich eine Hausbar befindet, daneben ein Sofa. Im Kamin brennt ein helles Feuer, an der einen Seite steht ein bequemer Sessel und eine in japanischer Manier schwarzlackierte, mit Blumen bemalte Kohlenschütte, auf der anderen ein Kinderstuhlchen. Die Umrandung und der Sims über dem Kamin sind aus poliertem Holz, mit hübsch geschwungenen kleinen Regalen und kleinen Spiegelstücken, die in die Täfelung eingelassen sind; auf dem Sims eine Reiseuhr in einem Lederetui (das unvermeidliche Hochzeitsgeschenk). Und an der Wand darüber ein großer Druck, der die Hauptfigur aus Tizians »Himmelfahrt der Jungfrau Maria« zeigt. Das Ganze sieht sehr behaglich aus. Alles in allem ist es das Zimmer einer guten Hausfrau, die, was den Schreibtisch betrifft, einem unordentlichen Mann hat weichen müssen, aber sonst Herrin der Lage ist. Die Verzierungen der Möbel verraten den Stil der »Wohnzimmergarnitur«, für die die aufstrebenden vorstädtischen Möbelhändler Reklame machen, aber in dem Zimmer ist nichts Unnützes oder Angeberisches zu finden; das Geld ist im Hause eines

Eastend-Pfarrers zu knapp, um für modischen Firlefanz verwendet zu werden.
Pfarrer James Mavor Morell ist ein christlich-sozialistischer Geistlicher der Anglikanischen Kirche, ein aktives Mitglied der ›Guild of St. Matthew‹ und der Christian Social Union. Er ist ein kräftiger, sympathischer Mann von vierzig, robust und gut aussehend, voller Energie, mit angenehmen, herzlichen, entgegenkommenden Manieren und einer kräftigen, ungekünstelten Stimme, er benutzt sie mit der sauberen, kraftvollen Artikulation des geübten Predigers, mit einer weiten Skala und einer perfekten Beherrschung der Ausdrucksmöglichkeiten. Er ist ein ausgezeichneter Pfarrer, der das, was er sagen will, jedem sagen kann, dem er es sagen will, der ohne Überheblichkeit Menschen belehren, der ihnen gegenüber seine Autorität durchsetzen kann, ohne sie zu demütigen, und der sich gelegentlich auch in ihre Angelegenheiten einmischt, ohne unverschämt zu werden. Die Quelle seines Enthusiasmus und seines Mitgefühls ist noch keinen Augenblick versiegt; er ißt und schläft immer noch so herzhaft, daß er den täglichen Kampf zwischen Erschöpfung und Erholung spielend gewinnt. Im ganzen gesehen ein großes Kind, verzeihlicherweise eingebildet auf seine Kraft und von einer unbewußten Selbstgefälligkeit. Er hat eine gesunde Gesichtsfarbe, eine schöne Stirn mit etwas stumpfen Brauen, die Augen sind klar und lebhaft, der Mund energisch, aber nicht besonders gut geschnitten, die Nase ist kräftig, mit den beweglichen, geblähten Nüstern des dramatischen Redners und, wie alle seine Züge, ohne Empfindsamkeit.
Die Sekretärin, Miß Proserpine Garnett, ist eine adrette kleine Person von etwa dreißig aus der unteren Mittelschicht, sauber, aber billig in schwarzen Wollrock und weiße Bluse gekleidet, sie ist keck und schlagfertig, ihre Art ist nicht besonders höflich, aber mitfühlend und herzlich. Sie klappert eifrig auf ihrer Maschine, während Morell den letzten Brief seiner Morgenpost öffnet. Er quittiert dessen Inhalt mit einem Stöhnen komischer Verzweiflung.

PROSERPINE Schon wieder ein Vortrag?

MORELL Ja. Ich soll am Sonntag morgen bei der Hoxtoner Freiheitsgruppe eine Rede halten. *Er legt großen Nachdruck auf das Wort Sonntag, da dies das Unvernünftige an der Sache ist.* Was sind das für Leute?

PROSERPINE Ich glaube, kommunistische Anarchisten.

MORELL Das sieht Anarchisten ähnlich, nicht zu wissen, daß sie sonntags keinen Pfarrer haben können. Schreiben Sie ihnen, sie sollen zur Kirche kommen, wenn sie mich hören wollen. Das wird ihnen nicht schaden. Schreiben Sie, daß ich nur montags und donnerstags kann. Haben Sie den Terminkalender da?

PROSERPINE *holt den Kalender:* Ja.

MORELL Habe ich nächsten Montag einen Vortrag?

PROSERPINE *sieht im Terminkalender nach:* Tower Hamlets, Radikaler Klub.

MORELL Und wie ist es mit Donnerstag?

PROSERPINE Englische Liga für Landschaftsschutz.

MORELL Und danach?

PROSERPINE Am Montag Gilde von St. Matthew. Am Donnerstag Unabhängige Arbeiterpartei, Ortsgruppe Greenwich. Am Montag Sozialdemokratische Vereinigung, Ortsgruppe Mile End. Donnerstag Konfirmandenunterricht. *Ungeduldig.* Oh, am besten schreibe ich ihnen, daß Sie nicht kommen können. Das sind sowieso nur ein halbes Dutzend dummer und eingebildeter Kleinkrämer, die zusammen keine fünf Shilling aufbringen können.

MORELL *amüsiert:* Ach, aber wissen Sie, es sind nahe Verwandte von mir.

PROSERPINE *starrt ihn an:* Verwandte von Ihnen?

MORELL Ja. Wir haben denselben Vater – im Himmel.

PROSERPINE *erleichtert.* Oh, wenn's nur das ist!

MORELL *mit einer Traurigkeit, die für einen Mann, dessen Stimme sie so vollendet ausdrückt, einen Leckerbissen bedeutet:* Ach, sie glauben es nicht. Jedermann sagt es, aber niemand glaubt es, niemand. *Munter, wieder zur Sache:*

Also gut! Nun, Miß Proserpine, können Sie keinen Termin für die Krämer finden? Wie ist es mit dem 25.? Der war vorgestern noch frei.

PROSERPINE *zieht den Terminkalender zu Rate:* Besetzt! Die Vereinigung der Fabier.

MORELL Die Vereinigung der Fabier kann mir gestohlen bleiben. Ist auch der 28. weg?

PROSERPINE Essen in der Stadt. Sie sind von der Gründergesellschaft zum Essen eingeladen.

MORELL Das wird sich machen lassen; ich gehe statt dessen zur Freiheitsgruppe nach Hoxton. *Sie macht schweigend die Eintragung, die unerbittliche Mißbilligung der Hoxtoner Anarchisten ist in jedem Zug ihres Gesichts zu lesen. Morell reißt das Kreuzband von einer Nummer der Zeitschrift »Kirchenreform«, die mit der Post gekommen ist, und überfliegt darin den Leitartikel von Mr. Stewart Headlam und die Nachrichten der Gilde von St. Matthew. Dieser Vorgang wird bald belebt durch das Erscheinen von Mr. Morells Vikar, Hochwürden Alexander Mill, einem jungen Herrn, den sich Morell aus der nächstliegenden akademischen Sozial-Siedlung geholt hat; dorthin ist er von Oxford gekommen, um das Londoner Eastend von seiner Universitätsbildung profitieren zu lassen. Er ist auf eine hochmütige Weise guten Willens, ein begeisterter, unreifer Neuling, an dem nichts greifbar Unerträgliches ist außer der Gewohnheit, seine Lippen beim Sprechen in den Mundwinkeln einen ganzen Zentimeter sorgfältig geschlossen zu halten, um auf diese Weise eine gekünstelte Artikulation und eine Reihe von Universitätsvokalen zustande zu bringen; das ist bisher sein Hauptmittel gewesen, seine Oxford-Kultiviertheit (so nennt er seine Angewohnheiten) der Londoner Vulgarität entgegenzusetzen. Morell, den er durch seine hündische Verehrung für sich gewonnen hat, schaut nachsichtig von der »Kirchenreform« auf und bemerkt:* Nun, Lexy? Zu spät, wie gewöhnlich.

LEXY Ja, leider. Ich wünschte, ich könnte morgens besser aus dem Bett.

MORELL *freut sich seiner eigenen Energie:* Ha, ha! *Schelmisch:* Wachet und betet, Lexy. Wachet und betet!

LEXY Ich weiß. *Bemüht sich seinerseits, witzig zu sein.* Aber wie kann ich wachen und beten, wenn ich schlafe? Ist es nicht so, Miß Prossy? *Er geht auf das Feuer zu, um sich zu wärmen.*

PROSERPINE *scharf*: Miß Garnett, wenn ich bitten darf.

LEXY Ich bitte um Verzeihug. Miß Garnett.

PROSERPINE Sie müssen heute die ganze Arbeit tun.

LEXY *am Feuer:* Und warum?

PROSERPINE Ganz gleich, warum. Es wird Ihnen gut tun, wenigstens einmal Ihr Abendbrot zu verdienen, bevor Sie's essen, so wie ich das tun muß. Kommen Sie, trödeln Sie nicht. Sie hätten schon vor einer halben Stunde Ihren Rundgang antreten sollen.

LEXY *verblüfft:* Ist das ihr Ernst, Morell?

MORELL *in bester Laune, mit lachenden Augen:* Ja. Denn heute werde ich trödeln.

LEXY Sie? Das können Sie ja gar nicht.

MORELL *steht auf:* Ha, ha! Das kann ich nicht? Ich werde mir diesen Morgen ganz für mich nehmen. Meine Frau kommt zurück; sie kommt um 11 UHR 45 an.

LEXY *überrascht:* Sie kommt schon zurück? Mit den Kindern? Ich dachte, sie bleiben bis Ende des Monats.

MORELL Das tun sie auch. Sie kommt nur für zwei Tage, um ein paar Flanellsachen für Jimmy zu holen und nachzusehen, wie wir ohne sie zurechtkommen.

LEXY *ängstlich:* Aber, mein lieber Morell, wenn das, was Jimmy und Fluffy gehabt haben, Scharlach war, halten Sie es dann für klug –

MORELL Scharlach? Unsinn! Es waren Masern. Ich hab' sie selber aus der Schule in der Pycroft Street eingeschleppt. Ein Pfarrer ist wie ein Arzt, mein Junge; er muß sich Ansteckungen aussetzen, wie sich ein Soldat Kugeln aussetzt. *Er gibt Lexy einen männlichen Schlag auf die Schulter.* Holen Sie sich die Masern, wenn Sie können, Lexy; meine Frau wird Sie pflegen, und das wäre doch ein Glücksfall für Sie. Oder nicht?

LEXY *lächelt unsicher:* Es ist so schwer, Sie zu verstehen, wenn Sie von Mrs. Morell sprechen –

MORELL *zärtlich:* Ach, mein Junge, heiraten Sie: heiraten Sie eine gute Frau, dann werden Sie mich verstehen. Es ist ein Vorgeschmack auf das Schönste in jenem Himmelreich, das wir auf Erden zu verwirklichen streben. Es wird Sie vom Trödeln kurieren. Ein guter Mensch fühlt, daß er dem Himmel jede Stunde Glück mit einem gerüttelten Maß an harter, selbstloser Arbeit zum Wohle anderer zurückzahlen muß. Wir haben ebensowenig ein Recht, Glück zu konsumieren, ohne welches zu produzieren, wie wir Güter konsumieren dürfen, ohne welche zu produzieren. Heiraten Sie eine Frau wie Candida, dann werden Sie mit der Bezahlung immer im Rückstand sein. *Er klopft Lexy zärtlich auf den Rücken und schickt sich an, das Zimmer zu verlassen.*

LEXY Oh, warten Sie; ich habe etwas vergessen. *Morell bleibt stehen und wendet sich, die Hand am Türgriff, um.* Ihr Schwiegervater kommt Sie gleich besuchen. *Morell, überrascht und wenig erfreut, schließt die Tür wieder – mit völlig verändertem Benehmen.*

MORELL Mr. Burgess?

LEXY Ich habe ihn im Park überholt, wo er sich gerade mit jemandem stritt. Er bat mich, Ihnen mitzuteilen, daß er kommt.

MORELL *halb ungläubig:* Aber er ist seit drei Jahren nicht mehr hiergewesen. Sind Sie sicher, Lexy? Oder soll das ein Scherz sein?

LEXY Nein, Sir, wirklich nicht.

MORELL *nachdenklich:* Hm, es ist auch Zeit, daß er Candida noch mal besucht, sonst vergißt er ganz, wie sie aussieht. *Er schickt sich in das Unabänderliche und geht hinaus. Lexy schaut mit glühender Anbetung hinter ihm her. Miß*

Garnett, die nicht imstande ist, Lexy zu erschüttern, läßt ihre Wut an ihrer Schreibmaschine aus.

LEXY Was für ein guter Mensch! Was für ein durch und durch liebevolles Herz! *Er läßt sich in Morells Stuhl am Schreibtisch nieder, zieht eine Zigarette heraus und macht es sich recht bequem.*

PROSERPINE *reißt ungeduldig den Brief, den sie geschrieben hat, aus der Maschine und faltet ihn.* Oh, ein Mann sollte seine Frau gernhaben können, ohne sich ihretwegen lächerlich zu machen.

LEXY *entsetzt:* Aber Miß Prossy!

PROSERPINE *zerrt einen Umschlag aus dem Briefpapierbehälter und steckt während des Sprechens den Brief hinein.* Candida hier und Candida dort, Candida an jedem Ort! *Sie leckt den Umschlag.* Es ist wirklich zum Aus-der-Haut-Fahren, mit anzuhören, wie eine Frau in dieser lächerlichen Weise angehimmelt wird, nur weil sie hübsches Haar und eine erträgliche Figur hat.

LEXY *mit strengem Vorwurf:* Ich finde sie außerordentlich schön, Miß Garnett. *Er nimmt die Photographie in die Hand und fügt mit noch größerer Überzeugung hinzu:* A u ß e r o r d e n t l i c h schön. Was für schöne Augen sie hat!

PROSERPINE Ihre Augen sind kein bißchen schöner als meine, oder? *Mill legt die Photographie hin und starrt sie streng an.* Und ich weiß genau, daß Sie mich langweilig und zweitklassig finden.

LEXY *erhebt sich majestätisch:* Der Himmel bewahre mich davor, von irgendeinem Geschöpf Gottes so zu denken! *Er rückt durch das ganze Zimmer hindurch bis an den Bücherschrank steif von ihr ab.*

PROSERPINE *sarkastisch:* Vielen Dank. Das ist sehr nett von Ihnen und sehr tröstlich.

LEXY *niedergeschmettert von solcher Bosheit:* Ich hatte keine Ahnung, daß Sie etwas gegen Mrs. Morell haben.

PROSERPINE *aufgebracht:* Ich habe nichts gegen sie. Sie ist sehr nett und sehr gutherzig: ich habe sie sehr gern und kann ihre wirklichen Qualitäten viel besser beurteilen als irgendein Mann. *Er schüttelt traurig den Kopf. Sie steht auf und kommt angriffslustig auf ihn zu.* Sie glauben mir nicht? Sie halten mich für eifersüchtig? Oh, was wissen Sie schon vom menschlichen Herzen, Mr. Lexy Mill? Wie gut kennen Sie doch die Schwachheit des Weibes, nicht wahr? Es muß doch schön sein, ein Mann zu sein und über einen scharfen, durchdringenden Intellekt zu verfügen und nicht nur über bloße Gefühle wie wir, und zu wissen, daß wir nur darum Ihre verliebten Illusionen nicht teilen, weil wir eifersüchtig aufeinander sind! *Sie läßt ihn mit einem Schulterzucken stehen und geht zum Feuer, um sich die Hände zu wärmen.*

LEXY Ach, Miß Prossy, wenn ihr Frauen doch nur die Kraft des Mannes so gut verstehen könntet, wie ihr seine Schwächen versteht, dann gäbe es keine Frauenfrage.

PROSERPINE *blickt aus gebeugter Haltung über die Schulter, während sie die Hände vor die Flamme hält:* Wann hat Morell das gesagt? Das haben Sie doch nicht selber erfunden; dazu sind Sie nicht klug genug.

LEXY Da haben Sie ganz recht. Ich schäme mich nicht, ihm dieses Wort zu verdanken, wie ich ihm so viele andere geistliche Wahrheiten verdanke. Er sagte es bei der Jahresversammlung der Liberalen Frauenvereinigung. Lassen Sie mich hinzufügen, daß die Frauen es nicht zu schätzen wußten, während ich, der ich nur ein Mann bin, es verstand. *Er wendet sich dem Bücherschrank zu in der Hoffnung, daß sie jetzt zum Schweigen gebracht ist.*

PROSERPINE *streicht sich vor einem der in die Kaminumrandung eingelassenen Spiegelstücke das Haar glatt:* Wenn Sie mit mir sprechen, teilen Sie mir bitte Ihre eigenen Ideen mit, wie immer die auch sein mögen, und nicht seine. Sie machen nie eine so jämmerliche Figur, wie wenn Sie versuchen, ihn zu imitieren.

LEXY *gekränkt:* Ich versuche, seinem Beispiel zu folgen, nicht ihn zu imitieren.

PROSERPINE *tritt auf ihrem Weg zu ihrem Arbeitsplatz wieder zu ihm:* Doch, Sie tun es wohl. Sie imitieren ihn. Warum klemmen Sie Ihren Schirm unter den linken Arm, statt ihn wie alle anderen in der Hand zu halten? Warum halten Sie beim Gehen das Kinn vorgestreckt und kommen mit diesem eifrigen Gesichtsausdruck dahergelaufen? Sie, der Sie nie vor halb zehn morgens aufstehn? Warum sagen Sie in der Kirche Wais-hheit, während Sie im privaten Gespräch immer Weisheit sagen? Bah! Glauben Sie, ich weiß es nicht? *Sie geht an ihre Schreibmaschine zurück.* Hier! Kommen Sie und machen Sie sich an die Arbeit; wir haben für heute genug Zeit verschwendet. Hier sind die Termine für heute. *Sie reicht ihm ein Memorandum.*

LEXY *zutiefst beleidigt:* Danke. *Er nimmt das Blatt und liest es, am Tisch stehend, wobei er ihr den Rücken zukehrt. Sie fängt an, ihre Stenonotizen abzutippen, ohne sich um seine Gefühle zu kümmern.*

Die Tür geht auf und Mr. Burgess tritt unangemeldet ein. Er ist ein Sechziger, den die zwangsläufige Selbstsucht des Kleinhandels vergröbert und verdorben hat und dessen Art sich später durch Überernährung und geschäftlichen Erfolg zu einer schleimigen Großspurigkeit gemildert hat. Ein ordninärer, unwissender, versoffener Kerl, der Leute, deren Arbeitskraft billig ist, mit offener Verachtung, alles was Namen und Geld hat, aber mit Respekt behandelt, und beides tut er ganz aufrichtig ohne Bosheit oder Neid. Die Welt hat ihm keine anständig bezahlte Arbeit geboten, bei der er nicht schuften mußte, und das hat ihn etwas gemein gemacht. Er selber hat davon keine Ahnung, sondern betrachtet ganz aufrichtig seinen geschäftlichen Erfolg als den unvermeidlichen und gesellschaftlich gesunden Triumph der Tüchtigkeit, des Fleißes, der Schläue und der geschäftlichen Erfahrung eines Mannes, der im Privatleben gelassen, herzlich und von einer beinahe übertriebenen, humorvollen Jovialität ist. Was sein Äußeres betrifft, so ist er untersetzt, mit aufgestülpter Nase mitten in einem flachen viereckigen Gesicht, mit einem staubfarbenen Bärt-

chen unter dem Kinn, in dessen Mitte ein grauer Fleck sitzt, und mit kleinen wasserblauen Augen, die einen weinerlich sentimentalen Ausdruck haben; dieser Ausdruck teilt sich auch leicht seiner Stimme mit, weil er seine Sätze auf eine pathetische Weise intoniert.

BURGESS *bleibt an der Schwelle stehen und blickt sich um:* Man hat mir gesagt, Mr. Morell sei hier.

PROSERPINE *steht auf:* Ich gehe ihn holen.

BURGESS *starrt sie enttäuscht an.* Sie sind aber nicht die junge Dame, die früher für ihn getippt hat?

PROSERPINE Nein.

BURGESS *brummt auf dem Weg zum Kaminteppich:* Nein, die war jün-ger. *Miß Garnett starrt ihn an, dann geht sie hinaus und knallt die Tür hinter sich zu.* Sie machen wohl jetzt Ihre Runde, Mr. Mill?

LEXY *faltet seinen Merkzettel und steckt ihn in die Tasche:* Ja, ich muß gleich gehen.

BURGESS *mit Nachdruck:* Lassen Sie sich nicht aufhalten, Mr. Mill. Warum ich gekommen bin, das ist was Privates zwischen mir und Mr. Morell.

LEXY *hochnäsig:* Ich habe nicht die Absicht zu stören, bestimmt nicht, Mr. Burgess. Guten Morgen.

BURGESS *gönnerhaft:* Oh, schönen guten Morgen. *Während Lexy auf die Tür zugeht, kommt Morell zurück.*

MORELL *zu Lexy:* An die Arbeit?

LEXY Ja, Sir.

MORELL Legen Sie meinen Seidenschal um den Hals. Der Wind ist scharf. Jetzt aber ab mit Ihnen. *Lexy ist für Burgess' Unhöflichkeit reichlich entschädigt. Er geht strahlend davon.*

BURGESS Ich sehe, Sie verwöhnen Ihre Vikare immer noch, James. 'n Morgen. Wenn ich 'nen Mann bezahle, un der is abhängig von mir, dann sorg' ich dafür, daß er weiß, wo er hingehört.

MORELL *etwas kurz angebunden:* Meine Vikare wissen immer, wo sie hingehören, sie sind meine Helfer und Gefährten. Wenn Sie Ihre Angestellten und Verkäufer so zum Arbeiten bringen wie ich meine Vikare, dann müssen Sie schnell reich werden. Wollen Sie in Ihrem alten Stuhl sitzen? *Er weist mit einer befehlenden Geste auf den Sessel neben dem Feuer, dann holt er sich den Besucherstuhl vom Tisch und setzt sich mit betonter Distanz zu seinem Besucher hin.*

BURGESS *ohne sich zu rühren:* Immer noch der alte, James.

MORELL Als Sie zum letztenmal zu Besuch kamen – ich glaube, das ist drei Jahre her –, haben Sie das gleiche etwas deutlicher gesagt. Ihre genauen Worte damals waren: ›Immer noch der gleiche Narr, James.‹

BURGESS *beschwichtigend:* Na, vielleicht habe ich das gesagt; aber – *mit munterer Versöhnlichkeit* – ich wollte Sie nicht beleidigen. Ein Pastor darf ruhig ein bißchen närrisch sein, wissen Sie. In seinem Beruf macht sich das ganz gut. Na, jedenfalls bin ich nicht hergekommen, um alten Streit aufzurühren, wir wolln, was vergangen is, vergangen sein lassen. *Pötzlich kommt er feierlich auf Morell zu.* James, vor drei Jahren, da ham Se mir 'nen üblen Streich gespielt. Sie ham mir 'n Auftrag vermasselt, un als ich Ihn' in meiner ganz natürlichen Enttäuschung harte Worte gegeben hab', da ham Se meine Tochter gegen mich aufgehetzt. Also, ich bin gekommen, um wie 'n Christ zu handeln. *Er streckt Morell die Hand hin.* Ich vergebe Ihnen, James.

MORELL *fährt hoch:* So eine verflixte Unverschämtheit!

BURGESS *weicht zurück, er bricht über diese Behandlung beinahe in Tränen aus:* Is das 'n Ausdruck für 'nen Pastor, James. Und Se nehm' es doch sonst so genau.

MORELL *hitzig:* Nein, Sir, das ist kein geziemender Ausdruck für einen Pastor. Ich habe das falsche Wort gebraucht. Ich hätte sagen sollen: eine verdammte Unverschämtheit; das hätte der heilige Paulus zu Ihnen gesagt und jeder andere redliche Priester. Glauben Sie, ich hätte Ihr Angebot vergessen, als es sich um den Auftrag handelte, die Kleidung für das Armenhaus zu liefern?

BURGESS *in einem Aufwallen von Gemeinsinn:* Ich habe im Interesse des Steuerzahlers gehandelt, James. Es war das niedrigste Angebot; das könn Se nicht leugnen.

MORELL Ja, das niedrigste, denn Sie zahlten den Frauen, die die Kleider nähten, schlechtere Löhne als irgendein anderer Unternehmer – Hungerlöhne –, ja, schlimmer als Hungerlöhne. Bei Ihren Löhnen hätten sie auf die Straße gemußt, um am Leben zu bleiben. *Er wird immer wütender.* Diese Frauen waren meine Pfarrkinder. Ich bewies den Wohlfahrtsbehörden, daß es eine Schande wäre, Ihr Angebot anzunehmen. Ich überzeugte die Steuerzahler, daß es eine Schande wäre, es zuzulassen. Allen bewies ich, daß es eine Schande wäre, nur Ihnen nicht. *Er platzt vor Zorn.* Wie können Sie es wagen, Sir, hierherzukommen und mir Ihre Verzeihung anzubieten, von Ihrer Tochter zu sprechen, und –

BURGESS Sachte, James, sachte, sachte! Regn Se sich nich auf über nix un wiedernix. Ich hab' ja zugegeben, daß ich unrecht hatte.

MORELL Wie? Davon habe ich nichts gehört.

BURGESS Doch, doch. Ich geb's jetzt zu. Kommen Se her, ich bitt' Se um Verzeihung wegen des Briefs, den ich Ihnen geschrieben hab'.

MORELL *schnippt mit den Fingern:* Das bedeutet gar nichts. Haben Sie die Löhne erhöht?

BURGESS *triumphierend:* Jawoll!

MORELL Was?

BURGESS *salbungsvoll:* Ich bin jetzt 'n Muster von 'nem Arbeitgeber. Ich stell' jetzt keine Frauen mehr ein; die sind alle entlassen, und die Arbeit wird von 'ner Maschine gemacht. Kein Mann hat weniger als Sixpence die Stunde; un de gelernten kriegen den Tariflohn. *Stolz:* Was sagn Se jetzt?

MORELL *überwältigt:* Ist das möglich? Nun, es ist mehr Freude im Himmel über einen Sünder, der Buße tut! *Er geht mit überströmender Herzlichkeit, die um Verzeihung bittet, auf Burgess zu.* Mein lieber Burgess, wie großartig haben Sie das gemacht. Ich muß Sie herzlich um Verzeihung bitten, weil ich so schlecht von Ihnen gedacht habe. *Er ergreift seine Hand.* Und nun, fühlen Sie sich jetzt nicht wohler? Kommen Sie, gestehen Sie es? Sie sind glücklicher. Sie sehen glücklicher aus.

BURGESS *nachdenklich:* Nun, vielleicht bin ich's wirklich. Ich muß es wohl, weil Sie es feststellen. Auf jeden Fall komm' ich jetzt mit den Behörden ins Geschäft. *Wütend:* Die wollten nix mit mir zu tun haben, wenn ich nich anständige Löhne zahle; die verdammten Blödhammel, die sich in alles einmischen müssen!

MORELL *läßt, völlig entmutigt, die Hand sinken:* Darum also haben Sie die Löhne erhöht! *Er läßt sich nachdenklich auf den Stuhl sinken.*

BURGESS *streng, in immer breiterem, lauterem Ton:* Warum sonst sollt ich's tun? Wozu führt es denn bei den Arbeitern: nur zum Saufen und zur Verschwendung. *Er läßt sich majestätisch im Sessel nieder:* Es ist alles gut und schön für Sie, James: es bringt Sie in die Zeitungen und macht Sie zu einem großen Mann; aber Sie denken nie an den Schaden, den Sie anrichten, wenn Sie das Geld den Arbeitern in die Tasche spielen, die nicht wissen, was sie damit anfangen sollen; un es den Leuten wegnehmen, die guten Gebrauch davon machen können.

MORELL *mit einem tiefen Seufzer, spricht mit kalter Höflichkeit:* Was wollen Sie also heute morgen von mir? Ich werde nicht so tun, als glaubte ich, Sie wären nur aus Familiensinn hier.

BURGESS *hartnäckig:* Das bin ich aber. Aus Familiensinn und sonst nichts.

MORELL *erschöpft:* Ich glaube Ihnen nicht.

BURGESS *erhebt sich drohend:* Sagen Sie das nicht noch mal zu mir, James Mavor Morell.

MORELL *ungerührt:* Ich sage es so oft, wie es nötig ist, um Sie davon zu überzeugen, daß es stimmt. Ich glaube Ihnen nicht.

BURGESS *überläßt sich ganz seinem verletzten Gefühl:* Also, wenn Sie sich entschlossen haben, unfreundlich zu mir zu sein, dann geh' ich wohl besser. *Er bewegt sich widerwillig auf die Tür zu. Morell rührt sich nicht. Er zögert.* Ich hätt' nicht erwartet, Sie so unversöhnlich zu finden, James. *Da Morell immer noch nicht antwortet, macht er noch ein paar zögernde Schritte auf die Tür zu. Dann kommt er zurück, winselnd:* Wir sind doch sonst gut miteinander ausgekommen, trotz unserer verschiedenen Ansichten. Warum sind Sie so anders zu mir? Ich geb' Ihn'n mein Wort, ich komm' hier aus reiner Freundschaft, ich will mich nicht schlecht stehn mit dem Mann meiner Tochter. Komm' Sie, James, sein Sie 'n Christenmensch, gem Sie mir die Hand. *Er legt seine Hand mit einer sentimentalen Geste auf Morells Schulter.*

MORELL *sieht ihn nachdenklich an:* Hören Sie mal, Burgess. Wollen Sie hier so willkommen sein, wie Sie es vor diesem verlorenen Auftrag waren?

BURGESS Das will ich, James. Bestimmt – ehrlich.

MORELL Warum benehmen Sie sich dann nicht so wie damals?

BURGESS *zieht seine Hand vorsichtig weg:* Wie mein Se das?

MORELL Ich will es Ihnen sagen. Damals hielten Sie mich für einen jungen Narren.

BURGESS *begütigend:* Nein, das stimmt nicht, James. Ich –

MORELL *schneidet ihm das Wort ab:* Doch, das haben Sie getan. Und ich hielt Sie für einen alten Schurken.

BURGESS *wehrt diese Selbstbezichtigung Morells heftig ab:* Nein, das stimmt nicht, James. Jetzt tun Sie sich selbst unrecht.

MORELL Doch, ich hab's getan. Und es hat nicht verhindert, daß wir gut miteinander auskamen. Gott hat Sie zu dem gemacht, was ich einen Schurken nenne, er hat mich zu dem gemacht, was Sie einen Narren nennen.

Diese Bemerkung stößt den Schlußstein aus Burgess' moralischem Gewölbe. Er wird körperlich schwach, und seine Augen mit einem hilflos starren Blick auf Morell

gerichtet, streckt er ängstlich die Hände aus, wie um das Gleichgewicht zu halten, als wäre der Boden unter seinen Füßen plötzlich ins Wanken geraten. Morell fährt im gleichen Ton ruhiger Überzeugung fort:
Es war nicht meine Sache, Gottes Werk zu kritisieren, weder in dem einen noch in dem andern Falle. Solange Sie ehrlich hierherkommen als ein durchtriebener, überzeugter Schurke mit Selbstachtung, der seine Schurkigkeit rechtfertigt und stolz darauf ist, solange sind Sie willkommen. Aber *– und nun wird Morells Ton furchterregend, er steht auf und schlägt, um seinen Worten Nachdruck zu verleihen, auf die Sessellehne* – ich will nicht, daß Sie hier herumwinseln, Sie wären ein Musterarbeitgeber und hätten sich bekehrt, wo Sie doch nur ein Abtrünniger sind, der wegen eines Auftrages von der Stadtverwaltung das Innere seines Rocks nach außen gekehrt hat. *Er nickt ihm zu, um seine Worte zu bekräftigen. Dann tritt er auf den Kaminvorleger, nimmt hier eine bequeme Kommandostellung mit dem Rücken zum Feuer hin ein und fährt fort:* Nein. Ich schätze den Mann, der sich selbst treu ist, sogar in seiner Bosheit. Also: jetzt nehmen Sie entweder Ihren Hut und gehen; oder Sie setzen sich und nennen mir einen guten schurkischen Grund, warum Sie wieder mit mir Freund sein wollen. *Burgess, dessen Gefühle sich soweit beruhigt haben, daß sie sich in einem benommenen Grinsen ausdrücken, fühlt sich durch diesen konkreten Vorschlag erleichtert. Er denkt einen Augenblick darüber nach und setzt sich dann langsam und ganz bescheiden in den Sessel, den Morell eben verlassen hat.* So ist's recht. Also heraus damit.

BURGESS *muß wider Willen kichern:* Na, Sie sin 'n komischer Vogel, James, das muß ich sagen, aber – *beinahe enthusiastisch* – man muß Sie einfach gern ham. Übrigens, wie ich schon sagte, natürlich darf man nich alles, was 'n Pastor sagt, ernst nehm', sonst könnt die Welt sich nicht weiterdrehen. Ist doch so.
Er setzt sich zu einem ernsthafteren Gespräch in Positur

und fährt, den Blick auf Morell gerichtet, mit dumpfer Ernsthaftigkeit fort:
Also, da Sie wollen, daß wir offen miteinander sind, muß ich Ihnen sagen, ich hab' Sie wirklich früher für 'n bißchen verrückt gehalten; aber jetzt fang' ich an zu glauben, daß ich manchmal einfach nur rückständig war.

MORELL *triumphierend:* Aha! Sie sind also endlich dahintergekommen.

BURGESS *wichtig:* Ja. Die Zeiten ham sich mehr geändert, als ich gedacht hab'. Vor fünf Jahren hätt' kein vernünftiger Mensch dran gedacht, Ihre Ideen ernst zu nehmen. Ich hab' mich immer gewundert, daß man Sie überhaupt predigen ließ. Also, ich kenn' doch 'nen Pastor, den hat der Bischof von London jahrelang ohne Stelle gelassen, und der is kein bißchen frömmer als Sie. Aber heutzutag', wenn einer tausend Pfund mit mir wettete, daß Sie mal Bischof wern, ich nähm' die Wette an. *Mit Nachdruck und Feierlichkeit:* Sie und Ihre Mannschaft, ihr bekommt Einfluß: das merke ich. Eines Tages wern se euch was geben müssen, wenn auch nur, um euch das Maul zu stopfen. Sie ham am Ende doch den richtigen Riecher gehabt, James: die Linie, die Sie eingeschlagen haben, wird sich auf lange Sicht für einen von Ihrer Sorte bezahlt machen.

MORELL *bietet ihm mit Überzeugung die Hand:* Geben Sie mir die Hand, Burgess. Jetzt sprechen Sie ehrlich. Ich glaube nicht, daß sie mich zum Bischof machen werden, aber wenn das geschieht, dann stelle ich Sie den größten Geschäftemachern vor, die ich zu meinen Parties kriegen kann.

BURGESS *der mit einem blöden Grinsen aufgestanden ist und die freundschaftlich ausgestreckte Hand angenommen hat:* Sie müssen doch immer Spaß machen, James. Also, wir vertragen uns wieder?

EINE FRAUENSTIMME Sag ja, James.

Sie wenden sich überrascht um und sehen Candida, die eben eingetreten ist und sie mit amüsierter mütterlicher

Langmut, ihrem charakteristischen Gesichtsausdruck, betrachtet. Sie ist eine Frau von 33, gut gebaut und wohlgenährt, man vermutet, daß sie später etwas matronenhaft werden könnte, aber jetzt ist sie auf der Höhe ihrer Schönheit, mit dem doppelten Reiz der Mutterschaft und der Jugend. Sie benimmt sich wie eine jener Frauen, die erfahren haben, daß sie die Menschen immer lenken können, wenn sie sie gefühlsmäßig an sich binden, und sie tut das instinktiv und ganz offen, ohne die geringsten Skrupel. Bis hierher gleicht sie jeder anderen hübschen Frau, die gerade klug genug ist, ihre sexuelle Anziehungskraft für kleine selbstsüchtige Zwecke einzusetzen; aber Candidas ruhige Stirn, ihre mutigen Augen, der gutgeschnittene Mund und das feste Kinn deuten auf Freiheit des Geistes und Würde des Charakters, die die Gewähr dafür geben, daß die List, mit der sie Gefühle handhabt, nicht unedlen Zwecken dient. Ein Beobachter mit einem weisen Herzen, der sie so sähe, würde sofort erraten, daß derjenige, der das Bild der Himmelfahrt Mariens über ihrem Kaminsims aufhängte, es tat, weil er eine geistige Verwandtschaft zwischen den beiden Frauen feststellte; und weil er gleichzeitig sicher war, daß weder ihr Mann noch sie selbst auf eine solche Idee kämen, noch, daß sie überhaupt eine besondere Beziehung zur Kunst Tizians haben.

Candida ist in Haube und Umhang und trägt ein Plaid, durch dessen Lederriemen ein Schirm, eine Handtasche und einige illustrierte Zeitungen gesteckt sind.

MORELL *entsetzt über sein Versäumnis:* Candida! Wieso –
Er schaut auf die Uhr und stellt mit Entsetzen fest, daß es schon so spät ist.
Mein Schatz!
Er eilt auf sie zu und ergreift den Griff der Rolle, dabei gibt er dauernd Bekundungen seines Bedauerns von sich.
Ich wollte dich doch am Zug abholen. Ich habe die Zeit verpaßt.
Er wirft die Deckenrolle aufs Sofa.

Ich war so in Anspruch genommen von – *kehrt zu ihr zurück* – ich vergaß – oh! *Er umarmt sie mit reuiger Innigkeit.*

BURGESS *ein wenig verlegen, unsicher, wie sie ihn aufnehmen wird:* Wie geht's dir, Candy?

Candida, immer noch in Morells Armen, hält ihm ihre Wange hin, die er küßt.

James und ich haben uns geeinigt, 'n ehrenhaftes Übereinkommen. Nicht, James?

MORELL *heftig:* Oh, Sie mit Ihrem Übereinkommen, Sie sind schuld, daß ich Candida verpaßt habe. *Mit zärtlichem Mitleid:* Mein armes Herz, wie bist du denn mit dem Gepäck zurechtgekommen? Wie –

CANDIDA *unterbricht ihn und macht sich frei:* Aber, aber! Ich war ja nicht allein. Eugene war bei uns, und wir sind zusammen zurückgekommen.

MORELL *erfreut:* Eugene!

CANDIDA Ja, er quält sich mit meinem Gepäck ab, der arme Junge. Geh sofort nach draußen, Lieber; sonst bezahlt er noch die Droschke, und das will ich nicht.

Morell eilt hinaus. Candida stellt ihre Tasche ab, dann nimmt sie Umhang und Haube ab und legt sie zu der Decke auf das Sofa, dabei plaudert sie.

Also, Papa, wie geht's denn zu Hause?

BURGESS Das Haus ist ganz öde, seit du weg bist, Candy. Ich wollt', du kämst und würdest dem Mädel mal den Kopf waschen. Wer ist dieser Eugene, der mit dir gekommen ist?

CANDIDA Oh, Eugene ist eine von James' Entdeckungen. Er hat ihn vergangenen Juni am Themseufer auf einer Bank schlafend gefunden. Hast du schon unser neues Bild bemerkt? *Zeigt auf die Maria.* Das hat er uns geschenkt.

BURGESS *ungläubig:* Quatsch! Du willst mir doch nich weismachen, mir, deinem eigenen Vater – daß Anreißer oder Rumtreiber von der Uferpromenade Bilder wie das da kaufen. *Ernst:* Lüg mich nicht an, Candy; das is 'n Hochkirchen-Bild, un James hat es selber ausgesucht.

CANDIDA Du darfst noch einmal raten. Eugene ist kein Rumtreiber.

BURGESS Was ist er dann? *Spöttisch:* Vermutlich 'n Edelmann.

CANDIDA *nickt entzückt:* Ja, sein Onkel ist ein Graf. Ein wirklicher, lebendiger Graf.

BURGESS *wagt nicht, diese gute Nachricht zu glauben:* Nein!

CANDIDA Als James ihn auf der Bank fand, hatte er einen Scheck über 55 Pfund in der Tasche, der auf eine Woche später datiert war. Er dachte, er bekäme erst Geld darauf, wenn diese sieben Tage verstrichen wären, und er war zu schüchtern, um Kredit zu bitten. Oh, er ist ein lieber Junge. Wir haben ihn sehr gern.

BURGESS *versucht so zu tun, als sei ihm die Aristokratie gleichgültig; aber mit glänzenden Augen:* Hm! Hätt' nicht gedacht, daß ihr hier in Viktoria Park 'nen Neffen von 'nem Grafen zu Besuch habt; wenn's nicht 'n Schwachsinniger ist. *Sieht sich das Bild noch einmal an.* Natürlich bin ich nicht für das Bild, Candy: aber 's doch 'n wertvolles, erstklaßges Kunswerk: das seh' ich. Du mußt mich ihm unbedingt vorstellen, Candy. *Er schaut nervös auf die Uhr.* Ich kann nur noch zwei Minuten bleiben.

Morell kommt mit Eugene zurück, den Burgess mit vor Begeisterung feuchten Augen betrachtet. Eugene ist ein seltsamer, schüchterner Junge von achtzehn, schmächtig, mädchenhaft, mit einer zarten, kindlichen Stimme, einem gequälten, unruhigen Ausdruck und einem scheuen Benehmen, das die schmerzhafte Empfindlichkeit, das schnell erwachende Mißtrauen junger Menschen zeigt, deren Charakter noch nicht zu seiner vollen Stärke entwickelt ist. In seiner quälenden Unentschlossenheit weiß er nicht, wohin er sich stellen, was er tun soll. Er hat Angst vor Burgess und würde gern in die Einsamkeit fliehen, wagt es aber nicht; aber gerade die Intensität, mit der er eine völlig alltägliche Situation wahrnimmt, kommt aus einer außergewöhnlich großen nervlichen Kraft, und seine Nasenflügel, sein Mund

und seine Augen verraten einen heftigen, fordernden Willen, über dessen Tendenz einen seine Stirn, die jetzt schon von Mitgefühl gerunzelt ist, beruhigt. Er ist so ungewöhnlich, daß er beinahe unirdisch wirkt; und für prosaische Menschen liegt in diesem Unirdischen etwas Abstoßendes, ebenso wie es für poetische Naturen etwas Engelhaftes hat. Seine Kleidung ist anarchisch. Er trägt eine alte blaue Jacke aus Wollstoff, die über einem wollenen Tennishemd offensteht; statt einer Krawatte trägt er ein seidenes Halstuch, eine zur Jacke passende Hose und braune Segeltuchschuhe. Mit diesen Kleidungsstücken hat er offensichtlich im Heidekraut gelegen und ist durchs Wasser gewatet; und offensichtlich hat er sie niemals gebürstet.

Als er beim Eintreten einen Fremden erblickt, bleibt er stehen, drückt sich dann an der entgegengesetzten Wand entlang.

MORELL *tritt ein:* Kommen Sie. Eine Viertelstunde haben Sie doch sicher für uns übrig. Dies ist mein Schwiegervater, Mr. Burgess – Mr. Marchbanks.

MARCHBANKS *weicht nervös gegen den Bücherschrank zurück:* Erfreut, Sie kennenzulernen, Sir.

BURGESS *geht mit großer Herzlichkeit auf ihn zu, während Morell zu Candida ans Feuer tritt:* Freue mich sehr, Sie kennenzulernen, bestimmt, Mr. Marchbanks. *Zwingt ihn, ihm die Hand zu geben.* Wie geht's Ihn'n bei diesem Wetter? Lassen Sie sich nur von James keine dummen Ideen in den Kopf setzen.

MARCHBANKS Dumme Ideen? Oh, Sie meinen den Sozialismus? Nein.

BURGESS So ist's recht. *Schaut wieder auf die Uhr.* Also, ich muß jetzt gehen; da is nix zu machen. Sie habn wohl nicht den gleichen Weg, Mr. Marchbanks?

MARCHBANKS Welcher Weg wäre das?

BURGESS Bahnhof Viktoria. Um 12 UHR 25 fährt ein Stadtzug.

MORELL Unsinn. Ich denke doch, daß Eugene zum Essen bleibt.

MARCHBANKS *entschuldigt sich ängstlich:* Nein – ich – ich –

BURGESS Gut, gut, ich will Sie nicht drängen: kann mir denken, daß Sie lieber mit Candy Mittag essen. Ich hoffe, Sie essen mal abends mit mir in meinem Klub, dem ›Freeman Founders‹ in Norton Folgit. Los, sagen sie ja!

MARCHBANKS Vielen Dank, Mister Burgess. Wo ist Norton Folgate? Unten in Surrey, nicht wahr?

BURGESS *unsagbar amüsiert, bricht in Lachen aus.*

CANDIDA *kommt zu Hilfe:* Wenn du nicht sofort gehst, verpaßt du deinen Zug, Papa. Komm heute nachmittag zurück und erkläre Mr. Marchbanks, wo er den Klub findet.

BURGESS *brüllt vor Lachen:* Unten in Surrey! Ha, ha! Das is 'n Witz! Also, ich hab' noch nie 'nen Menschen getroffen, der nicht wußte, wo Nortn Fulgit ist. *Bemerkt plötzlich, was für einen Lärm er macht.* Auf Wiedersehen, Mr. Marchbanks; ich weiß, Sie sind zu gebildet, um meinen Scherz krummzunehmen. *Er streckt ihm wieder die Hand hin.*

MARCHBANKS *schüttelt Burgess' Hand mit einem nervösen Ruck:* Aber gewiß nicht.

BURGESS Tschüß, Candy. Ich komm' nachher wieder vorbei. Bis später, James.

MORELL Müssen Sie gehen?

BURGESS Lassen Sie sich nicht stören. *Er geht mit ungetrübter Munterkeit hinaus.*

MORELL Oh, ich begleite Sie hinaus. *Er folgt ihm.*

Eugene starrt beunruhigt hinter ihnen her und hält den Atem an, bis Burgess verschwunden ist.

CANDIDA *lachend:* Nun, Eugene?

Er fährt herum und kommt eifrig auf sie zu, bleibt dann, als er ihrem amüsierten Blick begegnet, unentschlossen stehen.

Was halten Sie von meinem Vater?

MARCHBANKS Ich – ich kenne ihn ja kaum. Er scheint ein netter alter Herr zu sein.

CANDIDA *mit sanfter Ironie:* Und Sie werden im Freeman Founders Klub mit ihm essen, nicht wahr?

MARCHBANKS *der ihre Worte ernst nimmt, unglücklich:* Ja, wenn Sie es wünschen.

CANDIDA *gerührt:* Wissen Sie, Eugene, Sie sind bei all Ihrer Wunderlichkeit ein sehr netter Junge. Wenn Sie über meinen Vater gelacht hätten, so hätte ich das verstanden, aber daß Sie nett zu ihm sind, gefällt mir viel, viel besser.

MARCHBANKS Hätte ich lachen sollen? Ich merkte, daß er etwas Komisches sagte; aber ich fühle mich Fremden gegenüber so unsicher, und Witze verstehe ich nie. Es tut mir sehr leid.

Er läßt sich mit einem Ausdruck hoffnungslosen Schmerzes auf dem Sofa nieder, die Ellenbogen auf den Knien und die Fäuste gegen die Schläfen gedrückt.

CANDIDA *stubst ihn gutmütig:* Oh, kommen Sie! Sie großes Kind, Sie! Sie sind heute morgen schlimmer als sonst. Warum waren Sie so bedrückt, als wir in der Droschke herfuhren?

MARCHBANKS Oh, das war gar nichts. Ich wußte nur nicht, wieviel ich dem Kutscher geben mußte. Ich weiß, es ist furchtbar blöde, aber Sie glauben nicht, wie schrecklich solche Dinge für mich sind – welche Angst ich davor habe, mit fremden Menschen zu tun zu haben. *Schnell und in beruhigendem Ton:* Aber es ist alles gut gegangen. Als Morell ihm zwei Shilling gab, strahlte er übers ganze Gesicht und hob den Finger an die Mütze. Ich wollte ihm gerade zehn anbieten.

Morell kommt mit ein paar Briefen und Zeitungen, die mit der Mittagspost gekommen sind.

CANDIDA Oh, James, Lieber, er wollte dem Kutscher zehn Shilling geben! Zehn Shilling für eine Fahrt von drei Minuten! Oh, mein Gott!

MORELL *sieht am Tisch die Briefe durch:* Hören Sie nicht auf sie, Marchbanks. Die Neigung, zu viel zu zahlen, ist ein Zeichen von Großmut, besser als die Neigung, zu wenig zu zahlen, und längst nicht so verbreitet.

MARCHBANKS *verfällt in Niedergeschlagenheit:* Nein, es war

Feigheit, Inkompetenz. Mrs. Morell hat ganz recht.

CANDIDA Natürlich hat sie recht. *Sie nimmt ihre Handtasche.* Und nun muß ich Sie einen Augenblick James überlassen. Ich vermute, Sie sind zu sehr ein Dichter, um zu wissen, in welchem Zustand eine Frau ihr Haus vorfindet, wenn sie drei Wochen weg gewesen ist. Geben Sie mir die Decke. *Eugene nimmt die zusammengerollte Decke von der Couch und reicht sie ihr. Sie nimmt sie in die linke Hand, in der rechten hält sie ihre Handtasche.* Jetzt hängen Sie mir den Umhang über den Arm. *Er gehorcht.* Jetzt meinen Hut. *Er gibt ihn ihr in die Hand, die die Handtasche hält.* Jetzt machen Sie mir die Tür auf. *Er eilt vor ihr her und macht ihr die Tür auf.* Vielen Dank. *Sie geht hinaus, und Marchbanks schließt die Tür.*

MORELL *immer noch am Tisch beschäftigt:* Sie bleiben natürlich zum Mittagessen, Marchbanks.

MARCHBANKS *erschrocken:* Ich darf nicht.

Er wirft Morell einen schnellen Blick zu, schlägt aber gleich die Augen nieder und fügt, mit offensichtlicher Unfähigkeit, sich zu verstellen, hinzu:

Ich wollte sagen, ich kann nicht.

MORELL Sie wollen sagen, Sie wollen nicht.

MARCHBANKS *ernsthaft:* Nein, ich würde wirklich sehr gern. Vielen Dank. Aber – aber –

MORELL Aber – aber – aber – Unsinn! Wenn Sie bleiben möchten, dann bleiben Sie. Wenn Sie zu schüchtern sind, machen Sie eine Runde durch den Park und schreiben ein Gedicht; dann kommen Sie um halb eins wieder und lassen sich's schmecken.

MARCHBANKS Ich danke Ihnen, ich würde das sehr gern tun. Aber ich darf wirklich nicht. Die Wahrheit ist: Mrs. Morell hat es mir verboten. Sie sagte, sie glaube nicht, daß Sie mich bitten würden, zum Essen zu bleiben, aber wenn Sie es täten, müßte ich daran denken, daß Sie mich in Wirklichkeit nicht dabeihaben wollten. *Kläglich:* Sie sagte, ich würde das sicher verstehen; aber ich verstehe es nicht. Bitte sagen Sie ihr nicht, daß ich Ihnen das gesagt habe.

MORELL *in komischem Ton:* Oh, ist das alles? Und würde da mein Vorschlag, einen Spaziergang durch den Park zu machen, die Schwierigkeiten nicht beseitigen?

MARCHBANKS Wie denn?

MORELL *platzt gutmütig heraus:* Aber Sie Tolpatsch –

Dieser lärmende Ton berührt ihn ebenso wie Eugene unangenehm. Er nimmt sich zusammen.

Nein, ich will es nicht auf diese Weise ausdrücken.

Tritt mit ernsthafter Herzlichkeit auf Eugene zu.

Mein lieber Junge, in einer glücklichen Ehe wie der unseren hat die Rückkehr der Frau in ihr Heim etwas sehr Heiliges.

Marchbanks blickt schnell zu ihm auf, er hat halb erraten, was Morell sagen will.

Ein alter Freund oder eine wahrhaft edle und mitfühlende Seele ist bei solch einer Gelegenheit nicht im Wege, nur ein Zufallsbesucher ist im Wege.

Als Eugene versteht, tritt mit plötzlicher Lebhaftigkeit ein gehetzter und entsetzter Ausdruck in sein Gesicht. Morell, der mit seinen eigenen Gedanken beschäftigt ist, fährt fort, ohne das zu bemerken:

Candida glaubt, ich hätte Sie lieber nicht hier, aber sie hatte unrecht. Ich habe Sie sehr gern, mein Junge; und Sie sollten mit eigenen Augen sehen, was für ein Glück es ist, so verheiratet zu sein, wie ich es bin.

MARCHBANKS Glücklich! Ihre Ehe! Das denken Sie? Das glauben Sie?

MORELL *überschwenglich:* Ich weiß es, mein Junge. Larochefoucauld hat gesagt, daß es bequeme Ehen gibt, aber keine glücklichen. Sie wissen nicht, welchen Genuß es bedeutet, einen verdammten Lügner und elenden Zyniker wie diesen Burschen bis ins letzte zu durchschauen. Ha! Ha! Jetzt ab mit Ihnen in den Park, und schreiben Sie Ihr Gedicht. Um Punkt halb zwei, hören Sie, wir warten nie mit dem Essen.

MARCHBANKS Nein, hören Sie auf! Das dürfen Sie nicht! Ich werde es ans Licht bringen!

MORELL *verdutzt:* Wie? Was wollen Sie?

MARCHBANKS Ich muß mit Ihnen sprechen. Es gibt etwas, das zwischen uns bereinigt werden muß.

MORELL *mit einem ironischen Blick auf seine Uhr:* Jetzt?

MARCHBANKS *leidenschaftlich:* Jetzt. Bevor Sie diesen Raum verlassen.

Er weicht ein paar Schritte zurück und bleibt so stehen, als wollte er Morell den Weg zur Tür abschneiden.

MORELL *ohne sich von der Stelle zu rühren, feierlich, da er endlich verstanden hat, daß es sich um eine ernste Sache handelt:* Ich wollte den Raum gar nicht verlassen, mein lieber Junge, ich dachte, Sie wollten das.

Eugene, verblüfft über den festen Ton, wendet Morell den Rücken zu. Er zittert vor Zorn. Morell tritt zu ihm und legt ihm fest, aber freundlich die Hand auf die Schulter, ohne Eugenes Versuch, sie abzuschütteln, zu beachten.

Kommen Sie, setzen Sie sich, und erzählen Sie mir ganz ruhig, was los ist. Und denken Sie daran: Wir sind Freunde und wissen, daß wir miteinander nur geduldig und freundschaftlich sprechen werden, was immer wir uns auch zu sagen haben.

MARCHBANKS *macht sich los und dreht sich zu Morell um:* Oh, ich vergesse mich nicht; ich bin nur – *bedeckt verzweifelt das Gesicht* – voller Entsetzen.

Dann läßt er die Hände sinken, streckt sein Gesicht feindselig Morell entgegen und fährt drohend fort:

Sie werden noch sehen, ob dies der Augenblick für Geduld und Freundlichkeit ist. *Morell, fest wie ein Fels, blickt ihn mitleidig an.* Schauen Sie mich nicht so selbstgefällig an. Sie halten sich für stärker als mich; aber wenn Sie überhaupt ein Herz in der Brust haben, werde ich Sie zum Wanken bringen.

MORELL *mit kraftvollem Selbstvertrauen:* Bringen Sie mich ins Wanken, mein Junge. Heraus damit.

MARCHBANKS Erstens –

MORELL Erstens?

MARCHBANKS Ich liebe Ihre Frau.

Morell weicht zurück, dann, nachdem er ihn einen Augenblick in äußerster Verwunderung angestarrt hat, bricht er in unaufhaltsames Gelächter aus. Eugene ist verdutzt, aber nicht aus der Fassung gebracht; dann wird er zornig und ist voller Verachtung.

MORELL *setzt sich, bis sich sein Lachen gelegt hat:* Aber, mein lieber Junge, natürlich lieben Sie sie. Alle tun das. Sie können gar nicht anders. Mir gefällt es. Aber – *sieht ihn schelmisch an* – hören Sie, Eugene, glauben Sie, daß man über Ihren Fall überhaupt sprechen muß? Sie sind unter zwanzig. Sie ist über dreißig. Sieht das nicht etwas nach Kälberliebe aus?

MARCHBANKS *heftig:* So wagen Sie von ihr zu sprechen? So denken Sie von der Liebe, die sie erweckt? Das ist eine Beleidigung für sie!

MORELL *steht schnell auf, in verändertem Ton:* Für sie? Nehmen Sie sich in acht, Eugene! Ich bin geduldig gewesen. Ich hoffe, geduldig zu bleiben. Aber es gibt Dinge, die ich nicht zulassen werde. Zwingen Sie mich nicht, gegen Sie so nachsichtig zu sein, wie ich nur gegen ein Kind sein würde. Seien Sie ein Mann.

MARCHBANKS *mit einer Geste, als fege er etwas hinter sich:* Oh, lassen wir dieses ganze Geschwätz beiseite. Ich bin entsetzt, wenn ich daran denke, wieviel davon sie in all den mühseligen Jahren hat schlucken müssen, während deren Sie sie selbstsüchtig und blind geopfert haben, um Ihrer Selbstzufriedenheit zu frönen: Sie – *wendet sich ihm zu* – haben nicht einen Gedanken, ein Gefühl mit ihr gemein.

MORELL *gelassen:* Sie scheint das ganz gut zu ertragen. *Schaut ihm direkt ins Gesicht.* Eugene, mein Junge, Sie machen sich lächerlich; um es ganz einfach und ohne Umschweife zu sagen: Sie machen sich regelrecht lächerlich. *Er bekräftigt diese Lektion in seiner gewohnten Weise mit einem Kopfnicken und stellt sich auf dem Kaminvorleger in Positur, die Hände auf dem Rücken, um sie zu wärmen.*

MARCHBANKS Oh, denken Sie, ich wüßte das nicht? Glauben Sie, daß die Dinge, deretwegen Menschen sich lächerlich machen, weniger wahr und wirklich sind als die Dinge, deretwegen sie sich vernünftig benehmen?

Morells Blick wird zum ersten Mal unsicher. Er vergißt, sich die Hände zu wärmen, steht da und hört aufgeschreckt und nachdenklich zu.

Sie sind sogar wahrer, es sind die einzig wahren Dinge. Sie behandeln mich sehr ruhig und vernünftig und gelassen, weil Sie begreifen, daß ich mich Ihrer Frau wegen zum Narren mache; genauso wie der alte Mann, der eben hier war, sich von Ihrem Sozialismus nicht aus der Fassung bringen läßt, weil er weiß, daß Sie sich deswegen zum Narren machen.

Morells Verwirrung steigt sichtlich. Eugene nimmt seinen Vorteil wahr, indem er ihn wild mit seinen Fragen bestürmt.

Beweist das, daß Sie unrecht haben? Beweist Ihre nachgiebige Überlegenheit mir gegenüber, daß ich unrecht habe?

MORELL Marchbanks, irgendein Teufel legt Ihnen diese Worte in den Mund. Es ist leicht – furchtbar leicht –, das Selbstvertrauen eines Mannes zu erschüttern. Das auszunutzen, um den Mut eines Mannes zu brechen, ist Teufelswerk. Seien Sie vorsichtig, bedenken Sie, was Sie tun, seien Sie vorsichtig!

MARCHBANKS *unbarmherzig:* Ich weiß. Ich tue es mit Absicht. Ich habe Ihnen gesagt, daß ich Sie ins Wanken bringen werde. *Sie stehen sich einen Augenblick drohend gegenüber. Dann hat Morell seine Haltung zurückgewonnen.*

MORELL *mit edelmütiger Zärtlichkeit:* Eugene, hören Sie mich an. Ich hoffe und vertraue darauf, daß Sie eines Tages ein glücklicher Mann sein werden wie ich.

Eugene ist rasend; er kann den Wert dieses Glücks nicht anerkennen. Morell, der tief gekränkt ist, hält sich mit einer Miene edelmütiger Geduld zurück und fährt unbeirrt fort, mit großer rhetorischer Schönheit seine Worte vorzutragen.

Sie werden heiraten, und Sie werden mit all Ihren Kräften und all Ihrem Mut dahin wirken, jeden Fleck auf dieser Erde zu einem ebenso glücklichen Ort zu machen wie Ihr Heim. Sie werden zu den Erbauern des Himmelreiches auf Erden gehören, und – wer weiß – vielleicht werden Sie ein Baumeister sein, da, wo ich nur ein bescheidener Geselle bin; denn glauben Sie nicht, mein Junge, daß ich nicht in Ihnen, so jung Sie auch sein mögen, das Versprechen höherer Fähigkeiten spüre, als ich mir je werde zusprechen können? Ich weiß wohl, es ist der Dichter, in dem der heilige Geist des Menschen – der Gott in ihm – am gottähnlichsten ist. Es sollte Sie erschauern machen, wenn Sie daran denken – wenn Sie an die schwere Last und die große Geduld denken, die es bedeutet, ein Dichter zu sein, und die Ihnen vielleicht auferlegt ist.

MARCHBANKS *unbeeindruckt und grausam; seine jungenhafte Grobheit des Ausdrucks sticht scharf von Morells Rhetorik ab:* Es macht mich nicht erschauern. Erschauern läßt mich, daß es bei anderen fehlt.

MORELL *aufgestachelt von seinem echten Gefühl und Eugenes Hartnäckigkeit, verdoppelt seine stilistischen Anstrengungen:* Dann helfen Sie, es in anderen zu entzünden – in mir – und nicht, es auszulöschen. In der Zukunft, wenn Sie ebenso glücklich sein werden wie ich, will ich Ihr wahrer Bruder im Glauben sein. Ich will Ihnen helfen zu glauben, daß Gott uns eine Welt gegeben hat, die nur unserer eigenen Torheit wegen noch kein Paradies ist. Ich will Ihnen helfen zu glauben, daß jede Arbeit, die Sie tun, Glück sät für die große Ernte, die alle, auch die Geringsten, eines Tages einbringen werden. Und schließlich, und glauben Sie mir, nicht als letztes, werde ich Ihnen helfen zu glauben, daß Ihre Frau Sie liebt und in Ihrem Heim glücklich ist. Wir brauchen solche Hilfe, Marchbanks; wir brauchen sie dringend und immer wieder. Es gibt so vieles, das uns zweifeln machen möchte, wenn wir unser Urteil erst trüben lassen. Sogar zu Hause sitzen wir wie in einem Feldlager, das eingeschlossen ist von einer feindlichen Armee von Zweifeln. Wollen Sie der Verräter sein und die Feinde zu mir hereinlassen?

MARCHBANKS *blickt wild um sich:* Muß sie das hier immer ertragen? Eine Frau mit einer großen Seele, die sich nach Wirklichkeit sehnt, nach Wahrheit, nach Freiheit; und sie wird mit Metaphern gefüttert, mit Predigten, mit abgestandenen Deklamationen, mit bloßer Rhetorik. Glauben Sie, die Seele einer Frau könnte von Ihrem Predigertalent leben?

MORELL *getroffen:* Marchbanks, Sie machen es mir schwer, mich zu beherrschen. Sofern mein Talent überhaupt einen Wert hat, ist es das gleiche wie das Ihre. Es ist die Gabe, für die göttliche Wahrheit Worte zu finden.

MARCHBANKS *heftig:* Ihr Talent ist Zungenfertigkeit, nichts mehr und nichts weniger. Was hat Ihre Fähigkeit, schön daherzureden, mit der Wahrheit zu tun? Nicht mehr, als Orgelspielen damit zu tun hat. Ich bin nie in Ihrer Kirche gewesen, aber ich bin bei Ihren politischen Versammlungen gewesen, und ich habe Sie das tun sehen, was man ›die Versammlung zu Begeisterungsstürmen hinreißen‹ nennt; das heißt, Sie stachelten sie auf, bis sie sich wie Betrunkene benahmen. Und ihre Frauen sahen zu und merkten, was für Narren das waren. Oh, es ist eine alte Geschichte, Sie finden sie schon in der Bibel. Ich stelle mir vor, daß der König David in seinen Begeisterungsstürmen Ihnen sehr ähnlich war. *Stößt ihm die Worte wie einen Dolch ins Herz.* ›Aber sein Weib verachtete ihn in ihrem Herzen.‹

MORELL *zornentbrannt:* Verlassen Sie mein Haus. Hören Sie? *Er geht drohend auf ihn zu.*

MARCHBANKS *weicht gegen das Sofa zurück:* Lassen Sie mich in Ruhe. Fassen Sie mich nicht an!

Morell packt ihn fest am Rockaufschlag; Eugene kauert sich auf dem Sofa zusammen und schreit wütend:

Lassen Sie los, Morell! Wenn Sie mich schlagen, bringe ich mich um: ich ertrage es nicht. *Beinahe hysterisch:* Lassen

Sie mich los! Nehmen Sie die Hand weg!

MORELL *spricht langsam, mit betonter Verachtung:* Sie kleines winselndes, feiges Hündchen. *Er läßt ihn los.* Gehen Sie, bevor Sie vor Angst einen Anfall bekommen.

MARCHBANKS *auf dem Sofa. Er schnappt nach Luft, ist jedoch erleichtert, weil Morell seine Hand weggezogen hat:* Ich habe keine Angst vor Ihnen. Sie, Sie haben Angst vor mir.

MORELL *beugt sich ruhig über ihn.* So sieht es aus, nicht wahr?

MARCHBANKS *mit weinerlicher Heftigkeit:* Ja, so sieht es aus.

Morell wendet sich mit Verachtung ab. Eugene rappelt sich auf und geht hinter ihm her.

Sie denken, weil ich vor einer brutalen Behandlung zurückschrecke – weil – *mit Tränen in der Stimme* – ich, wenn ich auf Gewalttätigkeiten stoße, nichts tun kann, als vor Wut schreien – weil ich nicht wie Sie einen schweren Koffer von einem Kutschendach heben kann – weil ich nicht mit Ihnen um Ihre Frau kämpfen kann, wie ein betrunkener Kanalarbeiter das tun würde – all das läßt Sie denken, ich hätte Angst vor Ihnen. Aber Sie täuschen sich. Wenn ich auch das nicht habe, was Sie britischen Mut nennen, so habe ich doch auch keine britische Feigheit: ich habe keine Angst vor den Ideen eines Pastors. Ich werde gegen Ihre Ideen kämpfen. Ich werde Ihre Frau aus der Versklavung durch diese Ideen befreien. Ich werde meine eigenen Ideen dagegen ins Feld führen. Sie jagen mich aus dem Haus, weil Sie es nicht wagen, sie zwischen Ihren Ideen und den meinen wählen zu lassen. Sie haben Angst davor, daß Sie mich wiedersieht.

Morell wendet sich plötzlich wütend zu ihm hin. Marchbanks flieht in unwillkürlichem Schrecken zur Tür. Lassen Sie mich in Ruhe, hören Sie. Ich gehe.

MORELL *mit kalter Verachtung:* Warten Sie einen Augenblick; ich werde Sie nicht anfassen, haben Sie keine Angst. Wenn meine Frau zurückkommt, wird sie wissen wollen, warum Sie gegangen sind. Und wenn sie hört, daß Sie unsere Schwelle nie mehr überschreiten werden, wird sie auch dafür eine Erklärung verlangen. Nun möchte ich sie nicht betrüben, indem ich ihr sage, Sie hätten sich wie ein Schuft benommen.

MARCHBANKS *kommt mit erneuter Wut zurück:* Doch, das sollen Sie. Das müssen Sie. Wenn Sie eine andere Erklärung geben als die wahre, dann sind Sie ein Lügner und ein Feigling. Sagen Sie ihr, was ich gesagt habe; und daß Sie sich stark und männlich benommen und mich gebeutelt haben wie ein Terrier eine Ratte; und wie ich zurückgewichen bin und Angst hatte; und wie Sie mich ein winselndes kleines Hündchen genannt und mich aus dem Haus gejagt haben. Wenn Sie es ihr nicht sagen, werde ich es tun. Ich werde es ihr schreiben.

MORELL *verwirrt:* Warum wollen Sie, daß sie es weiß?

MARCHBANKS *in lyrischer Verzückung:* Weil sie mich verstehen und wissen wird, daß ich sie verstehe. Wenn Sie ihr ein Wort davon verschweigen – wenn Sie nicht bereit sind, ihr die Wahrheit zu Füßen zu legen, wie ich bereit dazu bin –, dann werden Sie bis zum Ende Ihrer Tage nicht wissen, daß sie in Wirklichkeit mir gehört und nicht Ihnen. Auf Wiedersehen! *Geht.*

MORELL *zutiefst beunruhigt:* Bleiben Sie. Ich werde es ihr nicht sagen.

MARCHBANKS *dreht sich an der Tür um:* Wenn ich gehe, müssen Sie ihr entweder die Wahrheit sagen oder eine Lüge.

MORELL *sucht einen Kompromiß:* Marchbanks, manchmal ist es zu rechtfertigen –

MARCHBANKS *fällt ihm ins Wort:* Ich weiß – wenn man lügt. Es wird keinen Zweck haben. Auf Wiedersehen, Herr Pastor. *Während er sich der Tür zuwendet, öffnet sich diese, und Candida tritt in ihrem Hauskleid ein.*

CANDIDA Sie gehen, Eugene? *Betrachtet ihn genauer.* Aber, mein Gott, wie sehen Sie denn aus, wollen Sie in diesem Zustand auf die Straße? Sie sind ein Dichter, wirklich!

Sieh ihn dir an, James! *Sie packt ihn am Rock und zieht ihn nach vorn, um ihn Morell zu zeigen.* Sieh dir seinen Kragen an und seine Krawatte, sieh dir sein Haar an! Man sollte denken, jemand hätte Sie erwürgen wollen. *Eugene reckt sich instinktiv, um sich nach Morell umzusehen, aber sie zieht ihn zurück.* He! Bleiben Sie stehen! *Sie knöpft ihm den Kragen zu, bindet sein Halstuch zu einer Schleife und streicht sein Haar glatt.* So! Jetzt sehen Sie so nett aus, daß Sie doch zum Essen bleiben sollten, obwohl ich gesagt habe, Sie dürften es nicht. Es ist in einer halben Stunde fertig. *Sie gibt der Schleife einen letzten Ruck. Er küßt ihr die Hand.* Seien Sie kein Narr.

MARCHBANKS Natürlich würde ich gern bleiben, außer der hochwürdige Herr, Ihr Gatte, hat etwas dagegen.

CANDIDA Darf er bleiben, James, wenn er verspricht, ein guter Junge zu sein und mir beim Tischdecken zu helfen?

MORELL *kurz angebunden:* Oh ja, natürlich darf er das. *Er geht an seinen Tisch und tut so, als beschäftige er sich mit den Papieren darauf.*

MARCHBANKS *bietet Candida den Arm:* Kommen Sie, dekken wir den Tisch. *Sie nimmt den Arm. Sie gehen zusammen zur Tür. Während sie hinausgehen, fügt er hinzu:* Ich bin der glücklichste der Sterblichen.

MORELL Das war ich auch – bis vor einer Stunde.

Zweiter Akt

Am selben Tag, später am Nachmittag. Derselbe Raum. Der Stuhl für den Besucher steht wieder am Tisch. Marchbanks ist allein, und da er nichts zu tun hat, versucht er herauszufinden, wie die Schreibmaschine funktioniert. Als er jemanden an der Tür hört, schleicht er sich schuldbewußt ans Fenster und tut, als wäre er in die Aussicht vertieft. Miß Garnett hält den Notizblock in der Hand, auf dem sie die Briefe stenographiert, die Morell diktiert; sie setzt sich an die Schreibmaschine, um sie abzutippen. Sie ist viel zu beschäftigt, um Eugene zu bemerken. Als sie mit der zweiten Zeile beginnt, setzt sie ab und starrt auf die Maschine. Offenbar stimmt etwas nicht.

PROSERPINE Wie lästig! Sie haben an meiner Schreibmaschine herumgefummelt, Mr. Marchbanks; und es hat gar keinen Zweck, daß Sie so tun, als wären Sie's nicht gewesen.

MARCHBANKS *schüchtern:* Es tut mir sehr leid, Miß Garnett. Ich wollte nur darauf schreiben. Aber sie funktionierte nicht.

PROSERPINE Sie haben den Zeilenabstand verändert.

MARCHBANKS *ernsthaft:* Ich versichere Ihnen, das habe ich nicht getan. Ganz bestimmt nicht. Ich habe nur an einem Rädchen gedreht. Es machte klick.

PROSERPINE Ach, jetzt verstehe ich.
Sie stellt den Zeilenabstand wieder richtig ein, dabei gibt sie die ganze Zeit über einen Schwall von Worten von sich.
Sie haben wohl gedacht, das wäre so 'ne Art von Drehorgel. Man braucht nur den Schwengel zu drehen, und schon schreibt sie Ihnen einen wunderschönen Liebesbrief.

MARCHBANKS *ernsthaft:* Wahrscheinlich könnte man eine Maschine erfinden, die Liebesbriefe schreibt. Sie sind doch immer gleich, nicht wahr?

PROSERPINE *ein wenig unwirsch – eine solche Diskussion verträgt sich nur, wenn sie scherzhaft geführt wird, mit ihren Vorstellungen von gutem Benehmen:* Wie soll ich das wissen? Warum fragen Sie mich?

MARCHBANKS Verzeihen Sie. Ich dachte, kluge Leute – das heißt Leute, die Geschäfte führen und Briefe schreiben und so etwas – müßten immer eine Liebesaffäre haben, um nicht verrückt zu werden.

PROSERPINE *steht empört auf:* Mr. Marchbanks!

Sie blickt ihn streng an und marschiert dann majestätisch zum Bücherschrank.

MARCHBANKS *nähert sich ihr demütig:* Ich hoffe, ich habe Sie nicht beleidigt: Vielleicht hätte ich nicht auf Ihre Liebesaffären anspielen sollen.

PROSERPINE *reißt ein blaues Buch aus dem Regal und wendet sich ihm heftig zu:* Ich habe keine Affären. Wie können Sie es wagen, so etwas zu sagen? Was für eine Idee! *Sie steckt sich das Buch unter den Arm und stolziert zu ihrer Maschine zurück, als er sie mit erwachendem Interesse und Sympathie anspricht.*

MARCHBANKS Wirklich? Oh, dann sind Sie schüchtern, wie ich.

PROSERPINE Ich bin bestimmt nicht schüchtern. Was soll das heißen?

MARCHBANKS *vertraulich:* Sie müssen schüchtern sein. Das ist der Grund, warum es so wenig Liebesaffären auf der Welt gibt. Wir alle gehen herum und sehnen uns nach Liebe, es ist das erste Verlangen unserer Natur, das erste Gebet unseres Herzens; aber wir wagen nicht, unser Verlangen auszusprechen. Wir sind zu schüchtern. *Sehr ernst:* Oh, Miß Garnett, was würden Sie nicht dafür geben, ohne Furcht zu sein, ohne Scham –

PROSERPINE *empört:* Also, so etwas!

MARCHBANKS *mit verdrießlicher Ungeduld:* Ach, sagen Sie mir doch nicht solch dummes Zeug; es täuscht mich nicht; was soll es für einen Zweck haben? Warum haben Sie

Angst, mir Ihr wahres Selbst zu zeigen? Ich bin genau wie Sie.

PROSERPINE Wie ich? Bitte, wollen Sie mir schmeicheln oder schmeicheln Sie sich selbst? Ich bin mir da nicht ganz sicher. *Sie geht wieder an ihre Arbeit.*

MARCHBANKS *unterbricht sie in geheimnisvollem Ton:* Still. Ich gehe umher auf der Suche nach Liebe; und ich finde sie in unermeßlicher Menge im Busen anderer Menschen. Aber wenn ich versuche, darum zu bitten, so schnürt mir diese schreckliche Schüchternheit die Kehle zu, und ich stehe dumm da, oder schlimmer als stumm; ich sage sinnlose Sätze, dumme Lügen. Und ich sehe, wie die Zuneigung, nach der ich mich sehne, Hunden und Katzen und Stubenvögeln gegeben wird, weil diese kommen und darum bitten. *Fast flüsternd:* Man muß um Liebe bitten; sie ist wie ein Geist, sie kann nicht sprechen, wenn sie nicht zuvor angesprochen wird. *In seiner gewöhnlichen Stimmlage, aber mit tiefer Melancholie:* Alle Liebe in der Welt verlangt danach zu sprechen; aber sie wagt es nicht, sie ist scheu! scheu! scheu! Das ist die Tragödie der Welt. *Mit einem tiefen Seufzer setzt er sich auf den Besucherstuhl und vergräbt sein Gesicht in den Händen.*

PROSERPINE *erstaunt und bewegt, bewahrt aber ihre Haltung, dies ist für sie eine Ehrensache beim Zusammensein mit fremden jungen Männern:* Böse Menschen überwinden diese Scheu gelegentlich, nicht wahr?

MARCHBANKS *springt beinahe heftig auf:* Böse Menschen, das heißt Menschen, die keine Liebe haben; darum kennen sie auch keine Scham. Sie haben die Macht, Liebe zu verlangen, weil sie sie nicht brauchen; sie haben die Macht, Liebe anzubieten, weil sie keine zu geben haben. *Er fällt wieder auf seinen Stuhl zurück und fügt traurig hinzu:* Aber wir, die wir Liebe haben und danach verlangen, sie mit der Liebe anderer zu vereinen, wir bringen kein Wort heraus. *Schüchtern:* Das finden Sie doch auch, nicht wahr?

PROSERPINE Hören Sie mal, wenn Sie jetzt nicht aufhören, so

zu reden, dann verlasse ich das Zimmer, Mr. Marchbanks; ganz bestimmt. Es gehört sich nicht.

Sie setzt sich wieder an ihre Maschine, öffnet das blaue Buch, um eine Stelle daraus abzuschreiben.

MARCHBANKS *hoffnungslos:* Nichts, was wert ist, gesagt zu werden, ist anständig.

Er steht auf und geht in seiner verlorenen Art im Zimmer herum.

Ich verstehe Sie nicht, Miß Garnett. Worüber soll ich denn sprechen?

PROSERPINE *schnippisch:* Reden Sie über gleichgültige Dinge. Reden Sie vom Wetter.

MARCHBANKS Würden Sie über gleichgültige Dinge reden, wenn ein Kind hier wäre, das vor Hunger bitterlich weint?

PROSERPINE Wahrscheinlich nicht.

MARCHBANKS Nun, ich kann nicht über gleichgültige Dinge reden, weil mein Herz in seinem Hunger bitterlich weint.

PROSERPINE Dann halten Sie den Mund.

MARCHBANKS Ja, darauf läuft es immer hinaus. Wir halten unseren Mund. Aber bringt das den Schrei unseres Herzens zum Schweigen? Denn es schreit, nicht wahr? Wenn Sie ein Herz haben, muß es schreien.

PROSERPINE *springt plötzlich auf, die Hand auf ihr Herz gedrückt:* Oh, es hat keinen Sinn, daß ich versuche zu arbeiten, wenn Sie so reden.

Sie verläßt ihren kleinen Tisch und setzt sich auf das Sofa. Ihre Gefühle sind aufgewühlt.

Es geht Sie gar nichts an, ob mein Herz schreit oder nicht; aber vielleicht sage ich es Ihnen trotzdem.

MARCHBANKS Das brauchen Sie gar nicht. Ich weiß, daß Ihr Herz nicht anders kann.

PROSERPINE Aber hören Sie! Wenn Sie jemals sagen, ich hätte es gesagt, dann werde ich es ableugnen.

MARCHBANKS *mitfühlend:* Ja, ich weiß. Sie haben also nicht den Mut, es ihm zu sagen.

PROSERPINE *fährt hoch:* Ihm? Wem?

MARCHBANKS Wer immer es ist. Dem Mann, den Sie lieben. Es könnte jeder sein. Vielleicht Mr. Mill, der Vikar?

PROSERPINE *verächtlich:* Mr. Mill. Genau der richtige Mann, um einem das Herz zu brechen! Da hätte ich noch lieber Sie als Mr. Mill.

MARCHBANKS *weicht zurück:* Nein, wirklich! Es tut mir sehr leid, aber daran dürfen Sie nicht denken. Ich –

PROSERPINE *gereizt, geht zum Fenster und bleibt dort, Marchbanks den Rücken zugekehrt, stehen:* Oh, haben Sie keine Angst, Sie sind es nicht. Es ist überhaupt keine bestimmte Person.

MARCHBANKS Ich weiß, Sie fühlen, daß Sie jeden lieben könnten, der Ihnen sein Herz bietet –

PROSERPINE *wendet sich um, sie verliert die Geduld:* Jeden, der mir sein Herz bietet! Nein, bestimmt nicht. Wofür halten Sie mich eigentlich?

MARCHBANKS *mutlos:* Es hat keinen Zweck. Sie wollen mir keine ehrlichen Antworten geben; Sie sagen nur, was jedermann sagt.

Er schlendert zum Sofa und läßt sich mit verzweifeltem Ausdruck fallen.

PROSERPINE *gereizt, weil sie glaubt, daß ihr Benehmen von einem Aristokraten verächtlich gemacht worden ist:* Nun, wenn Sie eine originelle Unterhaltung wünschen, dann reden Sie am besten mit sich selbst.

MARCHBANKS Das tun alle Dichter: sie reden laut mit sich selbst, und die Welt hört mit. Aber es ist schrecklich einsam, wenn man nicht manchmal jemand anders reden hört.

PROSERPINE Warten Sie, bis Mr. Morell kommt. Er wird mit Ihnen sprechen. *Marchbanks schaudert.* Oh, Sie brauchen bei seiner Erwähnung kein schiefes Gesicht zu ziehen, er kann besser reden als Sie. *Hitzig:* Der redet Sie in Grund und Boden.

Sie macht sich zornig auf den Weg zu ihrem Platz, als er, plötzlich begreifend, aufspringt und sie anhält.

MARCHBANKS Ach, jetzt verstehe ich.

PROSERPINE *wird rot:* Was verstehen Sie?

MARCHBANKS Ihr Geheimnis. Sagen Sie mir: Ist es wirklich und wahrhaftig möglich, daß eine Frau ihn liebt?

PROSERPINE *als ob das alle Grenzen überschritte:* Aber ich muß doch sehr bitten!

MARCHBANKS *leidenschaftlich:* Nein, antworten Sie mir! Ich will es wissen. Ich muß es wissen. Ich kann es nicht verstehen. Ich sehe in ihm nichts als Worte, fromme Entschlüsse, das, was die Leute Gutsein nennen. Das können Sie doch nicht lieben?

PROSERPINE *versucht, ihn mit einer Miene kühler Wohlanständigkeit abfahren zu lassen:* Ich weiß einfach nicht, wovon Sie reden. Ich verstehe Sie nicht.

MARCHBANKS *heftig:* Oh doch. Sie lügen.

PROSERPINE Oh!

MARCHBANKS Doch, Sie verstehen. Und Sie wissen. *Entschlossen, ihr eine Antwort zu entreißen:* Ist es für eine Frau möglich, ihn zu lieben?

PROSERPINE *blickt ihm gerade ins Gesicht:* Ja. *Er bedeckt das Gesicht mit den Händen.* Was ist eigentlich los mit Ihnen? *Er läßt die Hände sinken. Erschrocken über die tragische Maske, die sich ihr darbietet, läuft sie an ihm vorbei und hält dabei den weitestmöglichen Abstand. Sie hält die Augen auf sein Gesicht geheftet, bis er sich abwendet und zu dem Kinderstühlchen neben dem Kamin geht. Dort setzt er sich in tiefster Niedergeschlagenheit nieder. Als Proserpine sich der Tür nähert, geht diese auf, und Burgess tritt ein. Als sie ihn erblickt, ruft sie aus:*

Der Himmel sei gepriesen, da ist jemand!

Sie fühlt sich jetzt sicher genug, ihren Platz an dem Schreibtisch einzunehmen. Sie spannt einen frischen Bogen Papier in die Maschine, während Burgess auf Marchbanks zutritt.

BURGESS *erpicht darauf, sich um den hochgestellten Gast zu kümmern:* Also man überläßt Sie ganz sich selbst, Mr. Marchbanks. Ich bin gekommen, um Ihnen Gesellschaft zu leisten. *Marchbanks blickt fassungslos zu ihm auf, was Burgess aber nicht bemerkt.* James empfängt gerade im Eßzimmer 'ne Depetation. Candy ist oben un erzieht an ner Näherin rum, für die sie sich interessiert. *Mitfühlend:* Sie müssen sich sehr einsam hier vorkommen; kein Mensch, mit dem Sie reden können, nur die Tippse. *Er zieht den Sessel heran und setzt sich.*

PROSERPINE *tief beleidigt:* Jetzt wird's ihm ja besser gehen, wo er den Vorteil Ihrer hochgebildeten Unterhaltung genießt; das ist wenigstens ein Trost. *Sie beginnt hart auf der Maschine loszutrommeln.*

BURGESS *über ihre Frechheit erstaunt:* Ich hab' nicht mit Ihnen gesprochen, Frollein, nich, daß ich wüßte.

PROSERPINE Haben Sie schon mal so schlechte Manieren gesehen, Mr. Marchbanks?

BURGESS *mit würdevoller Strenge:* Mr. Marchbanks ist ein Gentleman und weiß, wo er hingehört, was man nicht von allen Leuten sagen kann.

PROSERPINE *gereizt:* Nur gut, daß Sie und ich nicht Lady und Lord sind; wenn Mr. Marchbanks nicht hier wäre, würde ich deutlich mit Ihnen reden. *Sie reißt den Brief so wütend aus der Maschine, daß er zerreißt.* Oh, jetzt habe ich den Brief zerrissen! Der muß noch mal neu geschrieben werden! Oh, ich kann mich nicht mehr beherrschen: Sie blöder alter Fettsack!

BURGESS *steht auf, atemlos vor Empörung:* Ho! Ich bin 'n blöder alter Fettsack, wie? Ho tatsächlich! *Er schnappt nach Luft.* Also gut, mein Mädel, also gut! Warten Sie nur, bis ich das Ihrem Arbeitgeber sage. Dann werden Sie ja sehen. Ich werd's Ihnen zeigen, da könn' Se Gift drauf nehm'.

PROSERPINE *wird sich bewußt, daß sie zu weit gegangen ist:* Ich –

BURGESS *fällt ihr ins Wort:* Nein; jetzt ist's passiert. Kein Zweck mehr, drüber zu reden. Ich wer Ihn zeigen, wer ich bin. *Proserpine schmeißt den Wagen der Maschine mit einem trotzigen Knall zurück und geht verächtlich an ihre Arbeit.* Beachten Sie sie gar nicht, Mr. Marchbanks, sie verdient's nich. *Er setzt sich mit hochmütiger Miene wieder hin.*

MARCHBANKS *ganz elend vor Nervosität und Ratlosigkeit:* Sollten wir nicht lieber von etwas anderem sprechen? Ich – glaube nicht, daß Miß Garnett sich etwas dabei gedacht hat.

PROSERPINE *mit tiefster Überzeugung:* Oh, nicht wahr? Genau das!

BURGESS Ich wär' mir zu schade, Notiz von ihr zu nehmen. *Eine elektrische Klingel schellt zweimal.*

PROSERPINE *nimmt Notizblock und Papiere:* Das ist für mich.

Sie eilt hinaus.

BURGESS *ruft hinter ihr her:* Oh, wir können Sie entbehren. *Erleichtert durch den Triumph, das letzte Wort behalten zu haben, und doch geneigt, diesem letzten Wort noch etwas hinzuzufügen, blickt er ihr einen Augenblick lang nach. Dann läßt er sich wieder in seinen Sessel neben Eugene fallen und wendet sich sehr vertraulich an diesen.* Jetzt, da wir allein sind, Mr. Marchbanks, lassen Sie mich Ihnen 'nen freundschaftlichen Wink geben, den ich nich jedem geben würd'. Wie lang kenn' Sie schon mein Schwiegersohn James?

MARCHBANKS Ich weiß nicht. Ich kann mich nie an Daten erinnern. Ein paar Monate vielleicht.

BURGESS Ham Se je was Komisches an ihm bemerkt?

MARCHBANKS Ich glaube nicht.

BURGESS *eindringlich:* Das würden Sie auch gar nicht. Das ist gerade das Gefährliche. Also: er ist verrückt.

MARCHBANKS Verrückt!

BURGESS Verrückt wie 'n Märzhase. Achten Sie mal drauf, dann wern Sie's merken.

MARCHBANKS *beunruhigt:* Aber das ist doch wohl nur, weil seine Ansichten –

BURGESS *setzt ihm den Zeigefinger aufs Knie und drückt darauf, um seine Aufmerksamkeit zu erzwingen:* Das hab' ich auch immer gedacht, Mr. Marchbanks. Ich hab' auch lange geglaubt, es wären nur seine Ansichten; aber, hörn Sie, Ansichten können was sehr Gefährliches wern, wenn 'n Mensch anfängt, danach zu handeln, wie er's tut. Aber das hat mich noch nicht drauf gebracht.

Er blickt um sich, um sich zu vergewissern, daß sie allein sind, und sagt dann Eugene ins Ohr: Was, glauben Sie, hat er heut morgen zu mir gesagt, in diesem selben Zimmer?

MARCHBANKS Was denn?

BURGESS Er sagt zu mir – so wahr, wie wir jetzt hier sitzen – er sagt: ›Ich bin 'n Narr‹, sagt er, ›un Sie sin 'n Schurke.‹ Ich 'n Schurke, hörn Sie! Und dann schüttelt er mir die Hand darauf, als wäre das 'ne Ehre für mich. Wollen Sie mir sagen, daß der Mann bei Verstand ist?

MORELL *draußen, ruft, während er die Tür aufmacht, Proserpine zu:* Schreiben Sie von allen die Namen und Adressen auf, Miß Garnett.

PROSERPINE *in der Ferne:* Ja, Mr. Morell.

Morell kommt herein, die Dokumente der Delegation in der Hand.

BURGESS *beiseite zu Marchbanks:* Da is er. Haltn Se 'n im Auge un passen Se auf. *Steht feierlich auf.* Es tut mir leid, James, aber ich muß mich bei Ihnen beschweren. Ich tu's nicht gern; aber ich finde, daß ich es muß, 's ist mein Recht un meine Pflicht.

MORELL Was ist denn los?

BURGESS Mr. Marchbanks wird es bestätigen. Er war Zeuge. *Sehr feierlich:* Ihr Frollein hier hat sich so weit vergessen, mich 'n blöden alten Fettsack zu nennen.

MORELL *mit äußerster Munterkeit.* Oh, das sieht Prossy mal wieder ähnlich. Sie ist so offen. Sie kann einfach den Mund nicht halten. Arme Prossy! Ha, ha!

BURGESS *zitternd vor Wut:* Und Sie glauben, ich lass' mir das von so 'ner wie der gefallen?

MORELL Pah, Unsinn! Sie brauchen doch gar keine Notiz davon zu nehmen. Machen Sie sich nichts draus. *Er geht zu der Hausbar und tut die Papiere in eine der Schubladen.*

BURGESS Oh, machen tu' ich mir nichts draus. Darüber bin ich erhaben. Aber ist es recht? Das möchte ich wissen. Ist es recht?

MORELL Das ist eine Frage an die Kirche, nicht an die Laien. Hat es Ihnen geschadet? Das ist die Frage, die Sie betrifft. Natürlich hat es Ihnen nicht geschadet. Denken Sie doch nicht mehr dran.
Er beendet die Sache, indem er an seinen Tisch geht und sich an seine Korrespondenz macht.

BURGESS *beiseite zu Marchbanks.* Was habe ich Ihnen gesagt? Verrückt wie 'n Hutmacher. *Er tritt mit der mühsamen Höflichkeit eines hungrigen Menschen an den Tisch.* Wann gibt's was zu essen, James?

MORELL Das dauert noch ein paar Stunden.

BURGESS *mit schmerzlicher Resignation:* Dann seien Sie so gut, James, und geben mir etwas Nettes zu lesen.

MORELL Was für eine Art von Buch soll es denn sein? Ein gutes Buch?

BURGESS *beinahe mit einem Schrei des Protestes:* Nee – oh. Etwas Nettes, nur etwas, um die Zeit zu vertreiben.
Morell nimmt eine Illustrierte vom Tisch und bietet sie an. Burgess nimmt sie demütig entgegen. Vielen Dank, James.
Er geht zum Sessel am Feuer zurück, setzt sich bequem zurecht und fängt an zu lesen.

MORELL *während er schreibt:* Candida kommt gleich und plaudert mit Ihnen. Sie ist ihre Schülerin los. Sie füllt nur gerade die Lampe auf.

MARCHBANKS *fährt mit wilder Bestürzung hoch:* Aber sie wird sich die Hände beschmutzen. Ich kann es nicht ertragen, Morell, es ist eine Schande. Ich gehe und fülle die Lampen nach. *Er eilt auf die Tür zu.*

MORELL Lassen Sie das lieber. *Marchbanks bleibt unentschlossen stehen.* Sie würde Ihnen nur auftragen, mir die

Stiefel zu wichsen, damit ich es nicht selber morgen früh zu tun brauche.

BURGESS *mit ernsthafter Mißbilligung:* Habt ihr denn kein Dienstmädchen mehr, James.

MORELL Doch. Aber die ist keine Sklavin; und das Haus sieht aus, als hielte ich drei. Das bedeutet, daß jeder seinen Teil tun muß. Es ist kein schlechter Plan: Prossy und ich können die Arbeit planen, während wir nach dem Frühstück abwaschen. Abwaschen ist keine Mühe, wenn man es zu zweien tut.

MARCHBANKS *gequält:* Glauben Sie, jede Frau wäre aus so grobem Holz wie Miß Garnett?

BURGESS *mit Nachdruck:* Da ham Se ganz recht, Mr. Marchbanks, da ham Se ganz recht! Die ist aus grobem Holz.

MORELL *still und mit Bedeutung:* Marchbanks!

MARCHBANKS Ja?

MORELL Wie viele Dienstboten hält Ihr Vater?

MARCHBANKS *verdrießlich:* Oh, das weiß ich nicht.

Er geht zum Sofa, als wollte er sich so weit wie möglich von Morells Frage entfernen, und setzt sich in großen Geistesqualen hin; er denkt an das Petroleum.

MORELL *sehr streng:* So viele, daß Sie es nicht wissen? *Noch aggressiver:* Wenn es irgend etwas Grobes zu tun gibt, dann läuten Sie nur und schieben es auf jemand anderen, wie?

MARCHBANKS Oh, quälen Sie mich nicht so. Sie läuten ja nicht einmal. Aber die schönen Hände Ihrer Frau fassen ins Petroleum, während Sie hier gemütlich sitzen und Predigten darüber halten; immer müssen Sie predigen, predigen! Worte! Worte! Worte!

BURGESS *der diese Abfuhr zutiefst genießt:* Ha, ha! Zum Teufel noch mal. *Strahlend:* Das hat gesessen, James, aber haargenau!

Candida kommt herein, in einer Hausschürze, mit einer geputzten und gefüllten, zum Anzünden bereiten Leselampe. Sie stellt sie zu Morells Gebrauch in dessen Nähe auf den Schreibtisch.

CANDIDA *reibt mit einem leichten Rümpfen der Nase die Fingerspitzen gegeneinander:* Wenn Sie bei uns bleiben, Eugene, wie wär's dann, wenn ich Ihnen die Lampen überließe?

MARCHBANKS Ich werde unter der einen Bedingung bleiben, daß Sie mir alle grobe Arbeit überlassen.

CANDIDA Das ist sehr ritterlich; aber ich glaube, ich sehe mir zuerst einmal an, wie Sie es machen. *Sie wendet sich an Morell:* James, du hast das Haus nicht ordentlich geführt.

MORELL Was habe ich denn getan – oder nicht getan –, mein Herz?

CANDIDA *ernstlich verärgert:* Meine Lieblingsscheuerbürste ist zum Ofenschwärzen benutzt worden.

Ein herzzerreißender Jammerlaut entfährt Marchbanks. Burgess sieht sich erstaunt um. Candida eilt zum Sofa. Was ist denn? Sind Sie krank, Eugene?

MARCHBANKS Nein, nicht krank. Nur: Entsetzen, Entsetzen! Entsetzen! *Er läßt den Kopf auf die Hände sinken.*

BURGESS *erschrocken:* Was? Sie haben 'n Anfall? Oh, das ist schlimm, in Ihrem Alter! Sie müssen sich ganz langsam entspannen.

CANDIDA *beruhigt:* Unsinn, Papa! Es ist nur ein poetischer Anfall, nicht wahr, Eugene? *Sie tätschelt ihn.*

BURGESS *beschämt:* Oh, ein poetischer Anfall. Verzeihen Sie, ich bitte sehr um Verzeihung. *Er wendet sich wieder dem Feuer zu, beschämt über seine Voreiligkeit.*

CANDIDA Was war es denn, Eugene? Die Scheuerbürste? *Er schaudert.* Aber, aber, vergessen Sie es. *Sie setzt sich neben ihn.* Wie wäre es, wenn Sie mir eine schöne neue Bürste schenkten, mit Elfenbeinrücken und Perlmuttintarsien?

MARCHBANKS *sanft und melodisch, aber traurig und voller Sehnsucht:* Nein, keine Scheuerbürste, sondern ein Boot; eine winzige Schaluppe, in der man davonsegeln könnte, weit weg von dieser Welt, dorthin, wo der Regen die Marmorböden wäscht und die Sonne sie trocknet; wo der Südwind den Staub von den schönen grünen und purpurnen Teppichen bläst. Oder einen Wagen, der uns in die Lüfte trägt, wo die Lampen Sterne sind und nicht jeden Tag mit Petroleum gefüllt werden müssen.

MORELL *grob:* Und wo man nichts zu tun braucht, als müßig, selbstsüchtig und nutzlos zu sein.

CANDIDA *gereizt:* Oh, James. Wie kannst du alles so verderben.

MARCHBANKS *heftig:* Ja, müßig, selbstsüchtig und nutzlos sein, das heißt, schön, frei und glücklich zu sein; hat das nicht jeder Mann aus ganzer Seele für die Frau, die er liebt, begehrt? Da ist mein Ideal. Was ist Ihr Ideal und das Ideal all der schrecklichen Menschen, die in diesen abstoßenden Häuserreihen wohnen? Predigten und Scheuerbürsten! Das Predigen für Sie und das Scheuern für Ihre Frau.

CANDIDA *weise:* Er wichst die Schuhe, Eugene. Weil Sie das gesagt haben, werden zur Strafe Sie sie morgen wichsen.

MARCHBANKS Oh, sprechen Sie nicht von Schuhen. Wie schön wären ihre bloßen Füße auf den Bergen!

CANDIDA Auf der Hackney Road wären meine Füße ohne Schuhe nicht schön.

BURGESS *empört:* Komm, Candy, sei nicht vulgär, Mr. Marchbanks ist das nicht gewöhnt. Er kriegt sonst wieder 'n Anfall. Ich mein', 'nen poetischen.

Morell schweigt. Offensichtlich ist er mit seinen Briefen beschäftigt; in Wirklichkeit ist er von Zweifeln geplagt wegen der neuen und beunruhigenden Erfahrung, daß Eugene seine moralischen Ausfälle um so schneller und erfolgreicher pariert, je sicherer er selber sich in ihnen fühlt. Die Erfahrung, daß er anfängt, einen Mann zu fürchten, den er nicht achtet, schmerzt ihn tief.

Miß Garnett kommt mit einem Telegramm herein.

PROSERPINE *reicht Morell das Telegramm:* Rückantwort bezahlt. Der Junge wartet.

Während sie wieder an ihre Maschine geht und sich setzt, zu Candida: Maria erwartet Sie in der Küche, Mrs. Morell. *Candida erhebt sich.* Die Zwiebeln sind gekommen.

MARCHBANKS *angeekelt:* Zwiebeln!

CANDIDA Ja, Zwiebeln. Und nicht einmal spanische; sondern eklige, kleine rote Zwiebeln. Sie sollen mir helfen, sie zu schneiden. Kommen Sie. *Sie faßt ihn beim Handgelenk und läuft hinaus, dabei zieht sie ihn hinter sich her. Burgess erhebt sich ganz konsterniert, bleibt fassungslos auf dem Kaminvorleger stehen und starrt hinter ihnen her.*

BURGESS Candy hätt 'nen Neffen von 'nem Grafen nich so anpacken sollen. Das geht zu weit. Hör mal, James, kriegt sie manchmal so komische Touren?

MORELL *kurz angebunden; liest das Telegramm:* Ich weiß nicht.

BURGESS *sentimental:* Er spricht sehr hübsch. Ich hatt' immer 'ne Schwäche fürn bißchen was Poetisches. Da kommt Candy ganz auf mich. Hab' ihr immer Märchen erzählt, da war sie noch 'n kleines Ding, nicht größer als so. *Er deutet eine Größe von etwa 60 cm an.*

MORELL *mit seinen Gedanken beschäftigt:* Ach, wirklich? *Er fährt mit dem Löscher über die ausgefüllte Telegramm-Rückantwort und geht hinaus.*

PROSERPINE Haben Sie denn die Märchen selbst erfunden? *Burgess geruht nicht zu antworten, er nimmt auf dem Kaminvorleger eine höchst hochmütige und verächtliche Haltung ein.*

PROSERPINE *ruhig:* Ich hätte nie gedacht, daß so was in Ihnen steckte. Übrigens, ich möchte Sie warnen, da Sie offenbar solchen Gefallen an Mr. Marchbanks finden. Er ist verrückt.

BURGESS Verrückt? Was? Er auch?

PROSERPINE Verrückt wie 'n Märzhase. Ich kann Ihnen sagen, der hat mir 'nen Schrecken eingejagt, gerade bevor Sie eben hereinkamen. Haben Sie nicht gemerkt, was für sonderbare Sachen der sagt?

BURGESS Das war also mit dem poetischen Anfall gemeint. 's ist mir wirklich ein- oder zweimal durch den Kopf gegangen, daß er se nich alle beisammen haben könnte!

Er geht durch das Zimmer auf die Tür zu, während des Gehens hebt er die Stimme. Na, das is mir hier 'n nettes Irrenhaus, und keiner, der auf ihn aufpaßt außer Ihnen!

PROSERPINE *als er an ihr vorbeikommt:* Ja, das wäre schrecklich, wenn Ihnen was passierte!

BURGESS *hochmütig:* Richten Sie keine Bemerkungen an mich. Sagen Sie Ihrem Arbeitgeber, ich wäre in 'n Garten gegangen, weil ich rauchen will.

PROSERPINE *höhnisch:* Oh!

Bevor Burgess ihr eine Antwort geben kann, kommt Morell zurück.

BURGESS *weinerlich:* Ich geh' mal in den Garten, James, rauchen.

MORELL *brüsk:* Oh, natürlich, natürlich!

Burgess geht, den müden alten Mann spielend, hinaus. Morell steht am Tisch, wühlt in seinen Papieren und fügt, halb scherzhaft, halb geistesabwesend, an Proserpine gewandt hinzu:

Na, Miß Prossy, warum haben Sie meinen Schwiegervater mit Schimpfnamen belegt?

PROSERPINE *wird feuerrot, schaut schnell zu ihm auf, halb ängstlich, halb vorwurfsvoll.* Ich – *bricht in Tränen aus.*

MORELL *beugt sich mit zärtlicher Heiterkeit über den Tisch zu ihr hin, um sie zu trösten:* Aber, aber, aber. Vergessen Sie's, Pross; er ist ein blöder alter Fettsack, nicht wahr? *Mit einem explodierenden Schluchzer stürzt sie auf die Tür zu, verschwindet und knallt sie hinter sich zu. Morell schüttelt resigniert den Kopf, seufzt und geht müde zu seinem Stuhl. Er setzt sich und beginnt zu arbeiten; er sieht alt und bekümmert aus. Candida kommt herein. Sie hat ihre Hausarbeit beendet und die Schürze abgenommen. Sie bemerkt sofort seine Niedergeschlagenheit und stellt sich ruhig hinter den Besucherstuhl. Sie blickt aufmerksam auf ihn herunter, sagt aber nichts.*

MORELL *blickt auf, hält aber die Feder in der erhobenen Hand, um mit der Arbeit fortzufahren:* Nun? Und wo ist Eugene?

CANDIDA Er wäscht sich in der Spülküche die Hände an der Wasserleitung. Wenn er seine Angst vor Maria überwinden könnte, würde er noch ein ausgezeichneter Koch.

MORELL *kurz angebunden:* Ha! Zweifelsohne. *Er fängt wieder an zu schreiben.*

CANDIDA *geht näher heran und legt ihre Hand sanft auf seine, um ihn am Schreiben zu hindern:* Komm, Lieber. Laß dich anschauen.

Er legt die Feder hin und überläßt sich ihr. Sie zieht ihn hoch und ein wenig vom Tisch weg, wobei sie ihn die ganze Zeit prüfend betrachtet. Dreh dein Gesicht zum Licht. *Sie dreht sein Gesicht so, daß das Licht vom Fenster darauffällt.* Mein Junge sieht nicht gut aus. Hat er zuviel gearbeitet?

MORELL Nicht mehr als sonst.

CANDIDA Er ist ganz blaß und grau und runzlig und alt.

Seine Melancholie wird immer tiefer, und sie geht ihr mit mutwilliger Fröhlichkeit zu Leibe. Hier. *Sie zieht ihn zum Sessel.* Für heute hast du genug geschrieben. Laß Prossy den Rest machen. Komm und sprich mit mir.

MORELL Aber –

CANDIDA *hartnäckig:* Doch, du mußt mit mir sprechen.

Sie drückt ihn in den Sessel und setzt sich neben seinem Knie auf den Teppich.

So – *sie tätschelt seine Hand* – jetzt siehst du schon besser aus. Warum mußt du jeden Abend weggehen und Vorträge und Reden halten? Ich habe dich kaum einen Abend in der Woche für mich. Natürlich, was du sagt, ist alles sehr wahr, aber es nützt nichts; sie machen sich kein bißchen aus dem, was du sagst. Sie glauben, deiner Meinung zu sein, aber was nützt es, wenn sie deiner Meinung sind und in dem Augenblick, wo du den Rücken gedreht hast, hingehen und genau das Gegenteil von dem tun, was du ihnen sagst. Sieh dir deine Gemeinde an. Warum kommen sie jeden Sonntag und hören dich über das Christentum reden? Weil sie sechs Tage lang so mit Geschäften und Geldverdienen beschäftigt gewesen sind, daß sie am siebenten sich davon ausruhen und alles vergessen wollen; nur damit sie wieder frisch an die Arbeit gehen und noch mehr Geld machen können. In Wirklichkeit hilfst du ihnen dabei, statt sie daran zu hindern.

MORELL *mit kraftvollem Ernst:* Du weißt sehr wohl, Candida, daß ich ihnen deshalb oft tüchtig Bescheid sage. Und wenn sie beim Kirchgang wirklich nur Ruhe und Ablenkung suchen, warum unternehmen sie dann nichts Amüsanteres, etwas, wobei man sich mehr gehenlassen kann? Es muß doch etwas Gutes an der Tatsache sein, daß sie sonntags die Kirche schlimmeren Orten vorziehen.

CANDIDA Oh, die schlimmeren Orte haben nicht geöffnet, und selbst wenn sie geöffnet wären: sie fürchten, daß man sie beim Hineingehen sieht. Übrigens, mein lieber James, du predigst so glänzend, daß es für sie ebensogut ist, wie ins Theater zu gehen. Warum, glaubst du, sind die Frauen so begeistert?

MORELL *schockiert:* Candida!

CANDIDA Ich weiß es. Du törichter Junge: du glaubst, es ist dein Sozialismus und deine Religion; aber wenn es das wäre, so würden sie tun, was du ihnen sagst, statt nur hinzukommen, um dich anzuschauen. Sie leiden alle an Prossys Krankheit.

MORELL Prossys Krankheit? Was meinst du damit, Candida?

CANDIDA Ja, Prossy und alle Sekretärinnen, die du je gehabt hast. Warum läßt Prossy sich herab, Geschirr abzuwaschen, Kartoffeln zu schälen und sich auf alle mögliche Weise zu erniedrigen, und das für sechs Shilling weniger in der Woche, als sie früher in ihrem Stadtbüro bekam. Sie ist in dich verliebt, James, das ist der Grund. Sie sind alle in dich verliebt. Und du bist ins Predigen verliebt, weil du das so schön kannst. Und du glaubst, es ist alles nur Begeisterung für das Himmelreich auf Erden, und das glauben sie auch. Du liebes Dummchen!

MORELL Candida, was für ein schrecklicher, was für ein seelenzerstörender Zynismus? Machst du nur Spaß? Oder – könnte das sein – bist du eifersüchtig?

CANDIDA *mit einer besonderen Nachdenklichkeit:* Ja, manchmal bin ich ein bißchen eifersüchtig.

MORELL *ungläubig:* Auf Prossy!

CANDIDA *lachend:* Nein, nein, nein, nein. Nicht eifersüchtig auf irgendeinen Menschen. Eifersüchtig für jemanden, der nicht so geliebt wird, wie er es verdient.

MORELL Ich?

CANDIDA Du? Aber du wirst doch verwöhnt mit Liebe und Verehrung, du bekommst mehr davon, als gut für dich ist. Nein, ich meine Eugene.

MORELL *aufgeschreckt:* Eugene?

CANDIDA Es kommt mir unfair vor, daß alle Liebe auf dich fällt und keine auf ihn, obgleich er sie so viel nötiger hat als du.

Gegen seinen Willen durchfährt Morell eine krampfhafte Bewegung. Was ist? Quäle ich dich?

MORELL *hastig:* Nein, nein. *Blickt sie mit besorgter Intensität an.* Du weißt, Candida, daß ich dir vollkommen vertraue.

CANDIDA Du eitler Kerl. Bist du dir deiner Unwiderstehlichkeit so sicher?

MORELL Candida, du tust mir weh. Ich habe nicht an meine Unwiderstehlichkeit gedacht. Ich habe an deine Güte, an deine Reinheit gedacht. In diese setze ich mein Vertrauen.

CANDIDA Wie eklig, mir so etwas auf die Seele zu binden. Oh, wie sehr du doch Pastor bist, James, durch und durch Pastor.

MORELL *wendet sich tief verletzt von ihr ab:* Das sagt auch Eugene.

CANDIDA *lebhaft interessiert, beugt sich zu ihm und stützt ihre Arme auf sein Knie:* Eugene hat immer recht. Er ist ein wunderbarer Junge; während ich verreist war, habe ich ihn immer lieber gewonnen. Weißt du James, er hat selber nicht die geringste Ahnung davon, aber er steht kurz davor, sich Hals über Kopf in mich zu verlieben.

MORELL *grimmig:* Ach, er hat nicht die geringste Ahnung davon?

CANDIDA Nicht die geringste: *Sie nimmt die Arme von seinem Knie und wendet sich gedankenverloren ab und versinkt, die Hände im Schoß, in eine ruhende Haltung.* Eines Tages wird er es wissen; eines Tages, wenn er so erwachsen und erfahren ist wie du. Und er wird wissen, daß ich es gewußt haben muß. Was wird er dann wohl von mir denken?

MORELL Nichts Schlechtes, Candida. Ich hoffe und vertraue darauf, nichts Schlechtes.

CANDIDA *zweifelnd:* Das wird davon abhängen.

MORELL *verwirrt:* Abhängen?

CANDIDA *sieht ihn an:* Ja, es wird davon abhängen, was ihm widerfährt. *Er sieht sie mit leerem Blick an.* Verstehst du nicht? Es wird davon abhängen, wie er erfährt, was Liebe wirklich ist. Ich meine, es wird von der Art Frau abhängen, die es ihn lehrt.

MORELL *versteht gar nichts:* Ja. Ich weiß nicht, was du meinst.

CANDIDA *erklärend:* Wenn er es von einer guten Frau lernt, dann wird alles gut sein, er wird mir vergeben.

MORELL Vergeben?

CANDIDA Aber wenn er es von einer schlechten Frau lernt, wie so viele Männer, besonders Dichter, die glauben, alle Frauen wären Engel! Wenn er nun den Wert der Liebe erst erkennt, wenn er sie weggeworfen und sich selbst in seiner Unwissenheit erniedrigt hat! Wird er mir dann vergeben? Was glaubst du?

MORELL Was soll er dir vergeben?

CANDIDA *merkt, wie dumm er ist; ein wenig enttäuscht, aber doch zärtlich:* Verstehst du nicht? *Er schüttelt den Kopf. Sie wendet sich ihm zu, um es ihm mit zärtlicher Vertraulichkeit zu erklären.* Ich wollte sagen: wird er mir vergeben, daß ich es ihn nicht selber gelehrt habe? Daß ich ihn, um meiner Tugend willen, meiner Reinheit, wie du es nennst, den schlechten Frauen überlassen habe? Ach, James, wie wenig verstehst du mich, wenn du von deinem Vertrauen in meine Tugend und meine Reinheit redest! Wenn nichts anderes mich abhielte, ich würde beide dem armen Eugene ebenso willig geben, wie ich mein Umschlagtuch einem Bettler gäbe, der vor Kälte umkommt. Vertraue auf meine Liebe zu dir, James; denn wenn die verginge, würde ich mich wenig um deine Predigten scheren; es sind nur Phrasen, mit denen du dich und andere täglich betrügst. *Sie will aufstehen.*

MORELL Genau seine Worte!

CANDIDA *unterbricht schnell ihre Bewegung und bleibt sitzen:* Wessen Worte?

MORELL Eugenes.

CANDIDA *entzückt:* Er hat immer recht. Er versteht dich; er versteht mich; er versteht Prossy; und du, mein Schatz, du verstehst nichts.

Sie lacht und küßt ihn, um ihn zu trösten. Er weicht zurück, als habe sie ihn mit einem Dolch durchbohrt, und springt auf.

MORELL Wie kannst du so etwas tun, wo du – oh, Candida. *Mit Qual in der Stimme:* Es wäre mir lieber, du hättest mir einen Enterhaken ins Herz gestoßen, als mir diesen Kuß zu geben.

CANDIDA *überrascht:* Mein Lieber, was ist denn nur?

MORELL *scheucht sie mit wilden Gebärden weg:* Rühr mich nicht an.

CANDIDA James!!!

Sie werden von Marchbanks und Burgess unterbrochen, die eintreten und erstarrt an der Tür stehenbleiben.

MARCHBANKS Ist etwas nicht in Ordnung?

MORELL *totenblaß, beherrscht sich mit äußerster Anstrengung:* Es ist nur dies: Entweder hatten Sie heute morgen recht, oder Candida ist wahnsinnig geworden.

BURGESS *protestiert laut:* Was! Auch Candida wahnsinnig? Aber hören Sie! Hören Sie mal!

Er geht protestierend durch das Zimmer zum Kamin und klopft am Kamingitter seine Pfeife aus. Morell setzt sich verzweifelt an seinen Tisch, beugt sich vor, um sein Gesicht zu verbergen, er preßt die gefalteten Finger fest zusammen, damit man ihr Zittern nicht bemerkt.

CANDIDA *zu Morell, lachend und erleichtert:* Oh, du bist nur schockiert! Ist das alles? Wie konventionell ihr unkonventionellen Leute doch alle seid! *Sie setzt sich fröhlich auf die Armlehne des Sessels.*

BURGESS Komm, Candy, benimm dich, was soll Mr. Marchbanks von dir denken!

CANDIDA Das kommt davon, daß James mich gelehrt hat, selber zu denken und niemals aus Angst vor dem, was die anderen von mir denken könnten, zu schweigen. Es geht alles gut, solange ich das gleiche denke wie er. Aber jetzt, wo ich einmal etwas anderes gedacht habe: seht ihn euch an! Seht ihn euch nur an.

Sie deutet äußerst amüsiert auf Morell. Eugene blickt hin und preßt sofort die Hand aufs Herz, als hätte er dort einen Stich verspürt. Er setzt sich aufs Sofa wie ein Mann, der Zeuge einer Tragödie wird.

BURGESS *auf dem Kaminvorleger:* Ja, James, Sie sehn wirklich nicht so imponierend aus wie sonst.

MORELL *mit einem Lachen, das halb wie ein Schluchzen klingt:* Wahrscheinlich nicht. Ich bitte euch alle um Verzeihung; es war mir nicht bewußt, daß ich mich anstelle. *Er reißt sich zusammen.* Also weiter, weiter! *Er fängt an, sich wieder mit entschlossener Munterkeit mit seinen Papieren zu beschäftigen.*

CANDIDA *geht zum Sofa und setzt sich neben Marchbanks. Immer noch in Necklaune:* Nun, Eugene, warum sind Sie so traurig? Haben die Zwiebeln Sie zum Weinen gebracht?

MARCHBANKS *beiseite zu ihr:* Es ist Ihre Grausamkeit. Ich hasse Grausamkeit. Es ist schrecklich, einen Menschen zu sehen, der einen anderen quält.

CANDIDA *tätschelt ihn auf ironische Weise:* Armer Junge! Bin ich grausam gewesen? Habe ich Sie eklige kleine rote Zwiebeln schneiden lassen?

MARCHBANKS *ernst:* Oh, hören Sie auf, hören Sie auf! Ich meinte nicht mich. Sie haben ihn schrecklich gequält. Ich spüre seinen Schmerz in meinem eigenen Herzen. Ich weiß, es ist nicht Ihre Schuld, es ist etwas, das geschehen muß; aber machen Sie sich nicht dabei lustig. Ich schaudere, wenn Sie ihn quälen und dabei lachen.

CANDIDA *ungläubig:* Ich quäle James? Unsinn, Eugene; wie Sie übertreiben! Wie töricht! *Sie steht auf und geht ein wenig beunruhigt zum Tisch:* Arbeite nicht weiter, mein Lieber. Komm und sprich mit uns.

MORELL *zärtlich, aber verbittert:* Ach nein, sprechen kann ich nicht. Ich kann nur predigen.

CANDIDA *streichelt seine Hand:* Nun, dann komm und predige.

BURGESS *in heftigem Tadel:* Oh, nein Candy! Verdammt noch mal!

Lexy Mill kommt herein, eifrig und wichtigtuerisch.

LEXY *eilt auf Candida zu und reicht ihr die Hand:* Wie geht's Ihnen, Mrs. Morell? Ich freue mich sehr, daß Sie wieder da sind!

CANDIDA Vielen Dank, Lexy. Sie kennen doch Eugene, nicht wahr?

LEXY Oh, ja. Wie geht's, Marchbanks?

MARCHBANKS Danke, ganz gut.

LEXY *zu Morell:* Ich komme gerade von der Gilde von St. Matthew. Sie sind ganz bestürzt über Ihr Telegramm.

CANDIDA Was stand denn in dem Telegramm, James.

LEXY *zu Candida:* Er sollte heute abend bei ihnen reden. Sie haben den großen Saal in Morestreet gemietet und viel Geld für Plakate ausgegeben. Morell schickte ein Telegramm, daß er nicht käme. Es schlug wie ein Blitz bei ihnen ein.

CANDIDA *überrascht, der Verdacht steigt in ihr auf, daß etwas nicht stimmt:* Die Zusage einer Rede widerrufen?

BURGESS Ich wette, das war's erste Mal in seinem Leben, is doch so, Candy?

LEXY *zu Morell:* Sie beschlossen, Ihnen ein dringendes Telegramm zu schicken, ob Sie Ihren Entschluß nicht ändern könnten. Haben Sie es bekommen?

MORELL *mit unterdrückter Ungeduld:* Ja, ja. Ich hab's bekommen.

LEXY Es war mit Rückantwort.

MORELL Ja, ich weiß. Ich hab's beantwortet. Ich kann nicht gehen.

CANDIDA Aber warum denn nicht, James.

MORELL *fast wütend:* Weil ich nicht will. Diese Leute vergessen, daß ich ein Mensch bin; sie glauben, ich bin eine Sprechmaschine, die sie jeden Abend zu ihrem Vergnügen aufdrehen können. Darf ich nicht einen Abend zu Hause bleiben bei meiner Frau und meinen Freunden?

Alle sind überrascht von diesem Ausbruch, nur Eugene nicht. Sein Ausdruck bleibt unverändert.

CANDIDA O James, vergiß, was ich darüber gesagt habe. Und wenn du nicht gehst, hast du morgen einen Anfall von Gewissensbissen.

LEXY *schüchtern, aber eindringlich:* Ich weiß natürlich, daß man Sie auf die unbegreiflichste Weise überfordert. Aber Sie haben überallhin telegraphiert, um einen anderen Redner zu finden, und sie können niemanden bekommen außer dem Präsidenten der Liga der Agnostiker.

MORELL *prompt:* Nun, das ist ein ausgezeichneter Mann. Etwas Besseres können sie sich gar nicht wünschen.

LEXY Aber er besteht immer mit solchem Nachdruck auf der Trennung von Sozialismus und Christentum. Er wird alles, was wir erreicht haben, wieder zerstören. Natürlich, Sie müssen es am besten wissen – aber ... *Er zuckt mit den Schultern, schlendert zum Kamin und stellt sich neben Burgess.*

CANDIDA *schmeichelnd:* O James, geh doch hin. Wir gehen alle mit.

BURGESS *murrend:* Aber hör mal, Candy. Ich meine, wir sollten gemütlich zu Hause am Feuer bleiben. Er bleibt doch nur ein paar Stunden weg.

CANDIDA Bei der Versammlung ist es genauso gemütlich. Wir werden alle auf der Tribüne sitzen und wichtige Leute sein.

EUGENE *erschrocken:* Oh, bitte, nicht auf die Tribüne. Nein, alle werden uns anstarren. Das halte ich nicht aus. Ich setze mich hinten in den Saal.

CANDIDA Haben Sie keine Angst. Man wird zu sehr damit beschäftigt sein, James anzusehen. Man wird Sie gar nicht bemerken.

MORELL Prossys Krankheit, Candida? Wie?

CANDIDA *munter:* Ja, Prossys Krankheit.

BURGESS *versteht nicht:* Prossys Krankheit? Wovon sprechen Sie eigentlich, James?

MORELL *steht, ohne ihn zu beachten, auf und geht zur Tür; er hält sie auf und ruft im Befehlston:* Miß Garnett.

PROSERPINE *entfernt:* Ja, Mr. Morell. Ich komme.

Alle warten, außer Burgess, der sich heimlich an Lexy wendet.

BURGESS Hör'n Sie mal, Mr. Mill. Was ist Prossys Krankheit? Was fehlt ihr denn?

LEXY *vertraulich:* Nun, ich weiß es nicht genau; aber sie sagte mir heute morgen sehr seltsame Sachen. Ich fürchte, sie ist manchmal nicht ganz bei sich.

BURGESS *überwältigt:* Was? Es muß ansteckend sein! Hier im selben Hause.

PROSERPINE *erscheint auf der Schwelle:* Was ist, Mr. Morell?

MORELL Telegraphieren Sie an die Gilde von St. Matthew, daß ich komme.

PROSERPINE *überrascht:* Die erwarten Sie aber doch schon.

MORELL *gebieterisch:* Tun Sie, was ich Ihnen sage.

Proserpine setzt sich erschreckt an ihre Schreibmaschine und gehorcht. Morell geht auf eine überraschend entschlossene und kraftvolle Art auf Burgess zu. Candida beobachtet seine Bewegungen mit wachsender Verwunderung und Beunruhigung.

MORELL Burgess, Sie wollen nicht mitkommen?

BURGESS Oh, so dürfen Sie's nicht ausdrücken, James. 's ist

nur, weil heut Sonntag ist. Sie verstehen doch?

MORELL Das bedaure ich. Ich glaubte, es würde Sie interessieren, dem Vorsitzenden vorgestellt zu werden. Er ist im Komitee für öffentliche Arbeiten bei der Stadtverwaltung und hat einigen Einfluß auf die Vergabe von Aufträgen. *Burgess ist sofort wach.* Sie kommen also mit?

BURGESS *begeistert:* Natürlich komm' ich mit, James. Is doch immer 'n Vergnügen, Ihnen zuzuhören.

MORELL *wendet sich an Prossy:* Wenn Sie sonst nichts vorhaben, Miß Garnett, ich hätte gern, wenn Sie bei der Versammlung ein paar Notizen aufnehmen. *Sie nickt, sie hat Angst zu sprechen.* Sie kommen doch auch mit, Lexy?

LEXY Aber gewiß.

CANDIDA Wir kommen alle mit, James.

MORELL Nein, du kommst nicht mit, und Eugene auch nicht. Du bleibst hier und leistest ihm Gesellschaft – zur Feier deiner Heimkehr. *Eugene erhebt sich, atemlos.*

CANDIDA Aber James –

MORELL *mit Autorität:* Ich bestehe darauf. Du hast gar keine Lust mitzukommen und er auch nicht. *Candida will widersprechen.* Oh, mach dir meinetwegen keine Gedanken. Ich werde auch ohne euch genug Menschen um mich haben; eure Stühle werden für Leute gebraucht, die noch nicht bekehrt sind, die mich noch nie gehört haben.

CANDIDA *besorgt:* Eugene, würden Sie nicht gern mitgehen?

MORELL In Eugenes Gegenwart wäre ich gehemmt. Er ist Predigten gegenüber so kritisch. *Sieht ihn an.* Er weiß, daß ich Angst vor ihm habe, er hat es mir heute morgen gesagt. Nun, ich zeige ihm, wieviel Angst ich vor ihm habe, indem ich ihn hier in deiner Obhut zurücklasse, Candida.

MARCHBANKS *zu sich selbst, mit lebhafter Empfindung:* Das ist tapfer. Das ist edel.

CANDIDA *ängstlich und mißtrauisch:* Aber – aber – ist irgend etwas, James? *Sehr beunruhigt:* Ich verstehe nicht –

MORELL *nimmt sie zärtlich in die Arme und küßt sie auf die Stirn:* Ach, ich dachte, ich verstände nicht, mein Schatz.

Dritter Akt

Nach zehn Uhr abends. Die Vorhänge sind zugezogen, und die Lampen brennen. Die Schreibmaschine ist in ihrer Hülle; der große Tisch ist aufgeräumt; alles deutet darauf hin, daß die Tagesarbeit getan ist.
Candida und Marchbanks sitzen am Feuer. Die Leselampe steht auf dem Kaminsims über Marchbanks, der auf dem Kinderstuhl sitzt und laut vorliest. Ein kleiner Stoß Manuskripte und ein paar Gedichtbände liegen auf dem Teppich neben ihm. Candida sitzt im Lehnstuhl. Den Schürhaken, ein leichtes Messinginstrument, hält sie aufrecht in der Hand. Zurückgelehnt starrt sie auf die Spitze des Schürhakens, sie hat die Füße zum Feuer hin ausgestreckt und befindet sich in einem Wachtraum, meilenweit entfernt von ihrer Umgebung; sie hat Eugene völlig vergessen.

MARCHBANKS *bricht seine Rezitation ab:* Alle Dichter, die je gelebt haben, haben diesen Gedanken in ein Sonett gekleidet. Sie mußten es tun. Sie konnten nicht anders.
Er blickt, Zustimmung fordernd, zu ihr auf und bemerkt, daß sie in die Betrachtung des Schürhakens versunken ist. Haben Sie gar nicht zugehört? *Keine Antwort.* Mrs. Morell!

CANDIDA *fährt auf:* Wie?

MARCHBANKS Haben Sie nicht zugehört?

CANDIDA *mit schuldbewußter, übertriebener Höflichkeit:* Oh, doch. Es ist sehr schön. Lesen Sie weiter, Eugene. Ich möchte zu gern hören, was mit dem Engel geschieht.

MARCHBANKS *läßt das Manuskript aus der Hand auf den Boden fallen:* Verzeihen Sie, daß ich Sie gelangweilt habe.

CANDIDA Aber Sie langweilen mich doch nicht, ich versichere Sie. Bitte lesen Sie weiter, Eugene. Bitte!

MARCHBANKS Ich habe das Gedicht mit dem Engel vor einer Viertelstunde beendet. Ich habe danach verschiedene andere Sachen gelesen.

CANDIDA *reuig:* Es tut mir leid, Eugene. Das Schüreisen muß mich hypnotisiert haben. *Sie legt es nieder.*

MARCHBANKS Es hat mich schrecklich nervös gemacht.

CANDIDA Warum haben Sie nichts gesagt. Ich hätte es sofort hingelegt.

MARCHBANKS Ich hatte Angst, Sie auch unsicher zu machen. Es sah aus, als hielten Sie ein Waffe. Wäre ich einer der Helden der Vorzeit, so hätte ich mein blankes Schwert zwischen uns gelegt. Wäre Morell eben hereingekommen, so hätte er geglaubt, Sie hätten das Schüreisen ergriffen, weil kein Schwert zwischen uns lag.

CANDIDA *nachdenklich:* Was? *Sie wirft ihm einen verwirrten Blick zu.* Ich kann Ihnen nicht ganz folgen. Ihre Sonette haben mich völlig durcheinandergebracht. Warum sollte denn ein Schwert zwischen uns liegen?

MARCHBANKS *ausweichend:* Oh, es ist auch nicht wichtig. *Er bückt sich, um die Manuskripte aufzuheben.*

CANDIDA Legen Sie sie wieder hin, Eugene. Mein Appetit auf Gedichte hat Grenzen, sogar der auf Ihre Gedichte. Sie haben mir jetzt mehr als zwei Stunden vorgelesen. Die ganze Zeit, seit James weggegangen ist. Ich möchte mit Ihnen sprechen.

MARCHBANKS *erhebt sich erschrocken:* Nein, ich darf nicht sprechen. *Er blickt sich auf seine verlorene Weise um und fügt dann plötzlich hinzu:* Ich glaube, ich mache einen Spaziergang durch den Park. *Er eilt auf die Tür zu.*

CANDIDA Unsinn, der Park ist längst geschlossen. Kommen Sie her und setzen Sie sich auf den Kaminvorleger, und reden Sie Unsinn, wie Sie es sonst auch tun. Ich möchte unterhalten werden. Wollen Sie?

MARCHBANKS *halb in Schrecken, halb entzückt:* Ja.

CANDIDA Dann kommen Sie. *Sie verrückt ihren Stuhl ein wenig, um ihm Platz zu machen. Er zögert. Dann streckt er sich schüchtern auf dem Kaminvorleger aus, er legt den Kopf mit nach oben gewandtem Gesicht auf ihre Knie und sieht zu ihr auf.*

MARCHBANKS Oh, ich bin den ganzen Abend so unglücklich gewesen, weil ich recht getan habe. Jetzt tue ich unrecht und bin glücklich.

CANDIDA *auf zärtlichste Weise über ihn amüsiert:* Ja, Sie kommen sich bestimmt wie ein großer, erwachsener, böser Verführer vor. Sie sind ganz stolz auf sich, nicht wahr?

MARCHBANKS *hebt schnell die Hand und dreht sich um, um sie anzusehen:* Nehmen Sie sich in acht. Ich bin sehr viel älter als Sie, wenn Sie es nur wüßten. *Er dreht sich ganz um, kniet vor ihr, seine verschränkten Hände und seine Arme sind auf ihren Schoß gestützt, er spricht mit wachsender Heftigkeit, sein Blut beginnt sich zu regen.* Darf ich Ihnen ein paar böse Sachen sagen?

CANDIDA *ohne die geringste Furcht oder Kälte, mit vollkommener Achtung vor seiner Leidenschaft, aber mit einer Spur ihres klugen, mütterlichen Humors:* Nein. Aber Sie dürfen alles sagen, was Sie wirklich und wahrhaftig fühlen. Alles, ganz gleich, was es ist. Ich habe keine Angst, solange es Ihr eigenes Selbst ist, das spricht, und nicht eine bloße Attitüde; eine tapfere Attitüde oder eine böse Attitüde oder auch nur eine künstlerische Attitüde. Das müssen Sie mir auf Ehre und Gewissen versprechen. Und nun sagen Sie, was immer Sie sagen wollen.

MARCHBANKS *Der drängende Ausdruck verschwindet ganz von seinen Lippen und Nasenflügeln, während seine Augen in einer rührenden Innerlichkeit aufleuchten:* Oh, nun kann ich überhaupt nichts mehr sagen; alle Worte, die ich kenne, gehören zu einer der Attitüden – alle, nur eins nicht.

CANDIDA Und was für ein Wort ist das?

MARCHBANKS *weich, er verliert sich in der Melodie des Namens:* Candida, Candida, Candida, Candida, Candida. Ich muß es jetzt sagen, Sie haben mich bei meiner Ehre und meinem Gewissen genommen, und ich denke und fühle nie Mrs. Morell, immer nur Candida.

CANDIDA Natürlich. Und was haben Sie Candida zu sagen?

MARCHBANKS Nichts als Ihren Namen tausendmal zu wiederholen. Fühlen Sie nicht, daß es jedesmal ein Gebet ist, das ich an Sie richte?

CANDIDA Macht es Sie nicht glücklich, beten zu können?

MARCHBANKS Ja, sehr glücklich.

CANDIDA Nun, dieses Glücksgefühl ist die Antwort auf Ihr Gebet. Wollen Sie noch mehr?

MARCHBANKS Nein, ich bin in den Himmel gekommen, wo man Mangel nicht kennt.

Morell kommt herein. Er bleibt auf der Schwelle stehen und übersieht die Szene mit einem Blick.

MORELL *feierlich und beherrscht:* Ich hoffe, ich störe euch nicht.

Candida fährt heftig hoch, aber ohne die geringste Verlegenheit, sie lacht still in sich hinein. Eugene wird durch die heftige Bewegung aus dem Gleichgewicht gebracht, fängt sich wieder, ohne aufzustehen, bleibt auf dem Teppich sitzen, die Arme um die angezogenen Beine geschlungen, auch er ist überhaupt nicht verlegen.

CANDIDA O James, du hast mich erschreckt! Ich war so mit Eugene beschäftigt, daß ich den Hausschlüssel gar nicht gehört habe. Wie war denn die Versammlung? Hast du gut gesprochen?

MORELL Ich habe nie im Leben besser gesprochen.

CANDIDA Das ist ausgezeichnet. Wie hoch war die Kollekte?

MORELL Ich habe vergessen, danach zu fragen.

CANDIDA *zu Eugene:* Er muß hinreißend gesprochen haben, sonst hätte er das nicht vergessen. *Zu Morell:* Wo sind die anderen alle?

MORELL Sie sind gegangen, lange bevor ich mich losreißen konnte; ich dachte, ich käme nie weg. Wahrscheinlich essen sie irgendwo zu Abend.

CANDIDA *in sachlichem Hausfrauenton:* Oh, in dem Fall kann Maria zu Bett gehen. Ich werde es ihr sagen. *Sie geht in die Küche.*

MORELL *blickt streng auf Marchbanks hinab:* Nun?

MARCHBANKS *hockt in grotesker Haltung auf dem Kamin-*

vorleger, er fühlt sich von Morell nicht gestört, er betrachtet ihn sogar mit koboldhaftem Humor: Nun?

MORELL Haben Sie mir etwas zu sagen?

MARCHBANKS Nur, daß ich mich hier privat lächerlich gemacht habe, während Sie sich öffentlich lächerlich gemacht haben.

MORELL Ich doch wohl kaum in der gleichen Weise.

MARCHBANKS *rappelt sich eifrig wieder hoch:* In der ganz, ganz, ganz gleichen Weise. Ich habe hier den Guten Menschen dargestellt, genau wie Sie. Als Sie mich hier auf so heldenhafte Weise mit Candida allein ließen –

MORELL *unwillkürlich:* Candida!

MARCHBANKS O ja, so weit bin ich gekommen. Aber haben Sie keine Angst. Heldentum ist ansteckend; Sie haben mich mit dieser Krankheit angesteckt. Ich habe mir geschworen, in Ihrer Abwesenheit kein Wort zu sagen, das ich nicht vor einem Monat auch in Ihrer Gegenwart gesagt hätte.

MORELL Und haben Sie Ihren Schwur gehalten?

MARCHBANKS *hockt sich plötzlich auf die Rücklehne des Sessels:* Der Schwur hielt sich bis vor zehn Minuten irgendwie von selbst. Bis zu diesem Augenblick habe ich ihr verzweifelt vorgelesen – meine eigenen Gedichte – anderer Leute Gedichte –, um eine Unterhaltung hinauszuschieben. Ich stand vor dem Himmelstor und weigerte mich hindurchzugehen. Oh, Sie können sich nicht vorstellen, wie heldenhaft das war und wie ungemütlich! Dann –

MORELL *hält sich im Zaum:* Dann?

MARCHBANKS *wird ganz prosaisch und läßt sich in eine ganz normale Stellung auf den Sitz des Sessels gleiten:* Dann konnte sie das Vorlesen nicht mehr aushalten.

MORELL Und Sie näherten sich endlich dem Himmelstor.

MARCHBANKS Ja.

MORELL Und? *Heftig:* Sprechen Sie, Mensch, hatten Sie denn gar kein Gefühl für mich?

MARCHBANKS *weich und musikalisch:* Dann wurde sie ein Engel, und es erschien ein flammendes Schwert, das in alle

Richtungen ausschlug, so daß ich nicht hineingehen konnte; denn ich sah, daß dieses Tor in Wirklichkeit das Tor zur Hölle war.

MORELL *triumphierend:* Sie hat Sie abgewiesen!

MARCHBANKS *erhebt sich mit wilder Verachtung:* Nein, Sie Narr, hätte sie das getan, so hätte ich nie bemerkt, daß ich mich schon im Himmel befand. Mich abgewiesen! Sie glauben, das hätte uns gerettet? Tugendhafte Entrüstung! Oh, Sie sind nicht wert, in einer Welt mit ihr zu leben. *Er wendet sich verächtlich zur anderen Zimmerseite.*

MORELL *der ihn still beobachtet hat, ohne seinen Platz zu wechseln:* Glauben Sie, daß Sie selbst würdiger werden, indem Sie mich schmähen, Eugene?

MARCHBANKS Hier endet die tausenderste Lektion, Morell, ich halte nicht viel von Ihren Predigten, ich glaube, ich könnte bessere halten. Der Mann, den ich kennenlernen möchte, ist der Mann, den Candida geheiratet hat.

MORELL Der Mann, den – Meinen Sie mich?

MARCHBANKS Ich meine nicht den hochwürdigen James Mavor Morell, Moralisten und Schwätzer. Ich meine den wirklichen Mann, den der hochwürdige James irgendwo in seinem schwarzen Rock verborgen haben muß; den Mann, den Candida geliebt hat. Niemand kann eine Frau wie Candida dazu bringen, ihn zu lieben, nur indem er den Kragen hinten zuknöpft statt vorn.

MORELL *ruhig und selbstbewußt:* Als Candida sich mit mir verlobte, war ich derselbe Moralist und Schwätzer, den Sie jetzt vor sich sehen. Ich trug meinen schwarzen Rock, und mein Kragen war hinten zugeknöpft statt vorn. Glauben Sie, sie hätte mich mehr geliebt, wenn ich meinen Beruf nicht ernst genommen hätte?

MARCHBANKS *sitzt mit angezogenen Beinen, um die er die Arme geschlungen hat, auf dem Sofa:* Oh, sie hat Ihnen vergeben, genau wie sie mir meine Feigheit und Schwäche vergibt, und daß ich, wie Sie es nennen, ein winselndes kleines Hündchen bin. *Träumerisch:* Eine Frau wie sie hat göttliche Einsichten, sie liebt unsere Seelen und nicht unsere Torheiten und Eitelkeiten und Illusionen, auch nicht unsere Kragen und Röcke oder die anderen Fetzen, in die wir uns einwickeln. *Er denkt einen Augenblick darüber nach; dann wendet er sich mit Intensität an Morell, um ihm eine Frage zu stellen.* Eines möchte ich wissen: Wie sind Sie an dem flammenden Schwert vorbeigekommen, das mich zurückhielt?

MORELL Vielleicht, weil ich nicht nach zehn Minuten gestört wurde.

MARCHBANKS *wie vor den Kopf gestoßen:* Was?

MORELL Der Mensch kann zu den höchsten Höhen aufsteigen, aber er kann nicht lange dort verweilen.

MARCHBANKS *springt auf:* Das ist falsch. Er kann für immer dort verweilen, und nur dort. Anderswo kann er keine Ruhe finden, kann die stille Glorie des Lebens nicht spüren. Wo sollte ich meine Augenblicke verbringen, wenn nicht auf den Höhen?

MORELL In der Küche beim Zwiebelschneiden und Lampenputzen.

MARCHBANKS Oder auf der Kanzel beim Scheuern von irdenen Seelen?

MORELL Ja, auch das. Dort habe ich mir meinen goldenen Augenblick verdient und das Recht, sie in diesem Augenblick um ihre Liebe zu bitten. Ich habe mir diesen Augenblick nicht auf Kredit genommen, ich habe ihn auch nicht benutzt, um das Glück eines anderen Mannes zu stehlen.

MARCHBANKS *trottet angeekelt zum Kamin zurück.* Ich zweifle nicht daran, daß Sie die Transaktion so ehrlich durchgeführt haben, als kauften Sie ein Pfund Käse. *Er bleibt am Rande des Kaminvorlegers stehen und fügt für sich selbst, Morell den Rücken zukehrend, hinzu:* Ich konnte nur als Bettler zu ihr gehen.

MORELL *starrt ihn an:* Ein Bettler, der erfriert! Der um ihr Umschlagtuch bittet!

MARCHBANKS *wendet sich überrascht um:* Danke, daß Sie

mein Gedicht verbessern. Ja, wenn Sie so wollen: ein Bettler, der erfriert und um ihr Umschlagtuch bittet.

MORELL *aufgeregt:* Und sie hat es verweigert. Soll ich Ihnen sagen, warum sie es abgelehnt hat? Ich kann es Ihnen sagen, mit ihren Worten sagen. Weil –

MARCHBANKS Sie hat es nicht verweigert.

MORELL Nicht?

MARCHBANKS Sie hat mir alles angeboten, um das ich sie bitten würde: ihr Umschlagtuch, ihre Schwingen, den Sternenkranz um ihr Haupt, die Lilien in ihrer Hand, den Halbmond unter ihren Füßen –

MORELL *packt ihn:* Heraus mit der Wahrheit, Mann: meine Frau ist meine Frau; ich will nichts mehr von Ihren poetischen Frivolitäten hören. Ich weiß wohl, wenn ich ihre Liebe verloren und Sie sie gewonnen haben, dann wird kein Gesetz sie binden.

MARCHBANKS *ruhig, ohne Angst oder Widerstand:* Packen Sie mich nur beim Hemdkragen, Morell, sie wird ihn wieder in Ordung bringen, wie sie es heute morgen getan hat. *Mit stiller Begeisterung:* Ich werde die Berührung ihrer Hände spüren.

MORELL Sie junger Wicht, wissen Sie, wie gefährlich es ist, mir das zu sagen? Oder – *mit plötzlichem Mißtrauen* – ist etwas geschehen, das Sie tapfer gemacht hat?

MARCHBANKS Ich habe jetzt keine Angst mehr. Früher mochte ich Sie nicht, darum schreckte ich vor Ihrer Berührung zurück. Aber heute habe ich gesehen – als sie Sie quälte –, daß Sie sie lieben. Seit diesem Augenblick bin ich Ihr Freund; wenn Sie wollen, können Sie mich erwürgen.

MORELL *läßt ihn los:* Eugene, wenn das keine herzlose Lüge ist – wenn Sie noch einen Funken menschliches Gefühl in sich haben – erzählen Sie mir, was in meiner Abwesenheit geschehen ist.

MARCHBANKS Was geschehen ist? Nun, das Flammenschwert – *Morell stampft vor Ungeduld mit den Füßen* – also, in einfacher Prosa: ich liebte sie auf so erhabene Weise, daß ich nichts anderes wollte als das Glück, sie so zu lieben. Und bevor ich Zeit hatte, von den höchsten Gipfeln herunterzusteigen, kamen Sie herein.

MORELL *er leidet heftig:* Es ist also noch alles unentschieden. Immer noch die Qual des Zweifels.

MARCHBANKS Qual? Ich bin der glücklichste der Menschen. Ich begehre jetzt nichts mehr als ihr Glück. *In überschwenglichem Gefühl:* Oh, Morell, wir wollen sie beide aufgeben. Warum sollte sie sich zwischen einem nervösen Häufchen Elend wie mir und einem schweinsköpfigen Pastor wie Ihnen entscheiden müssen? Wir wollen uns auf eine Pilgerfahrt begeben, Sie gen Osten und ich gen Westen, und einen würdigen Liebhaber für sie suchen, einen schönen Erzengel mit purpurnen Schwingen.

MORELL Ach, Quatsch! Oh, wenn sie wahnsinnig genug wäre, mich um Ihretwillen zu verlassen, wer wird sie dann beschützen? Wer wird ihr beistehen? Wer wird für sie arbeiten? Wer wird ihren Kindern ein Vater sein?

Er läßt sich verzweifelt auf das Sofa fallen, die Ellbogen auf den Knien und den Kopf auf die geballten Fäuste gestützt.

MARCHBANKS *schnippt wie verrückt mit den Fingern:* Sie stellt diese törichten Fragen nicht. Sie ist es, die einen Menschen braucht, den sie beschützen, dem sie helfen, für den sie arbeiten kann; jemanden, dem sie ihre Kinder anvertrauen kann, der ihnen hilft und für sie arbeitet. Einen erwachsenen Mann, der wieder ein kleines Kind geworden ist. Oh, Sie Narr, Sie Narr, Sie dreifacher Narr. Ich bin dieser Mann, Morell, ich bin dieser Mann. *Er tanzt aufgeregt umher und schreit:* Sie verstehen nicht, was eine Frau ist. Rufen Sie sie, Morell, rufen Sie sie, sie soll wählen zwischen –

Die Tür öffnet sich, und Candida tritt ein – er hält wie versteinert inne.

CANDIDA *bleibt überrascht auf der Schwelle stehen:* Um Himmels willen, was machen Sie da, Eugene?

MARCHBANKS *in seltsamem Ton:* James und ich predigen um

die Wette, und James ist drauf und dran, zu verlieren. *Candida sieht sich schnell nach Morell um. Sie sieht, daß er unglücklich ist, und eilt zu ihm. Sie ist sehr ärgerlich.*

CANDIDA Sie haben ihn geärgert. Also, Eugene, ich will das nicht, hören Sie? *Sie legt ihre Hand auf Morells Schulter und vergißt in ihrem Ärger ihren ehelichen Takt.* Mein Junge soll nicht gequält werden. Ich werde ihn beschützen.

MORELL *erhebt sich mit Würde:* Beschützen?

CANDIDA *ohne auf ihn zu achten, zu Eugene:* Was haben Sie gesagt?

MARCHBANKS *erschrocken:* Nichts. Ich –

CANDIDA Eugene! Nichts?

MARCHBANKS *kläglich:* Ich wollte sagen – ich – es tut mir leid. Ich will es nicht wieder tun; bestimmt nicht. Ich werde ihn in Ruhe lassen.

MORELL *empört, mit einer aggressiven Bewegung auf Eugene hin:* Mich in Ruhe lassen! Sie junger –

CANDIDA *fällt ihm ins Wort:* Sst – nein! Laß mich mit ihm sprechen, James.

MARCHBANKS Oh, Sie sind doch nicht böse mit mir, nicht wahr?

CANDIDA *streng:* Doch, ich bin böse, sehr böse. Ich hätte Lust, Sie aus dem Haus zu werfen.

MORELL *unangenehm überrascht von Candidas Heftigkeit; er schätzt es ganz und gar nicht, von ihr vor einem anderen Mann verteidigt zu werden:* Langsam, Candida, langsam. Ich kann für mich selbst einstehen.

CANDIDA *tätschelt ihn:* Ja, mein Lieber, natürlich kannst du das. Aber ich lasse nicht zu, daß man dich ärgert und kränkt.

MARCHBANKS *den Tränen nahe, wendet sich zur Tür:* Ich gehe.

CANDIDA Oh, Sie brauchen nicht zu gehen. Ich kann Sie doch nicht zu dieser Nachtzeit auf die Straße setzen. *Heftig:* Schämen Sie sich! Was für eine Schande!

MARCHBANKS *verzweifelt:* Aber was habe ich denn getan?

CANDIDA Was Sie getan haben, weiß ich so genau, als wäre ich die ganze Zeit hier gewesen. Oh, es war unwürdig! Sie sind wie ein Kind: Sie können den Mund nicht halten.

MARCHBANKS Ich würde lieber einen zehnfachen Tod sterben, als Ihnen einen Augenblick lang Kummer bereiten.

CANDIDA *mit unendlicher Verachtung für sein kindisches Verhalten:* Was hätte ich denn davon, wenn Sie stürben?

MORELL Meine liebe Candida, dieses Gezänk ist wohl kaum schicklich. Es ist ein Streit zwischen zwei Männern, und ich bin durchaus in der Lage, ihn zu entscheiden.

CANDIDA Zwei Männer! Nennst du das einen Mann! *Zu Eugene:* Sie unartiger Junge!

MARCHBANKS *Die Schelte gibt ihm auf eine wehmütig-zärtliche Weise Mut:* Wenn ich wie ein Junge gescholten werde, muß ich mich auch wie ein Junge verteidigen dürfen. Er hat angefangen. Und er ist größer als ich.

CANDIDA *verliert ein wenig ihre Sicherheit, da sie Morells Würde nicht gefährden möchte:* Das kann nicht wahr sein. *Zu Morell:* Du hast nicht angefangen, James, nicht wahr?

MORELL *verächtlich:* Nein.

MARCHBANKS *empört:* Oh!

MORELL *zu Eugene:* Sie haben angefangen: heute morgen. *Candida bringt dies sofort mit der geheimnisvollen Anspielung in Verbindung, die Morell am Nachmittag gemacht hat; die Anspielung betraf etwas, das Eugene ihm am Morgen gesagt hatte; sie wirft ihm einen schnellen, mißtrauischen Blick zu. Morell fährt im Ton beleidigter Überlegenheit fort:*
Aber Ihr zweiter Vorwurf ist wahr. Ich bin gewiß der größere von uns beiden, und ich hoffe, Candida, auch der stärkere. Du überläßt die Sache also besser mir.

CANDIDA *in beruhigendem Ton:* Ja, mein Lieber, aber – *beunruhigt* – das mit heute morgen verstehe ich nicht.

MORELL *weist sie in sanftem Ton zurecht:* Du brauchst es auch nicht zu verstehen, mein Herz.

CANDIDA Aber James, ich – *die Türklingel schellt* – Oh, wie dumm! Da kommen sie alle. *Sie geht hinaus, um die Tür zu öffnen.*

MARCHBANKS *eilt auf Morell zu:* Oh, Morell, ist das nicht schrecklich? Sie ist böse auf uns. Sie haßt mich. Was soll ich tun?

MORELL *läuft mit komischer Verzweiflung in der Mitte des Zimmers auf und ab:* Eugene, der Kopf schwirrt mir. Ich fange gleich an zu lachen.

MARCHBANKS *läuft ängstlich hinter ihm her:* Nein, nein, sie wird denken, ich hätte Sie zur Verzweiflung getrieben. Lachen Sie nicht.

Lärmende Stimmen und Gelächter kommen näher. Lexy Mill kommt mit funkelnden Augen und in einer Haltung herein, die auf ungewohnte Animiertheit schließen läßt, mit ihm kommt Burgess, fett und selbstzufrieden, aber ein Mensch, der seinen Verstand beisammen hat. Hinter ihm her kommt Miß Garnett in ihrem schicksten Hut und Jackett; ihre Augen sind heller als zuvor, aber sie ist offensichtlich von bösen Ahnungen geplagt. Sie stellt sich mit dem Rücken zu ihrem Schreibmaschinentisch, stützt sich mit einer Hand darauf, um Halt zu finden, und fährt sich mit der anderen über die Stirn, als wäre sie ein wenig müde und schwindlig. Marchbanks fällt wieder in seine Schüchternheit zurück und drückt sich in die Ecke neben dem Fenster, wo Morells Bücher stehen.

LEXY *heiter:* Morell, ich muß Ihnen gratulieren. *Ergreift seine Hand.* Was für eine edle, glänzende, geistvolle Ansprache haben Sie gehalten! Sie haben sich selbst übertroffen!

BURGESS Das is wahr, James. Ich bin tatsächlich bis zum letzten Wort wach geblieben. Das stimmt doch, wie Miß Garnett?

PROSERPINE *beunruhigt:* Oh, ich habe nicht auf Sie aufgepaßt, ich habe versucht, mir Notizen zu machen.

Sie zieht ihren Notizblock heraus und betrachtet ihre Stenographienotizen, dabei kommen ihr beinahe die Tränen.

MORELL Habe ich zu schnell gesprochen, Prossy?

PROSERPINE Viel zu schnell. Sie wissen, ich kann nicht mehr als neunzig Wörter in der Minute. *Sie erleichtert ihre Gefühle, indem sie den Block ärgerlich neben die Maschine knallt, griffbereit für den nächsten Morgen.*

MORELL *beschwichtigend:* Ach, lassen Sie nur, lassen Sie, es ist schon gut. Habt ihr alle zu Abend gegessen?

LEXY Mr. Burgess war so freundlich und hat uns alle zu einer wirklich köstlichen Mahlzeit im Belgrave eingeladen.

BURGESS *überströmend vor Großmut:* Aber ich bitte Sie, Mr. Mill. *Bescheiden:* Es is doch nicht der Rede wert.

PROSERPINE Wir haben Champagner getrunken. Ich hab' ihn zum erstenmal probiert. Mir ist ganz schwindlig.

MORELL *überrascht:* Ein Abendessen mit Champagner. Das ist sehr großzügig. War es meine Beredsamkeit, die diese Verschwendungssucht hervorgerufen hat?

LEXY *pathetisch:* Ihre Beredsamkeit und Mr. Burgess' gutes Herz. *Mit einem erneuten Ausbruch von Heiterkeit:* Und was für ein feiner Kerl dieser Vorsitzende ist, Morell. Er ist mit uns essen gegangen.

MORELL *seine Worte bedeutungsvoll dehnend:* Oh-h-h-h, der Vorsitzende. Jetzt verstehe ich.

Burgess verdeckt hinter einem entschuldigenden Hüsteln eine lebhafte Befriedigung über seine eigene diplomatische Klugheit. Lexy lehnt sich, nachdem er beinahe das Gleichgewicht verloren hätte, mit untergeschlagenen Armen und übermütiger Miene gegen die Sofalehne. Candida kommt mit einem Tablett mit Gläsern, Zitronen und einer Kanne heißen Wassers herein.

CANDIDA Wer möchte Limonade? Ihr kennt unsere Regel: totale Abstinenz.

Sie stellt das Tablett auf den Tisch, ergreift die Zitronenpresse und sieht sie der Reihe nach fragend an.

MORELL Es hat keinen Zweck, meine Liebe. Sie haben alle Champagner getrunken. Prossy hat ihr Gelübde gebrochen.

CANDIDA *zu Proserpine:* Sie wollen doch nicht sagen, daß Sie Champagner getrunken haben?

PROSERPINE *eigensinnig:* Doch, das will ich. Ich bin nur eine Bier-Abstinenzlerin, keine Champagner-Abstinenzlerin. Bier mag ich nicht. Sind noch Briefe da, die ich beantworten muß, Mr. Morell?

MORELL Nicht heute abend.

PROSERPINE Sehr gut. Also, gute Nacht allerseits.

LEXY *galant:* Soll ich Sie nicht lieber nach Hause begleiten, Miß Garnett?

PROSERPINE Nein, danke. Ich werde mich heute abend niemandem anvertrauen. Ich wünschte, ich hätte nichts von dem Zeug getrunken.

Sie steuert unsicher auf die Tür zu, stürzt dann darauf zu und entkommt so eben noch ohne Malheur.

BURGESS *empört:* Zeug, so was! Das Mädel weiß nich, was Champagner is. Pommery un Grieno, zu zwölf un sechs die Flasche. Sie hat zwei Gläser hintereinander weggekippt.

MORELL *besorgt:* Gehen Sie ihr nach, und kümmern Sie sich um sie, Lexy.

LEXY *besorgt:* Aber wenn sie wirklich – wenn sie nun auf der Straße anfängt zu singen oder so was.

MORELL Das ist möglich – trotzdem. Gerade darum sollten Sie sehen, daß sie sicher nach Hause kommt.

CANDIDA Gehen Sie, Lexy, seien Sie lieb.

Sie schüttelt ihm die Hand und schiebt ihn sanft zur Tür.

LEXY Es ist offensichtlich meine Pflicht zu gehen. Hoffentlich ist es unnötig. Gute Nacht, Mrs. Morell. *Zu den übrigen:* Gute Nacht. *Er geht. Candida schließt die Tür.*

BURGESS Der war nach zwei Schlucken selber fast am Singen. Die Menschen können nich mehr trinken wie früher. *Kommt lärmend zum Kamin.* Also James, 's is Zeit, den Laden zu schließen. Mr. Marchbanks, hab' ich das Vergnügen, daß Sie 'n Stückchen mit mir gehen?

MARCHBANKS *erschreckt:* Ja. Ich gehe wohl besser. *Er eilt auf die Tür zu, aber Candida stellt sich vor ihn hin und schneidet ihm den Weg ab.*

CANDIDA *mit ruhiger Autorität:* Sie setzen sich. Sie gehen noch nicht.

MARCHBANKS *eingeschüchtert:* Nein, ich – ich wollte es ja gar nicht.

Er setzt sich niedergeschlagen auf das Sofa.

CANDIDA Mr. Marchbanks bleibt über Nacht bei uns, Papa.

BURGESS Also gut, dann sage ich gute Nacht. Bis bald, James.

Er schüttelt Morell die Hand und tritt dann zu Eugene. Lassen Sie sich 'n Nachtlicht ans Bett stellen, Mr. Marchbanks; das wird Sie trösten, wenn Sie wach werden un es wieder über Sie kommt. Gute Nacht.

MARCHBANKS Vielen Dank, das will ich tun. Gute Nacht, Mr. Burgess.

Sie schütteln sich die Hand, Burgess geht zur Tür.

CANDIDA *tritt Morell in den Weg, der hinter Burgess hergehen will:* Bleib hier, Lieber. Ich helfe Papa schon in den Mantel.

Sie geht mit Burgess hinaus.

MARCHBANKS *steht auf und schleicht zu Morell hinüber:* Morell, es wird eine schreckliche Szene geben. Haben Sie keine Angst?

MORELL Nicht im geringsten.

MARCHBANKS Ich habe Sie nie zuvor so um Ihren Mut beneidet.

Er legt seine Hand bittend auf Morells Unterarm. Sie werden mir beistehen, nicht wahr?

MORELL *schüttelt ihn ab:* Jeder für sich selbst, Eugene. Sie muß sich jetzt zwischen uns entscheiden.

Candida kommt zurück. Eugene schleicht wie ein schuldbewußter Schuljunge zum Sofa zurück.

CANDIDA *zwischen ihnen, wendet sich an Eugene:* Tut es Ihnen leid?

MARCHBANKS *ernsthaft:* Ja. Ich bin ganz zerknirscht.

CANDIDA Gut, dann ist Ihnen verziehen. Gehen Sie jetzt brav zu Bett. Ich will mit James über Sie reden.

MARCHBANKS *erhebt sich mit großer Bestürzung:* Oh, das

kann ich nicht, Morell. Ich muß hierbleiben. Ich gehe nicht weg. Sagen Sie es ihr.

CANDIDA *deren Verdacht sich bestätigt hat:* Was soll er mir sagen? *Marchbanks Augen weichen ihr aus. Sie wendet sich um und stellt die Frage stumm an Morell.*

MORELL *auf alles gefaßt:* Ich habe ihr nichts zu sagen, außer – *hier senkt sich seine Stimme zu einer maßvollen und traurigen Zärtlichkeit* – außer, daß sie mein größter Schatz auf Erden ist – wenn sie wirklich mein ist.

CANDIDA *kalt, beleidigt, weil er seinem Rednerinstinkt nachgegeben und sie behandelt hat, als wäre sie das Publikum bei einer Gilde-Versammlung:* Wenn das alles ist, glaube ich, daß Eugene nicht weniger zu sagen hat.

MARCHBANKS *mutlos:* Morell, sie lacht über uns.

MORELL *mit aufflammendem Ärger:* Da gibt es nichts zu lachen. Lachst du über uns, Candida?

CANDIDA *mit stiller Wut:* Eugene begreift sehr schnell, James. Ich hoffe, daß ich noch lachen werde, aber vielleicht werde ich auch sehr böse werden.

Sie geht zum Kamin und steht dort, den Arm auf das Sims gelehnt, den Fuß auf dem Kamingitter, während Eugene sich zu Morell schleicht und ihn am Ärmel zupft.

MARCHBANKS *flüsternd:* Hören Sie auf, Morell. Wir wollen gar nichts sagen.

MORELL *stößt Eugene weg, ohne ihn eines Blickes zu würdigen:* Ich hoffe, das soll keine Drohung sein, Candida.

CANDIDA *mit nachdrücklicher Warnung:* Nimm dich in acht, James. Eugene, ich habe Sie gebeten zu gehen. Werden Sie gehen?

MORELL *eigensinnig:* Er soll nicht gehen. Ich wünsche, daß er bleibt.

MARCHBANKS Ich gehe. Ich werde tun, was immer Sie wünschen. *Er wendet sich zur Tür.*

CANDIDA Bleiben Sie! *Er gehorcht.* Haben Sie nicht gehört: James wünscht, daß Sie bleiben? James ist hier der Herr. Wissen Sie das nicht?

MARCHBANKS *errötet, er ist erfüllt vom Zorn des jungen Dichters gegen die Tyrannei:* Nach welchem Recht ist er der Herr?

CANDIDA *ruhig:* Sag es ihm, James.

MORELL *zurückschreckend:* Meine Liebe, ich weiß von keinem Recht, das mich zum Herrn macht. Ich beanspruche kein solches Recht.

CANDIDA *unsagbar vorwurfsvoll:* Du weißt nicht! Oh, James! James! *Nachdenklich zu Eugene:* Verstehen Sie es denn, Eugene? *Er schüttelt hilflos den Kopf, wagt nicht, sie anzusehen.* Nein, Sie sind zu jung. Nun, ich erlaube Ihnen, zu bleiben. Bleiben Sie da und lernen Sie. *Sie verläßt ihren Platz am Kamin und tritt zwischen die beiden.* Nun, James, was ist los? Sag es mir.

MARCHBANKS *flüstert ihm zitternd zu:* Tun Sie's nicht!

CANDIDA Los! Heraus damit!

MORELL *zögernd:* Ich hatte vor, dich sorgfältig vorzubereiten, Candida, damit keine Mißverständnisse entstehen.

CANDIDA Ja, mein Lieber, ich bin sicher, daß du das vorhattest. Aber keine Sorge, ich werde nicht mißverstehen.

MORELL Also – ehm – *Er zögert, unfähig, die lange Erklärung zu finden, von der er glaubte, daß sie ihm auf der Zunge läge.*

CANDIDA Nun?

MORELL *platzt platt damit heraus:* Eugene erklärt, daß du in ihn verliebt bist.

MARCHBANKS *verzweifelt:* Nein, nein, nein, nein, niemals. Das hab' ich nicht gesagt, Mrs. Morell, das ist nicht wahr. Ich habe gesagt, ich liebte Sie. Ich habe gesagt, ich verstände Sie, und er sei dazu nicht fähig. Und ich habe es nicht nach dem gesagt, was am Feuer zwischen uns vorging, bei meinem Wort, nicht danach. Es war heute morgen.

CANDIDA *versteht:* Heute morgen!

MARCHBANKS Ja. *Er sieht sie an, sie anflehend, sie möge ihm glauben, und fügt dann schlicht hinzu:* Darum war auch das mit meinem Kragen.

CANDIDA Ihr Kragen? *Sie versteht plötzlich, was er meint, und wendet sich empört an Morell.* Oh, James, hast du – *Sie hält inne.*

MORELL *beschämt:* Du weißt, Candida, daß ich mit meiner heftigen Gemütsart zu kämpfen habe. Und er sagte – *ihn schaudert* –, du verachtest mich in deinem Herzen.

CANDIDA *wendet sich rasch Eugene zu:* Haben Sie das gesagt?

MARCHBANKS *entsetzt:* Nein.

CANDIDA *beinahe wild:* Dann hat James mir gerade eine Lüge gesagt. Wollen Sie das behaupten?

MARCHBANKS Nein, nein: ich – ich – *verzweifelt:* Es war Davids Weib. Und es war nicht zu Hause; es war, als sie ihn vor dem ganzen Volk tanzen sah.

MORELL *nimmt mit der Schlagfertigkeit eines in Debatten geübten Redners das Stichwort auf:* Als er vor dem ganzen Volke tanzte, Candida, und als er glaubte, er rühre ihre Herzen mit seiner Botschaft, während sie doch nur an – Prossys Krankheit litten. *Sie will widersprechen, er hebt die Hand, um sie zum Schweigen zu bringen.* Versuch jetzt nicht empört auszusehen, Candida.

CANDIDA Versuchen!

MORELL *fährt fort:* Eugene hatte recht. Wie du mir ein paar Stunden später gesagt hast, hat er immer recht. Er hat nichts gesagt, was du nicht selber viel besser gesagt hast. Er ist ein Dichter, der alles sieht; und ich bin der arme Pastor, der nichts versteht.

CANDIDA *reuevoll:* Trifft dich das, was ein törichter Junge sagt, weil ich einmal im Scherz etwas Ähnliches gesagt habe?

MORELL Dieser törichte Junge kann mit der Inspiration eines Kindes reden und mit der List einer Schlange. Er hat behauptet, daß du ihm gehörst und nicht mir; und – ob zu Recht oder zu Unrecht – ich habe begonnen zu fürchten, daß es wahr sein könnte. Ich will nicht von Zweifeln und Verdacht gequält herumgehen. Ich will nicht mit dir leben und ein Geheimnis vor dir haben. Ich will nicht die unerträgliche Erniedrigung der Eifersucht erdulden. Wir sind übereingekommen – er und ich –, daß du jetzt zwischen uns wählen sollst. Ich erwarte deine Entscheidung.

CANDIDA *weicht langsam einen Schritt zurück, ihr Herz hat sich bei seinem rhetorischen Pathos, trotz des echten Gefühls, das dahintersteckt, verhärtet:* Oh, ich soll wählen? So ist das also? – Vermutlich ist es also abgemacht, daß ich entweder dem einen oder dem andern gehören muß.

MORELL *mit Festigkeit:* Genau so. Du mußt dich endgültig entscheiden.

MARCHBANKS *eifrig:* Morell, Sie verstehen nicht. Sie will sagen, daß sie sich selbst gehört.

CANDIDA *wendet sich zu ihm:* Das will ich sagen und noch sehr viel mehr, Herr Eugene, wie ihr beide gleich hören werdet. Und, bitte, meine Herren und Meister, was habt ihr mir zu bieten? Mir scheint, daß ich hier versteigert werde. Was bietest du, James?

MORELL *vorwurfsvoll:* Cand – *Er bricht zusammen, seine Augen und seine Kehle füllen sich mit Tränen, der Redner wird zu einem verwundeten Tier.* Ich kann nicht sprechen...

CANDIDA *tritt impulsiv zu ihm:* Aber, Liebster –

MARCHBANKS *in wildem Schrecken:* Hören Sie auf, das ist nicht fair. Sie dürfen ihr nicht zeigen, daß Sie leiden, Morell. Auch ich bin auf die Folter gespannt, aber ich schreie nicht.

MORELL *nimmt alle Kraft zusammen:* Ja, Sie haben recht. Ich kämpfe nicht um Mitleid. *Er macht sich von Candida los.*

CANDIDA *zieht sich ernüchtert zurück:* Ich bitte um Verzeihung, James. Ich wollte dich nicht anrühren. Ich warte auf dein Angebot.

MORELL *mit tiefer Demut:* Ich habe dir nichts zu bieten als meine Kraft zu deinem Schutz, meine Ehrlichkeit zu deiner Sicherheit, meine Fähigkeiten und meinen Fleiß zu deinem Unterhalt und meine Autorität und Stellung für deine

Würde. Das ist alles, was ein Mann seiner Frau bieten sollte.

CANDIDA *sehr still:* Und Sie, Eugene, was bieten Sie mir?

MARCHBANKS Meine Schwäche. Meine Verlassenheit. Die Armut meines Herzens.

CANDIDA *beeindruckt:* Das ist ein gutes Angebot, Eugene. Jetzt weiß ich, wie ich meine Wahl treffen muß.

Sie schweigt und blickt fragend von einem zum andern. Morell, dessen hochmütige Zuversicht sich bei Eugenes Angebot in herzzerreißende Angst verwandelt hat, kann seine Bedrängnis nicht mehr verbergen. Eugene, bis zum äußersten gespannt, bewegt keinen Muskel.

MORELL *mit halberstickter Stimme, sein Ruf kommt aus der Tiefe seiner Qual:* Candida!

MARCHBANKS *beiseite, in aufflammender Verachtung:* Der Feigling!

CANDIDA *bedeutungsvoll:* Ich gebe mich dem schwächeren der beiden.

Eugene errät sofort, was sie meint: sein Gesicht wird weiß wie Stahl in einem Schmelzofen.

MORELL *neigt den Kopf mit der Ruhe der völligen Verzweiflung:* Ich nehme deinen Spruch an, Candida.

CANDIDA Verstehen Sie, Eugene?

MARCHBANKS Oh, ich fühle, daß ich verloren bin. Er kann die Last nicht tragen.

MORELL *ungläubig, hebt Kopf und Stimme mit komisch wirkender Plötzlichkeit:* Meinst du mich, Candida?

CANDIDA *mit einem leichten Lächeln:* Wir wollen uns setzen und wie drei Freunde ruhig darüber sprechen. *Zu Morell:* Setz dich, Lieber.

Morell holt ganz verwirrt den Stuhl vom Kamin, das Kinderstühlchen.

Bringen Sie mir den Sessel, Eugene.

Sie zeigt auf den Sessel. Eugene holt ihn schweigend, fast mit etwas kalter Strenge, und stellt ihn neben Morell, ein wenig hinter diesen. Candida setzt sich. Er selber holt sich

den Besucherstuhl und setzt sich mit unergründichem Gesicht. Als sie alle sitzen, beginnt sie; sie wirft durch ihren ruhigen, vernünftigen und zärtlichen Ton einen Zauber des Friedens über die beiden.
Sie erinnern sich doch daran, was Sie mir über sich selbst gesagt haben, Eugene; wie niemand Sie, nachdem Ihre alte Kinderfrau gestorben war, liebgehabt hat, wie Ihre klugen und eleganten Schwestern und Ihre erfolgreichen Brüder die Lieblinge Ihrer Eltern waren, wie unglücklich Sie in Eton waren, wie Ihr Vater Sie durch Aushungern dazu zwingen will, nach Oxford zurückzukehren, wie Sie haben leben müssen: ohne Trost oder Herzlichkeit oder einen Zufluchtsort, immer allein, und fast immer unbeliebt und mißverstanden, Sie armer Junge!

MARCHBANKS *im Einklang mit seinem edlen Schicksal:* Ich hatte meine Bücher. Ich hatte die Natur. Und zuletzt habe ich Sie gefunden.

CANDIDA Davon wollen wir im Augenblick nicht sprechen. Ich möchte, daß Sie sich jetzt diesen anderen Jungen hier ansehen: meinen Jungen, vewöhnt von der Wiege an! Alle vierzehn Tage besuchen wir seine Eltern. Sie sollten einmal mitkommen, Eugene, und sich die Bilder des Helden dieses Hauses ansehen. James als Säugling, das herrlichste aller Babies! James mit seinem ersten Schulpreis in der Hand, gewonnen im reifen Alter von acht Jahren! James als Mannschaftsführer seiner Fußballelf! James in seinem ersten Gehrock! James in allen möglichen glorreichen Situationen. Sie wissen, wie stark er ist, ich hoffe, er hat Ihnen nicht weh getan; wie klug er ist; wie glücklich. *Mit wachsendem Ernst:* Fragen Sie James' Mutter und seine drei Schwestern, was es kostet, James davor zu bewahren, irgend etwas anderes zu tun, als stark, klug und glücklich zu sein. Fragen Sie mich, was es kostet, in einer Person James' Mutter, seine drei Schwestern, seine Frau und die Mutter seiner Kinder zu sein. Fragen Sie Prossy und Maria, wie schwierig der Haushalt ist, selbst wenn wir keine Gäste haben, die uns helfen, Zwiebeln zu schneiden. Fragen Sie die Lieferanten, die James belästigen und seine schönen Predigten verderben möchten, wer sie abwehrt. Wenn Geld zum Ausgeben da ist, so gibt er es; wenn Geld verweigert werden muß, so verweigere ich es. Ich baue eine Burg aus Behagen und Nachsicht und Liebe für ihn und stehe ständig Schildwache, um die kleinen, vulgären Sorgen fernzuhalten. Ich mache ihn hier zum Herrn, obwohl er es nicht weiß und Ihnen vor ein paar Minuten nicht sagen konnte, wie es dazu gekomemn ist. *Mit sanfter Ironie:* Und als er glaubte, ich könnte mit Ihnen davongehen, da war seine Sorge – was aus mir werden sollte! Und um mich zum Bleiben zu verlocken, bot er mir – *sie beugt sich vor und streicht ihm bei jedem Ausdruck liebkosend übers Haar* – seine Kraft zu meinem Schutz! Seinen Fleiß für meinen Unterhalt! Seine Würde für meine Stellung! Seine – *gibt es auf* – ach, ich werfe deine schönen Kadenzen durcheinander und verderbe sie dir, nicht wahr, mein Schatz? *Sie legt zärtlich ihre Wange gegen die seine.*

MORELL *kniet ganz überwältigt neben ihrem Sessel nieder und umarmt sie mit kindlicher Offenheit:* Es ist alles wahr, jedes Wort. Was ich bin, dazu hast du mich gemacht, mit der Arbeit deiner Hände und der Liebe deines Herzens. Du bist meine Frau, meine Mutter, meine Schwestern; du bist die Summe aller sorgenden Liebe für mich.

CANDIDA *in seinen Armen, lächelnd zu Eugene:* Bin ich auch für Sie Mutter und Schwester, Eugene?

MARCHBANKS *erhebt sich mit einer wilden Geste des Abscheus:* Nein, niemals! Darum hinaus mit mir in die Nacht!

CANDIDA *erhebt sich schnell:* Sie werden doch so nicht gehen, Eugene?

MARCHBANKS *In seinen Worten ist der Ton einer Männerstimme, nicht mehr der einer Knabenstimme:* Ich weiß, wann die Stunde schlägt. Ich brenne darauf zu tun, was getan werden muß.

MORELL *der sich auch erhoben hat:* Candida, verhindere,

daß er etwas Unüberlegtes tut.

CANDIDA *lächelt Eugene zuversichtlich an:* Oh, da besteht keine Gefahr. Er hat es gelernt zu leben, ohne glücklich zu sein.

MARCHBANKS Ich begehre nicht mehr, glücklich zu sein; das Leben ist edler als Glück. Pastor James, ich gebe Ihnen mein Glück mit beiden Händen, ich liebe Sie, weil Sie das Herz der Frau erfüllen, die ich geliebt habe. Leben Sie wohl. *Er geht auf die Tür zu.*

CANDIDA Ein letztes Wort. *Er bleibt stehen, aber ohne sich ihr zuzuwenden. Sie geht zu ihm.* Wie alt sind Sie, Eugene?

MARCHBANKS So alt wie die Welt. Heute morgen war ich achtzehn.

CANDIDA Achtzehn! Wollen Sie um meinetwillen aus den zwei Sätzen, die ich Ihnen jetzt sagen werde, ein kleines Gedicht machen? Und wollen Sie mir versprechen, es sich aufzusagen, sooft Sie an mich denken?

MARCHBANKS *ohne sich zu rühren:* Sagen Sie die Sätze.

CANDIDA Wenn ich dreißig bin, wird sie fünfundvierzig sein. Wenn ich sechzig bin, wird sie fünfundsiebzig sein.

MARCHBANKS *wendet sich ihr zu:* In hundert Jahren werden wir beide gleich alt sein. Aber ich trage in meinem Herzen ein besseres Geheimnis. Lassen Sie mich jetzt gehen. Die Nacht draußen wird ungeduldig.

CANDIDA Leben Sie wohl. *Sie nimmt sein Gesicht in ihre Hände; er errät ihre Absicht und fällt auf die Knie, sie küßt ihn auf die Stirn. Dann flieht er in die Nacht hinaus. Sie dreht sich zu Morell um und streckt ihm ihre Arme entgegen.* Ach, James! *Sie umarmen sich. Aber das Geheimnis im Herzen des Dichters kennen sie nicht.*

Ein außergewöhnlich gewöhnliches Stück

Interview, von Shaw selbst entworfen; publiziert in *The New Budget* vom *4. April 1895*

Mit zu den schwierigsten Dingen in London gehört es, Bernard Shaw in einer Mußestunde zu erwischen, ihn auf einem Sessel festzuhalten und ihn geistig »zur Ader zu lassen«. Denn wenn er nicht gerade eigene Stücke schreibt, verfaßt er Kritiken über die anderer Leute; und wenn er weder das eine noch das andere tut, weist er der Demokratie den Weg ins Gelobte Land, wo jeder ein Huhn im Topf hat und kein Mensch seinen Genossen ausbeutet. Als ich Mister Shaw neulich antraf, hatte er soeben zwei Vorträge gehalten und einen Stoß neuer Manuskripte überarbeitet. Er sank auf einen Stuhl und sagte:

»Ich bin der faulste Mensch in London, ehrlich.«

»Das haben Sie mir schon mal erzählt«, sagte ich. »Erzählen Sie mir jetzt bitte etwas über *Candida.* Aus der Presse von heute morgen schließe ich, daß sich das ganze Stück um die Frage dreht, ob ein Mann, der Altruist und Sozialist ist, seine Frau einem anderen Mann überlassen sollte, der behauptet, sie zu wollen – wobei immer davon ausgegangen wird, daß auf seiten der Frau kein aktiver Widerstand geleistet wird. Ist dem so?«

Shaw hatte die Besprechung noch nicht gesehen. Ich reichte ihm das Blatt. »Das ist so zutreffend wie die meisten Zeitungsbeschreibungen eines Theaterstücks«, antwortete er nach ein paar Augenblicken. »Das heißt, gewitzt gesagt, aber genau das Gegenteil der eigentlichen Position. Es folgt einer völlig falschen Fährte.«

»Vielleicht können Sie mir auf die richtige helfen. Was ist der Zweck des Stückes?«

»Es hat keinen Zweck.«

»Nun denn – von was handelt es?«

»Es hat keine Handlung.«

»Dann also Personen?« Ich ließ nicht locker, nach dem Motto »steter Tropfen ...«

»Genau das! Es charakterisiert Menschen und hat Dialoge – gehaltvolle Dialoge.«

»Die Heldin ist verheiratet mit einem East-End*-Pastor, nicht wahr? Was ist so Besonderes an dieser Art von Geistlichem?«

»Ich habe einen Typus gewählt, der, soweit ich weiß, auf der Bühne bis jetzt noch nicht ernst genommen wurde. Ich meine den christlichen Sozialisten, Mitglied der Gilde von Sankt Matthäus, Erneuerer der Anglikanischen Kirche, kurz: einen Mann, den man als Mitarbeiter von Canon Shuttleworth, Hochwürden Stewart Headlam oder bei der fortschrittlichen Garde der *Christian Social Union* finden würde.«

»Und die anderen Personen?«

»Die dritte Hauptrolle – insgesamt sind es nur sechs – ist Eugene Marjoribanks**, ein junger Dichter. Er liebt Candida, die Frau des Pastors, und sagt diesem das ziemlich zu Anfang des Stückes. Die Handlung – soweit es eine gibt – besteht vorwiegend aus den hartnäckigen Anläufen Eugenes, das Objekt seiner Bemühungen zu erlangen, und aus der wachsenden Angst Morells – des Pastors –, daß Eugene Erfolg haben könnte. Hinzu kommt natürlich die Verhaltensweise Candidas, die durch ihr Benehmen, ohne es zu wollen, das Unbehagen ihres Ehemannes noch verstärkt.«

»Das ist ja recht abgedroschen, ein Gemeinplatz«, sagte ich enttäuscht.

»Durchaus«, sagte Shaw vergnügt. »Das eben ist es ja! Aber reisen Sie mal nach New York und schauen Sie sich das Stück an, Sie werden es nicht langweilig finden.«

»Und wie geht es aus?«

»Sehen Sie, die ganze Zeit über herrscht ein starker Kontrast zwischen Morell – dem stämmigen, gut gefütterten und all-

* Londoner East End: eine arme und verwahrloste Gegend.

** Marjoribanks: später Marchbanks

täglichen Kumpel, dem Mittelmaß – und Eugene, dem Dichter, der ein wahrhaftes Genie ist. Ich lasse ihn Dinge sagen, die beweisen, daß er ein Genie ist.«

»Ich verstehe.«

»Und der Kontrast wird erst recht betont durch den Umstand, daß Morell, obwohl äußerlich kräftig, in Wirklichkeit schwach ist, und Eugene, bei all seiner Zerbrechlichkeit und poetischen Schwärmerei, in Wirklichkeit stark.«

»Und was entsteht daraus, wozu führt der Kontrast?«

»Es würde zu lange dauern, das im einzelnen zu erklären; außerdem würde ich dadurch mein Stück verraten. Ich kann Ihnen aber sagen, daß Morell sich schließlich aufrafft, seine Frau zu bitten, zwischen den beiden Männern zu entscheiden – in Gegenwart von Eugene. Und das tut er auch, und die Frau antwortet, daß sie sich für den Schwächeren entscheide. Einen Augenblick lang glaubt der Ehemann, sie meine Eugene. Aber Eugene weiß es besser. Er weiß, daß er der Stärkere ist – und geht.«

»Die Frau bleibt also bei ihrem Mann?«

»Genau.«

»Wie lächerlich abgedroschen!«

»Ach«, sagte Shaw, ziemlich erschöpft, »Sie kapieren nicht, worum es geht. Ich dachte schon, Sie würden.«

»Jetzt aber mal ernst! Sagen Sie mir doch, warum das Stück in Amerika richtig inszeniert wird und wir nur mit einer ›copyright-performance‹* abgespeist werden.«

»Weil Mister Mansfield** der erste war, sich die Aufführung zu sichern. Außerdem stellt uns der entscheidende Part vor gewisse Schwierigkeiten, wie Sie erkannt haben werden. Es ist ja die Rolle eines Jugendlichen, eines ›Teenagers‹, der ziemlich fragil und auch noch unmännlich sein soll. Die

* Rein formale Aufführung des Stückes oder auch nur öffentliche Lesung der Rollen zur übersichtlicheren Handhabung der Autoren- bzw. Verlagsrechte im eigenen Land.

** Richard Mansfield, amerikanischer Schauspieler und Theater-Manager (1857–1907).

Schwierigkeit war, in London einen Schauspieler und Manager in einer Person zu finden, dessen körperliche und darstellerische Vorzüge der entsprechenden Verjüngung standhielten. Von allen Seiten wurde Mister Esmond vorgeschlagen. Und ich zweifle nicht daran, daß er die Rolle vorzüglich gespielt hätte. Leider aber ist Mister Esmond kein Schauspieler und zugleich Manager. Mansfields Fähigkeiten zur Selbstverwandlung sind phantastisch. Auch war er bemerkenswert erfolgreich in *Helden*. So kam es, daß *Candida*, noch ehe wir hier über das Stadium der Verhandlungen hinaus waren, von Mister Mansfield in New York schon angenommen und auf den Spielplan gesetzt wurde.«

»Aber das schließt eine unabhängige Inszenierung hierzulande doch nicht von vornherein aus?«

»Sie vergessen Candida selbst – eine Rolle von äußerster Wichtigkeit in dem Stück. Ich habe es zur absoluten Bedingung gemacht, daß der Part mit Miss Janet Achurch besetzt werden soll. Doch leuchtet es ja wohl ein, daß sie nicht zur gleichen Zeit auf beiden Seiten des Atlantiks spielen kann. Und deshalb wird das Stück, wenn es in New York Erfolg hat, auch in London mit Janet Achurch und Mister Mansfield, unter Leitung des letzteren, gespielt werden.«

»Und ansonsten von einer amerikanischen Truppe?«

»Nein. Die vier anderen Rollen werden in diesem Fall von bekannten Londoner Schauspielkünstlern übernommen.«

»Sie werden die Frage entschuldigen – aber hatten Sie irgendwelche Probleme mit der Zensur?«

»Überhaupt keine. Mister Redford [der zuständige Beamte] schrieb sogar einen Brief an den Theaterdirektor von South Shields*, in welchem er ihn warnte, daß die delikatesten Situationen in meinem Stück viel zu grob, ja verdorben würden, wenn man meine Anweisungen nicht treulich befolgte. Ich bin ihm dafür unendlich verpflichtet. Ja, ich gebe sogar zu, es genügt beinahe, mich in meinem Kreuzzug gegen seine

* In South Shields hatte die copyright-performance stattgefunden.

Behörde zu entwaffnen. Aber wissen Sie, mein Stück ist auch wirklich vollkommen harmlos. Hochwürden Hugh Price Hughes würde es durchgehen lassen, ohne mit der Wimper zu zucken. Warten Sie nur, bis ich mein anderes Stück einsende – *Frau Warrens Beruf*. Das wird die Zensoren auf den Prüfstand stellen. Und auch das Publikum wird es aufrütteln.«

»Was für ein Beruf ist das?«

»Der älteste.«

»Ah! Und haben Sie vor, einen Antrag auf Zulassung zu stellen.«

»Ja, und wenn man sie mir verweigert, werde ich daraus wieder eine fürchterliche Predigt gegen die Zensur machen. – Aber sagen Sie mir doch, was halten Sie nun von *Candida?«*

»Es scheint mir«, entgegnete ich, »ein sehr gewöhnliches Stück zu sein.«

»Genau das ist es«, sagte Shaw und erhob sich, um zu gehen. »Seine außergewöhnliche Gewöhnlichkeit macht es zum außergewöhnlichsten Stück aller Zeiten.«

Und damit verschwand er. Doch hatte er noch nicht den Treppenabsatz erreicht, da fiel mir plötzlich das besondere Datum des Tages ein. Es war Montag, der erste April. Vielleicht war das reiner Zufall, aber trotzdem – wie dem auch sei, ich hatte nichts, das ich mir hätte leisten können ihm nachzuschleudern. Deshalb habe ich dies geschrieben.

Anmerkung des Verfassers
(Zur Inszenierung von *Candida* am Globe Theatre, London, 10. Februar 1937)

Da Candida mittlerweile über vierzig Jahre alt ist, sind die Umstände ihrer Geburt ziemlich in Vergessenheit geraten. Lassen Sie mich einige davon in Erinnerung rufen. In den neunziger Jahren des letzten Jahrhunderts wankte das Theater unter der Erschütterung, die ihm der große norwegische Dramatiker Henrik Ibsen mit seinem plötzlichen Durchbruch versetzt hatte, zu einer Zeit, als es sich in einem für uns Heutige unglaublichen Zustand unfruchtbarer Verbrauchtheit und Abgelöstheit vom kulturellen Leben unseres Landes befand. Das spezielle Stück, das ihm als Speerspitze seines Angriffs diente, war das berühmte *Nora oder Ein Puppenheim*, jenes Wohnheim eines Gentleman mit allen Vorstellungen und Eigenschaften des perfekten Helden der theatralischen Romantik jener Tage und seiner bezaubernden jungen Frau samt ihren lieben Kinderchen. *Nora* begann mit dem Happy End aller damals kursierenden Salon-Komödien. Und die Entwicklung des Stückes zeigte unbarmherzig, daß der Held moralisch ein Geck war, eitel, eingebildet, selbstsüchtig und in Notlagen erbärmlich klein; während es die bezaubernde Ehefrau schließlich in der restlosen Überzeugung zurückließ, daß sie nur eine hübsche Puppe ihres Mannes war und ganz untauglich, für ihre Kinder, ja überhaupt für irgend etwas zu sorgen, so daß sie das Spiel nicht mehr mitmachte und am Ende des Stückes aus dem Haus lief und die Tür hinter sich zuschlug, um herauszufinden, wie die Welt wirklich ist.

Dies schreckte Europa auf und empörte die dummen alten Theaterleute so sehr, daß sie nicht merkten, daß die Dramatiker von nun an genötigt waren, eine neue strukturelle Besonderheit einzuführen. Die alte Regel für den Stückeschreiber war, die »Situation«, die den Höhepunkt seiner Geschichte darstellte, in die vorletzte Szene des letzten Aktes zu verlegen und dann das Publikum mit einem angedeuteten Happy End im letzten Akt, so gut er es eben konnte, gefaßt aus dem Hause gehen zu lassen. Nicht so Ibsen. Seine damals verblüffende Innovation war erstens, daß er die Geschichte ganz zu Ende führte, und zweitens, daß er den Vorhang nicht mehr möglichst schnell fallen ließ, sondern die Personen auf der Bühne noch zu einem Gespräch zusammenbrachte, in dem sie die Moral aus der Geschichte ziehen konnten.

Eben dies geschieht auch in *Candida;* und noch im Jahre 1895 war es so ungewöhnlich, daß selbst eine so große, geistig aufgeschlossene Schauspielerin wie Ellen Terry mir sagte, es sei ganz und gar unmöglich, eine Bühnenheldin, wenn das Publikum schon an seine Hüte und Mützen denke, noch ruhig sagen zu lassen: »Wir wollen uns setzen und wie drei Freunde ruhig darüber sprechen.«

Als aber die erste Erschütterung über diese Innovation vorüber war und die Theaterbesucher entdeckten, daß so ein Gespräch der interessanteste Teil des Stückes sein konnte, sah man darin schon bald keine separate und formal angekündigte Eigenart mehr, kurz vor dem letzten Vorhang, sondern dehnte es über das ganze Stück hin aus und führte das Drama damit auf die klassische Gepflogenheit Shakespeares und der alten Griechen zurück.

Das Publikum jedoch kümmert sich nicht um technische Fragen: Was an *Candida* vor vierzig Jahren überraschte, war, daß es den Spieß gegen das *Puppenheim* umdrehte. Die Karten stehen nicht mehr schlecht für den Ehemann, wie in Ibsens Stück, ja, er ist sogar fraglos ein echter und guter Kerl von hochstehendem Charakter und selbstlosem Geist, aber dennoch zeigt sich unwiderstehlich, daß *er* zu Hause das Schoßtier und Püppchen ist und daß seine Frau den Laden schmeißt und all seine Triumphe in der Öffentlichkeit erst möglich macht. Folglich hat *Candida* mir vor 40 Jahren viele Frauenfreundschaften eingebracht und einige wenige Männerfeindschaften (von seiten der weniger Großmütigen ihres Geschlechts).

Ich habe keine Angst, das Stück könne sich als veraltet erweisen, obwohl manche der ersten Zuschauer zweifellos in dieser Verfassung waren. Ein Stück, das keine 40 Jahre überdauert und dadurch um so besser wird, ist nicht wert, daß man es schreibt.

11. Dezember 1936 G.B.S.

Anhang

Editorische Notiz

Auf seine sogenannten *Plays Unpleasant*, die *Unerquicklichen Stücke* mit den drei Titeln *Die Häuser des Herrn Sartorius, Der Liebhaber* und *Frau Warrens Beruf*, in denen Shaw bittere Kritik an der (englischen) Gesellschaft kurz vor der Jahrhundertwende geübt hatte und auf entsprechend wenig Gegenliebe gestoßen war, folgten ab 1894 seine *Erquicklichen Stücke*, die solcher Kritik zwar keineswegs entsagten, sie aber in Szenen allgemein wirksamer Situationskomik oder angenehmer Stimmungen verpackten, so daß der Ernst der Sache wenigstens Spaß machte bzw. mehr indirekt zum Ausdruck kam. Was heute als typisch für das dramatische Werk Shaws gilt, das beginnt mit diesen »erquicklichen Stücken«: das Unangenehme erhält einen hohen Unterhaltungswert, ist scheinbar heiter und entspannend zu rezipieren. Gleich das erste, *Helden*, erobert noch im Entstehungsjahr das Londoner Theaterpublikum und macht den Autor mit einem Schlag bekannt, sogar bis nach Übersee, wo der engagierte amerikanische Schauspieler und Theaterdirektor Richard Mansfield sich schon bald für den noch unbekannten Iren einsetzt und *Helden* in New York inszeniert. Mansfield ist es auch, der das unmittelbar nach *Helden* entstandene Stück *Candida* zur Aufführung bringt, lange bevor es sich in England durchsetzen kann. Mit diesem so ganz anderen Drama, das wenig zu lachen, wenig Handlung – geschweige denn Situationskomik –, dafür überwiegend Dialoge bot, tat sich das englische Publikum fast so schwer wie mit den »Unerquicklichen Stücken«.

Der Originaltitel von *Helden: Arms and the Man* ist eine Anspielung auf die Anfangszeilen der *Aeneis* von Vergil »Arma virumque cano...« Shaw beginnt mit der Konzeption am 26. November 1893, zunächst noch ganz ohne Bezug auf den serbisch-bulgarischen Krieg von 1885/86, und beendet die Komödie am 30. März 1894. Schon am 21. April 1894 findet die Uraufführung des Stückes am Avenue Theatre in London statt, unter Leitung der Schauspielerin und neuerlichen Theaterdirektorin Florence Farr, einer Freundin Shaws, die finanzielle Unterstützung durch eine Mäzenatin namens Emma Horniman erhalten hatte und sich, wie Shaw, politisch in der sozialistischen »Fabian Society« engagierte. Shaw und Florence Farr waren jahrelang eng befreundet, dachten vorübergehend sogar an eine Heirat, wie Michael Holroyd – derzeit bester Kenner des Lebens und Autor der umfangreichen Biographie Shaws, die zur Zeit in England zu erscheinen beginnt – anhand von eigenhändigen Aufzeichnungen Shaws inzwischen nachweisen konnte.

Obwohl *Helden* ein erstaunlicher Publikumserfolg war, konnten sich die professionellen Kritiker mit der unernsten Behandlung einer so ernsten Sache wie der Kriegsmoral jedoch nicht anfreunden, so daß Shaw dem Lustspiel manche Erklärung nachschicken mußte. Aber auch das Vergnügen des Publikums beruhte anfangs auf einem Paradox: Angeblich hatten die Schauspieler das Stück nicht verstanden und ihre Rollen todernst und pathetisch interpretiert, wofür sie dann wahre »Lachstürme der Begeisterung« ernteten, wie Peter de Mendelssohn, Verfasser einer Shaw-Bildbiographie, zu berichten weiß: »Jetzt glaubten die Darsteller, das Stück sei anscheinend doch als Komödie gedacht, und spielten es von der zweiten Aufführung ab ›auf Lacher‹, mit dem Ergebnis, daß sein ironischer Humor nicht zündete und es nach fünfzig Vorstellungen abgesetzt werden mußte. Immerhin war zumindest die Premiere ein Riesenerfolg gewesen; nur ein Zischer war zu hören gewesen. Als Shaw sich vor dem Vorhang zeigte, verbeugte er sich gegen den Zischer und sagte: ›Ich bin mit Ihnen ganz einer Meinung, mein Herr, aber was können wir zwei gegen so viele ausrichten?‹«

Um den Vorwürfen und Mißverständnissen zu begegnen, wurde Shaw nicht müde, Verständnishilfen zu geben, teils zur eigenen Rechtfertigung, teils aber auch, weil es ihm willkommener Anlaß war, sich Einzelaspekten zu widmen, die der Dialog auf der Bühne nicht zugelassen hätte. Eine charakteristische Auswahl seiner Entgegnungen haben wir in diesen Band aufgenommen. Schon die relativ kurzen Texte lassen erkennen, daß Shaw nicht ungern auf Vorwürfe eingeht. Jede Kritik ist für ihn nur ein Mittel mehr, die eigene Argumentation zu präzisieren. Später wird er – was er jetzt noch als Zumutung von sich weist – tatsächlich immer wieder elaborierte Vorreden den Buchausgaben seiner Stücke beigeben, mitunter meisterhafte Essays, die als völlig separate Abhandlungen gelesen werden können und hier und da sogar umfangreicher sind als die Dramen selbst.

Mit am empfindlichsten getroffen war Shaw im Zusammenhang mit *Helden* durch den Vorwurf mancher Kritiker, er habe das bulgarische Volk beleidigt, weil er ihm den vertrauten Umgang mit Wasser und Seife abgesprochen habe. Spätestens bis 1920 hatte sich Shaw zwar auch auf der bulgarischen Bühne, besonders am Theater von Sofia, durchgesetzt, und für Stücke wie *Candida* schlugen ihm wahre Sympathiewellen entgegen, doch war die fixe Idee, *Helden* als ein antibulgarisches Stück zu

sehen, offiziell nicht auszulöschen. Die größte Erleichterung in dieser für ihn sehr unbehaglichen Angelegenheit erfuhr Shaw auch hier wieder durch das Theater- und Lesepublikum. Stellvertretend für andere sei aus den Erinnerungen einer bulgarischen Literaturfreundin und Briefpartnerin Shaws zitiert, die sich lebenslang für sein Werk und die Anerkennung seiner Person einsetzte und ihn im Jahre 1924 u.a. auf die nicht ganz korrekte Aussprache des Namens Raina hinwies:
»Eines der Stücke, die ich in meinem eigenen Land nie hätte aufgeführt sehen können, war *Helden*, das Stück, das wir Bulgaren das ›antibulgarische‹ zu nennen pflegten. Dies war natürlich reiner Unsinn. In dem Stück wurden ja nur, wie allgemein in Shawschen Stücken, gewisse militärische und heroische Momente lächerlich gemacht... Die Aufführung von *Helden* in Berlin, Theater am Kurfürstendamm, weckte in mir ein paar Fragen zur Faktengenauigkeit im Zusammenhang mit dem Alltag meines Landes im ersten Jahrzehnt nach dem Sturz der fünfhundert Jahre währenden türkischen Vorherrschaft, und so schrieb ich GBS einen Brief. Niemals hätte ich erwartet, daß er mir antworten würde. Die folgenden Worte – in seiner wunderbaren Handschrift – sind ein Beweis für Shaws überaus zuvorkommende und höfliche Art, auf völlig fremde und ganz unbedeutende Menschen einzugehen: ›Ich sage immer Ra-í-na, aus purer Ignoranz. Da ich den Namen von Stepniak, einem Russen, habe, war ich nicht einmal sicher, ob es ein echt bulgarischer Name ist. Danke für die Richtigstellung und für Ihre Bestätigung, daß Lernende – nun ja, eben nur Lernende sind. G. Bernard Shaw‹ (auf einer Postkarte vom 11. Oktober 1924... Für mich war dieser gute alte Mann ein Segen in unserer armen Welt, die drauf und dran ist, vollends den Verstand zu verlieren.« (Zlatka Kermektchieva, rückblickend im Jahre 1950, zum Tode Bernard Shaws.)
Mehr als dreißig Jahre nach seinen anfänglich so großen Erfolgen war *Helden* noch immer oder (in Deutschland) schon wieder ein anstößiges Stück, das schärfsten Attacken ausgesetzt blieb. Zur Zeit der Weimarer Republik hieß es in einer Theaterkritik vom 23.4.1929: »Sollte es nicht allmählich so weit sein, daß Bernard Shaw wenigstens als Bühnendichter aus der Mode kommt... Daß Shaw in einer Zeit, die den Ernst der Wirklichkeit nicht kannte, den Helden als angehimmeltes Backfischideal entthronte, hatte seine gute Berechtigung. Inzwischen aber haben wir alle echtes Heldentum von unechtem unterscheiden gelernt, wir erfahren also auf dem Umwege über die Satire nichts Neues und finden, daß die Komödie heute offene Türen einrennt.« Der Skeptiker Shaw glaubte

jedoch nach wie vor nicht an diese »offenen Türen« und fühlte sich lieber mißverstanden, als daß er den Mund gehalten hätte. Ihm ging es um eine Wirklichkeit, deren realistisches Vorbild er im *Don Quijote* gefunden hatte und mit der sich auseinanderzusetzen er keineswegs für überflüssig erachtete.

Bis zur Langweiligkeit »wirklich«, ja als »Gemeinplatz« und absolut nicht theaterhaft, wurde sein nächstes Stück *Candida* empfunden, eine Umkehrung von Ibsens *Nora. Candida* entstand in der Zeit vom 2. Oktober bis 7. Dezember 1894 und ist der Schauspielerin Janet Achurch gewidmet, die Shaw, trotz aller damit verbundenen Schwierigkeiten, unbedingt in der Titelrolle haben wollte. Ihr, die ihn zuvor in der Rolle der Nora nachhaltig beeindruckt hatte und die mit dem Schauspieler Charles Charrington Martin wenig glücklich verheiratet war, fühlte er sich in schwärmerischer Zuneigung verbunden, und es ist nicht allzu weit hergeholt, wenn man in den jungen Dichter Marchbanks, der am Ende des Stückes auf Candida verzichtet, Züge des Autors hineininterpretiert (obwohl dieser stets gegen solche Vergleiche heftig protestierte). Weitere Vorbilder für die *reine* Pastorsgattin – Candida = die Reine – können wir in der von Shaw ebenfalls hochverehrten Schauspielerin Ellen Terry (1848–1928) finden, deren überlegene Güte, mütterliche Ausstrahlung und Erfahrenheit ihm jahrzehntelang Halt und Ansporn gaben. (Eigens für Ellen Terry wird er später sein Drama *Kapitän Brassbounds Bekehrung* schreiben.) Das dritte lebende Vorbild für Candida war vermutlich May Morris, Tochter von William Morris und in problematischer Ehe mit Henry Halliday Sparling verheiratet; im Jahre 1893 hatten Shaw und May in enger Beziehung gestanden, die »wahrscheinlich glücklichste Zeit im Leben aller drei«, wie Shaw über diese ménage à trois urteilen wird, obwohl Sparling diesem eigenartigen »Glück« ein Ende setzte, seine Frau verließ und nach Paris übersiedelte. – Für alle drei Frauen jedenfalls traf zu, daß der größte Fehler in ihrem Leben ihr Ehemann war, daß sie selbst aber das »Mysterium der Ehe«, von dem Shaw später im Hinblick auf seine eigene Ehe mit Charlotte Payne-Townshend sprechen wird, nicht von sich aus gefährden wollten.

Candida hielt Shaw nicht immer für eines seiner großen Werke. Jahre danach distanzierte er sich hier und da von dieser Huldigung an die »reine mütterliche Frau«, die, wie er an Ellen Terry schrieb, im Grunde »niemand anderes ist als die Jungfrau Maria«. Das »moderne präraffaelitische Stück« erschien ihm zu emotional, zu romantisch, zu verklärend. Auch die meisten seiner Freunde konnten nichts damit anfangen.

Beatrice Webb bezeichnete die Pastorenfrau Candida sogar als eine »sentimentale Prostituierte«, und der Schauspieler George Alexander fand das Ganze schlichtweg »unspielbar«; wie viele Theaterleute, kritisierte er im wesentlichen das Formale. Auch Ellen Terry hatte Bedenken, war aber so sehr vom Inhalt bewegt, daß sie nichtsdestoweniger hingerissen war und an Shaw schrieb: »Ich habe mir die Augen über Dein schreckliches, Dein himmlisches Stück ausgeweint...« Allein Shaws Entdecker und Förderer, sein Freund William Archer (1856–1925), Ibsen-Übersetzer und namhafter Theaterkritiker, nannte *Candida* »das Werk eines Genies«.
Das Stück gelangte erst 1897 zu einer (erfolglosen) Provinzaufführung in Aberdeen, nachdem Shaw am 30. März 1895 lediglich eine nichtöffentliche »Copyright Performance« am Royal Theatre in South Shields arrangiert hatte. Interessierter zeigte sich der rührige Richard Mansfield in New York, der *Candida* mit Janes Achurch in der Titelrolle inszenieren wollte, doch sagte ihm die Schauspielerin gar nicht zu, und bald schon wechselte er in dieser Angelegenheit geradezu wütende Briefe mit Shaw. Am Ende scheiterte das Projekt. Nach einem abermaligen Versuch in England mit einer einzigen Aufführung des Strand Theatre, London, am 1. Juli 1900 schien *Candida* schließlich vollends durchgefallen zu sein – bis 1902 der österreichische Schriftsteller und spätere Shaw-Übersetzer Siegfried Trebitsch durch Vermittlung von William Archer Shaw persönlich kennenlernte, seine Stücke las und besonders von *Candida* so angetan war, daß er Shaws Dramen ins Deutsche übersetzen und an deutschsprachigen Bühnen unterbringen wollte. Man verabredete, Trebitsch ein Jahr Zeit zu lassen: Wenn es ihm bis dahin gelang, sowohl die Übersetzungen von drei Stücken seiner Wahl (es waren *Der Teufelsschüler*, *Helden* und *Candida*) als auch wenigstens eine Inszenierung zustandezubringen, sollte 1903 ein Generalvertrag zwischen Shaw und ihm abgeschlossen werden, der ihm künftig die Übersetzungsrechte sicherte und 50% der eingespielten Tantiemen garantierte. Es gibt in der Literaturgeschichte kaum ein großzügigeres Angebot eines Autors an seinen Übersetzer, doch war der Arbeitsdruck andererseits so immens, daß er viele von vornherein abgeschreckt hätte. Trebitsch schaffte das Unmögliche. Er legte die drei Übersetzungen vor, erreichte die Publikation der Stücke bei Cotta in Stuttgart, wo 1903 der Band *Drei Dramen* erschien, und auch die Inszenierung aller drei Titel: 1903 *Der Teufelsschüler* (Wien) und *Candida* (19. Nov. in Berlin), 1904 *Helden* (ebenfalls Berlin). Mit diesen Aufführungen begann Shaws Siegeszug an den deutschspachigen

Theatern, der ihm den Beinamen »König der deutschen Bühne« und mehr Anerkennung hierzulande einbrachte als in seiner Wahlheimat England, geschweige denn in seiner wirklichen Heimat Irland. Selbst ein romantisches Stück wie *Candida* konnte nämlich, bei aller präraffaelitischen Stimmung und Sprache, seinen unromantischen Urheber, den Aufklärer, puritanischen Moralisten und sozialistischen Wahlredner der 1884 von ihm mitgegründeten »Fabian Society« nicht verleugnen, der unerbittliche Maßstäbe an private wie gesellschaftliche Vorbedingungen des Glücks legte, etwa wenn er seinen Pastor Morell sagen läßt: »Ein guter Mensch fühlt, daß er dem Himmel jede Stunde Glück mit einem gerüttelten Maß an harter, selbstloser Arbeit zum Wohle anderer zurückzahlen muß. Wir haben ebensowenig ein Recht, Glück zu konsumieren, ohne welches zu produzieren, wie wir Güter konsumieren dürfen, ohne welche zu produzieren.«

Zeittafel

Die Jahreszahlen bezeichnen, wo nicht anders vermerkt, immer die Entstehungszeit der jeweiligen Werke (nicht deren Publikation). Es sind nur die wichtigsten Titel aufgeführt. Die zahllosen politischen Schriften, Kritiken und allgemeinen Essays sowie die kleinen Stücke und die umfangreichen Briefwechsel mit namhaften Zeitgenossen können in diesem Rahmen aus Platzgründen nicht berücksichtigt werden.

1856 Am 26. Juli wird *George Bernard Shaw*, kurz G. B. S. genannt, als drittes Kind und einziger Sohn von George Carr Shaw und Lucinda Elizabeth Shaw geb. Gurly in Dublin geboren. (Der Autor verzichtet später auf den ersten Vornamen, wahrscheinlich aus Protest gegen den Vater.)

1871–1876 Fünfzehnjährig muß Shaw die Schule verlassen, um Geld zu verdienen, da die Familie verarmt und sich allmählich entfremdet. Arbeit im Büro eines Grundstücksmaklers, autodidaktische Weiterbildung. Die Mutter siedelt mit den beiden Töchtern um nach London.

1876 Shaw folgt seiner Mutter nach London, verdient seinen Lebensunterhalt mit Gelegenheitsarbeiten, u. a. als Klavierspieler und Journalist.

1879 Shaw erhält eine feste Anstellung bei der Edison Telephone Company; Besuch politischer Versammlungen, Eintritt in die »Zetetical Society« (eine freie Vereinigung mit Diskussionsabenden zu gesellschaftlichen, politischen und philosophischen Fragen), in der er sich als Vortragsredner übt. Der erste Roman *Immaturity* (deutsch: *Unreif;* früher u. d. T. *Junger Wein gärt*) entsteht. Mehrere Verlage lehnen eine Veröffentlichung ab. (1930 wird das Buch erstmals publiziert.)

1880–1883 Shaw schreibt vier weitere Romane in seiner Freizeit: *The Irrational Knot* (deutsch: *Die törichte Heirat), Love among the Artists* (deutsch: *Künsterliebe), Cashel Byron's Profession* (deutsch: *Cashel Byrons Beruf*) und *An Unsocial Socialist* (deutsch: *Der Amateursozialist)*, die aber erst ab 1894 in den Zeitschriften *To-Day* und *Our Corner* zum Abdruck gelangen.

1884 Shaw tritt der neu gegründeten sozialistischen »Fabian Society« (Gesellschaft der Fabier) bei, der er 27 Jahre lang als provokatorischer Wortführer angehören wird; Beginn der Freundschaft mit Beatrice und Sidney Webb, William Archer (der Shaw entscheidend fördert), Florence Farr, Annie Besant u. a. m.

1885 Tod des Vaters.

BIS 1894 zahlreiche Buchrezensionen, Kunst- und Musikkritiken; Mitarbeit an der namhaften *Pall Mall Gazette;* Arbeit an *Widower's Houses* (deutsch: *Die Häuser des Herrn Sartorius*), Shaws erstem Stück, das 1892 uraufgeführt wird. Unter dem Pseudonym Corno di Bassetto schreibt Shaw vielbeachtete Musikkritiken für *The Star* und *The World* und engagiert sich mit Vorlesungen und Vorträgen zu sozialen und volkswirtschaftlichen Themen.

1891 Ibsen-Brevier *The Quintessence of Ibsenism.*

1893 *The Philanderer* (deutsch: *Der Liebhaber*).

1894 *Mrs. Warrens Profession* (deutsch: *Frau Warrens Beruf*), *Arms and the Man* (deutsch: *Helden*) und *Candida.*

1895–1898 Arbeit als Theaterkritiker für *The Saturday Review* unter Frank Harris.

1895 *The Man of Destiny* (deutsch: *Der Mann des Schicksals;* früher u. d. T. *Der Schlachtenlenker*).

1895–1896 (mit Unterbrechung) *You Never Can Tell* (deutsch: *Man kann nie wissen*), das ab 1899 ein Publikumserfolg wird.

1896 Arbeit an *The Devil's Disciple* (deutsch: *Der Teufelsschüler*; früher u. d.T. *Ein Teufelskerl*). Das Stück wird

1897 in New York uraufgeführt und verschafft seinem Autor den ersten großen Durchbruch als Dramatiker mit internationaler Resonanz.

1897–1903 Stadtrat von St. Pancras/London.

1898 Heirat mit Charlotte Frances Payne-Townshend, die ebenfalls aus Irland stammt. Entstehung von *Caesar und Cleopatra* (deutsch: *Cäsar und Cleopatra*), *Captain Brassbound's Conversion* (deutsch: *Kapitän Brassbounds Bekehrung*) und des Wagner-Breviers *The Perfect Wagnerite*/Kommentar zum Ring der Nibelungen.

1901 Frankreich-Reise; Sommer in Dorset.

1901–1903 *Man and Superman* (deutsch: *Mensch und Übermensch*)

1902 Aufenthalt an der Küste von Norfolk.
Bekanntschaft mit seinem deutschsprachigen Übersetzer Siegfried Trebitsch, der Shaw binnen eines Jahres den Weg auf die Bühnen Deutschlands und Österreichs ebnen wird.

1903 Frühjahr: Italienreise; Sommer: Schottlandreise.

1904 *John Bull's Other Island* (deutsch: *John Bulls andere Insel), How He Lied To Her Husband* (deutsch: *Wie er ihren Mann belog*).

1905 Umzug nach Ayot St. Lawrence/Hertfordshire. In London behalten die Shaws eine Zweitwohnung, in der sie wöchentlich einige Tage verbringen.
Major Barbara.

1906 *The Doctor's Dilemma* (deutsch: *Des Doktors Dilemma;* früher u. d.T. *Der Arzt am Scheideweg).*

1907–1908 *Getting married* (deutsch: *Heiraten;* auch *(W)Ehe).*

1909 *The Shewing-Up of Blanco Posnet* (deutsch: *Blanco Posnets Erweckung*).
Misalliance (deutsch: *Mesallianz*).

1910 *Fanny's First Play* (deutsch: *Fannys erstes Stück*).

1912 *Androcles and the Lion* (deutsch: *Androklus und der Löwe); Pygmalion*; beide Stücke werden uraufgeführt in der deutschen Übersetzung in Berlin bzw. Wien, 1913.
Overruled (deutsch: *Es hat nicht sollen sein*).

1913 Tod der Mutter.
Freundschaft mit der Schauspielerin Stella Patrick Campbell.
Reisen nach Irland, Deutschland und Frankreich.
Great Catherine (deutsch: *Die große Katharina*).

1914 Shaw gilt in England als persona non grata, da er sich deutschfreundlich äußert; schreibt *Commonsense about the War* (deutsch: *Der gesunde Menschenverstand im Krieg*) (1914; deutsch 1919), eine umfangreiche Abhandlung, die ihn noch unbeliebter macht.

1916–1917 *Heartbreak House* (deutsch: *Haus Herzenstod*).

1918–1920 *Back to Methuselah* (deutsch: *Zurück zu Methusalem*): Fünf Stücke, zu spielen an fünf aufeinanderfolgenden Abenden.

1923 *Saint Joan* (deutsch: *Die heilige Johanna*).

1925 Nobel-Preis für Literatur.

1926 Shaw erhält den Nobel-Preis rückwirkend für 1925 verliehen; hatte zunächst die Annahme verweigert, willigt dann ein unter der Bedingung, daß er der offiziellen Feier nicht beiwohnen muß und das Geld zur Förderung des schwedischen und englischen Literatur- und Kunstaustausches verwendet wird.

1928 *The Intelligent Woman's Guide to Socialism and Capitalism* (deutsch: *Wegweiser für die intelligente Frau zum Sozialismus*

und Kapitalismus).
The Apple Cart (deutsch: *Der Kaiser von Amerika)*; das Stück wird
1929 in Warschau (14. Juli) uraufgeführt.
1931 *Too True to be Good* (deutsch: *Zu wahr, um schön zu sein).*
Rußlandreise.
1932 Reise nach Süd-Afrika.
The Adventures of the Black Girl in Her Search For God (deutsch: *Die Abenteuer des schwarzen Mädchens auf der Suche nach Gott;* früher u. d. T. *Ein Negermädchen sucht Gott).*
1933 USA-Reise.
Village Wooing (deutsch: *Ländliche Werbung).*
On The Rocks (deutsch: *Festgefahren).*
1934 Weltreise.
The Simpleton of the Unexpected Isles (deutsch: *Die Insel der Überraschungen).*
The Millionairess (deutsch: *Die Millionärin).*
1936 *Geneva* (deutsch: *Genf)*; Revision des Stückes 1939.
1936–1937 *Buoyant Billions* (deutsch: *Zu viel Geld)*; das Stück bleibt vorerst Fragment.
1938 Shaw erkrankt an perniziöser Anämie.
1938–1939 *In Good King Charles's Golden Days* (deutsch: *Die goldenen Tage des guten Königs Karl*; früher u. d. T. *Der gute König Karl*).
Aufzeichnung autobiographischer Miszellen u. d. T. *Shaw Gives Himself Away.*
1943 *Everybody's Political What's What* (deutsch: *Politik für Jedermann).*
Tod Charlotte Shaws (12. September).
1947 *Buoyant Billions* (deutsch: *Zu viel Geld*) beendet; das Stück wird
1948 in Zürich uraufgeführt.
Farfetched Fables (deutsch: *Phantastische Fabeln).*
1949 *Sixteen Self-Sketches* (deutsch: *Sechzehn selbstbiographische Skizzen)*; Revision der Texte von 1939 u. d. T. *Shaw Gives Himself Away.*
1950 Arbeit an *Why She Would Not,* einer Kurzkomödie, die unvollendet bleibt. 2. November: Bernard Shaw stirbt in seinem Haus in Ayot St. Lawrence an den Folgen eines Sturzes, den er sich Anfang Herbst bei Gartenarbeiten zugezogen hatte.

265/1/6.89

suhrkamp taschenbücher
Eine Auswahl

Bioy Casares: Der Traum der Helden. st 1185
Blackwood: Die gefiederte Seele. PhB 229. st 1620
– Der Tanz in den Tod. PhB 84. st 848
Blatter: Kein schöner Land. st 1250
– Die Schneefalle. st 1170
– Wassermann. st 1597
Böni: Ein Wanderer im Alpenregen. st 671
Bohrer: Ein bißchen Lust am Untergang. st 745
Brasch: Der schöne 27. September. st 903
Braun, V.: Gedichte. st 499
– Hinze-Kunze- Roman. st 1538
Bertolt Brechts Dreigroschenbuch. st 87
Brecht: Gedichte. st 251
– Gedichte für Städtebewohner. st 640
– Gedichte über die Liebe st 1001
– Geschichten vom Herrn Keuner. st 16
Brecht-Liederbuch. st 1216
Brentano, B.: Berliner Novellen. st 568
Broch: Die Verzauberung. st 350
– Der Tod des Vergil. st 296
– Die Schuldlosen. st 209
– Massenwahntheorie. st 502
Brod: Der Prager Kreis. st 547
Buch: Die Hochzeit von Port-au-Prince. st 1260
– Karibische Kaltluft. st 1140
Cain: Serenade in Mexiko. st 1164
Campbell: Der Heros in tausend Gestalten. st 424
Carossa: Der Arzt Gion. st 821
– Ungleiche Welten. st 521
Carpentier: Explosion in der Kathedrale. st 370
– Die Harfe und der Schatten. st 1024
Carroll: Das Land des Lachens. PhB 170. st 1247
Celan: Gesammelte Werke in fünf Bänden. st 1331/1332
Christo: Der Reichstag. st 960
Cioran: Syllogismen der Bitterkeit. st 607
Clarín: Die Präsidentin. st 1390
Cortázar: Album für Manuel. st 936
– Alle lieben Glenda. st 1576
– Bestiarium. st 543
– Rayuela. st 1462
Dorst: Merlin oder Das wüste Land. st 1076
Duras: Heiße Küste. st 1581
– Hiroshima mon amour. st 112
– Der Lastwagen. st 1349
– Der Liebhaber. st 1629
– Ein ruhiges Leben. st 1210
Eich: Fünfzehn Hörspiele. st 120
Eliade: Bei den Zigeunerinnen. st 615
– Kosmos und Geschichte. st 1273
– Yoga. st 1127
Eliot: Werke. 4 Bde.
Enzensberger: Gedichte. st 1360
– Der kurze Sommer der Anarchie. st 395
– Politische Brosamen. st 1132
Fanon: Schwarze Haut, weiße Masken. st 1186
Federspiel: Die Liebe ist eine Himmelsmacht. st 1529
– Die Märchentante. st 1234
– Massaker im Mond. st 1286

265/2/6.89

suhrkamp taschenbücher
Eine Auswahl

Federspiel: Paratuga kehrt zurück. st 843
Feldenkrais: Bewußtheit durch Bewegung. st 429
– Die Entdeckung des Selbstverständlichen. st 1440
Fleißer: Abenteuer aus dem Englischen Garten. st 925
– Ein Pfund Orangen. st 991
– Eine Zierde für den Verein. st 294
Franke: Der Atem der Sonne. PhB 174. st 1265
– Endzeit. PhB 150. st 1153
– Keine Spur von Leben. PhB 62. st 741
– Tod eines Unsterblichen. PhB 69. st 772
– Zone Null. PhB 35. st 585
Freund: Drei Tage mit James Joyce. st 929
Frisch: Gesammelte Werke in zeitlicher Folge. 7 Bde. st 1401-1407
– Andorra. st 277
– Herr Biedermann und die Brandstifter. Rip van Winkle. st 599
– Homo faber. st 354
– Mein Name sei Gantenbein. st 286
– Der Mensch erscheint im Holozän. st 734
– Montauk. st 700
– Stiller. st 105
Fromm / Suzuki / de Martino: Zen-Buddhismus und Psychoanalyse. st 37
Fühmann: 22 Tage oder Die Hälfte des Lebens. st 463
– Bagatelle, rundum positiv. st 426
Fuentes: Nichts als das Leben. st 343
Gabeira: Die Guerilleros sind müde. st 737
Gandhi: Mein Leben. st 953
García Lorca: Dichtung vom Cante Jondo. st 1007
– Das Publikum. Komödie ohne Titel. st 1207
Gauland: Gemeine und Lords. st 1650
Genzmer: Manhattan Bridge. st 1396
Ginzburg: Caro Michele. st 853
– Mein Familien-Lexikon. st 912
Goetz: Irre. st 1224
Goytisolo: Johann ohne Land. st 1541
– Rückforderung des Conde don Julián. st 1278
Gulyga: Immanuel Kant. st 1093
Handke: Die Angst des Tormanns beim Elfmeter. st 27
– Der Chinese des Schmerzes. st 1339
– Das Ende des Flanierens. st 679
– Kindergeschichte. st 1071
– Langsame Heimkehr. st 1069
– Die Lehre der Sainte-Victoire. st 1070
– Die linkshändige Frau. st 560
– Die Stunde der wahren Empfindung. st 452
– Über die Dörfer. st 1072
– Wunschloses Unglück. st 146
Hart Nibbrig: Spiegelschrift. st 1464
Hesse: Gesammelte Werke. 12 Bde. st 1600
– Berthold. st 1198

265/3/6.89

265/4/6.89

265/5/6.89

suhrkamp taschenbücher
Eine Auswahl

Lem: Waffensystem des 21. Jahrhunderts. PhB 124. st 998
Lenz, H.: Die Augen eines Dieners. st 348
– Ein Fremdling. st 1491
– Der Kutscher und der Wappenmaler. st 934
– Neue Zeit. st 505
– Der Tintenfisch in der Garage. st 620
– Der Wanderer. st 1492
Leutenegger: Gouverneur. st 1341
– Ninive. st 685
Lezama Lima: Paradiso. st 1005
Lovecraft: Azathoth. PhB 230. st 1627
– Der Fall Charles Dexter Ward. PhB 8. st 391
– Stadt ohne Namen. PhB 52. st 694
Majakowski: Her mit dem schönen Leben. st 766
Mayer: Außenseiter. st 736
– Ein Deutscher auf Widerruf. Bd. 1. st 1500
– Ein Deutscher auf Widerruf. Bd. 2. st 1501
– Georg Büchner und seine Zeit. st 58
– Thomas Mann. st 1047
Mayröcker: Die Abschiede. st 1408
– Ausgewählte Gedichte. st 1302
Meier, G.: Toteninsel. st 867
Meyer, E. Y.: In Trubschachen. st 501
– Ein Reisender in Sachen Umsturz. st 927
– Die Rückfahrt. st 578
Miller: Am Anfang war Erziehung. st 951
– Bilder einer Kindheit. st 1158
– Das Drama des begabten Kindes. st 950
– Du sollst nicht merken. st 952
Miłosz: Verführtes Denken. st 278
Mitscherlich: Ein Leben für die Psychoanalyse. st 1010
– Massenpsychologie ohne Ressentiment. st 76
– Thesen zur Stadt der Zukunft. st 10
Morshäuser: Die Berliner Simulation. st 1293
– Blende. st 1585
Moser: Gottesvergiftung. st 533
– Grammatik der Gefühle. st 897
– Kompaß der Seele. st 1340
– Lehrjahre auf der Couch. st 352
– Stufen der Nähe. st 978
Muschg: Albissers Grund. st 334
– Baiyun oder die Freundschaftsgesellschaft. st 902
– Entfernte Bekannte. st 510
– Fremdkörper. st 964
– Gegenzauber. st 665
– Im Sommer des Hasen. st 263
– Das Licht und der Schlüssel. st 1560
Museum der modernen Poesie. st 476
Neruda: Liebesbriefe an Albertina Rosa. st 829
Nizon: Canto. st 319
– Im Hause enden die Geschichten. st 431
Nossack: Aus den Akten der Kanzlei Seiner Exzellenz. 4.4. st 1468
– Begegnung im Vorraum. st 1177

265/6/6.89

suhrkamp taschenbücher
Eine Auswahl

265/7/6.89

suhrkamp taschenbücher
Eine Auswahl

Sternberger: Herrschaft und Vereinbarung. st 1289
– Die Politik und der Friede. st 1237
Stierlin: Delegation und Familie. st 831
– Eltern und Kinder. st 618
– Das Tun des Einen ist das Tun des Anderen. st 313
Struck: Lieben. st 567
– Die Mutter. st 489
Strugatzki / Strugatzki: Der ferne Regenbogen. PhB 111. st 956
– Die häßlichen Schwäne. PhB 177. st 1275
– Eine Milliarde Jahre vor dem Weltuntergang. PhB 186. st 1338
Tendrjakow: Die Abrechnung. st 965
– Frühlingsspiel. st 1364
Unseld: Der Autor und sein Verleger. st 1204
– Begegnungen mit Hermann Hesse. st 218
– Peter Suhrkamp. st 260
Vargas Llosa: Gespräch in der ›Kathedrale‹. st 1015
– Der Hauptmann und sein Frauenbataillon. st 959
– Der Krieg am Ende der Welt. st 1343
– Tante Julia und der Kunstschreiber. st 1520
Wachenfeld: Camparirot. st 1608
Walser, M.: Die Anselm Kristlein Trilogie. st 684
– Brandung. st 1374
– Ehen in Philippsburg. st 1209
– Ein fliehendes Pferd. st 600
– Halbzeit. st 94
– Jenseits der Liebe. st 525
– Liebeserklärungen. st 1259
– Die Ohrfeige. st 1457
– Das Schwanenhaus. st 800
– Seelenarbeit. st 901
Walser, R.: Fritz Kochers Aufsätze. st 1101
– Der Spaziergang. st 1105
– Seeland. st 1107
– Geschwister Tanner. st 1109
– Jakob von Gunten. st 1111
– Der Räuber. st 1112
– Wenn Schwache sich für stark halten. st 1117
Watts: Der Lauf des Wassers. st 878
– Vom Geist des Zen. st 1288
Weber-Kellermann: Die deutsche Familie. st 185
Weiß, E.: Franziska. st 785
– Der Aristokrat. st 792
– Georg Letham. st 793
– Der arme Verschwender. st 795
– Der Augenzeuge. st 797
Weiss, P.: Das Duell. st 41
– In Gegensätzen denken. st 1582
Wilhelm: Die Wandlung. st 1146
Wilson: Brüchiges Eis. st 1336
Winkler: Das wilde Kärnten. 3 Bde. st 1042-1044
Zeemann: Einübung in Katastrophen. st 565
– Das heimliche Fest. st 1285
Zweig: Brasilien. st 984

265/8/6.89

250/1/6.89

Neue deutschsprachige Literatur in den suhrkamp taschenbüchern

Bettina Klix: Tiefenrausch. Aufzeichnungen aus der Großstadt. st 1281
Alfred Kolleritsch: Gedichte. Ausgewählt und mit einem Vorwort versehen von Peter Handke. st 1590
– Die grüne Seite. Roman. st 323
Marcel Konrad: Stoppelfelder. Roman. st 1348
Jürg Laederach: Nach Einfall der Dämmerung. Erzählungen und Erzählungen. st 814
– Laederachs 69 Arten den Blues zu spielen. st 1446
– Sigmund oder Der Herr der Seelen tötet seine. st 1235
Gertrud Leutenegger: Gouverneur. st 1341
– Ninive. Roman. st 685
– Vorabend. Roman. st 642
Thomas Meinecke: Mit der Kirche ums Dorf. Kurzgeschichten. st 1354
E. Y. Meyer: Eine entfernte Ähnlichkeit. Erzählungen. st 242
– In Trubschachen. Roman. st 501
– Ein Reisender in Sachen Umsturz. Erzählungen. Neufassung. st 927
– Die Rückfahrt. Roman. st 578
Bodo Morshäuser: Die Berliner Simulation. Erzählung. st 1293
– Blende. st 1585
Judith Offenbach: Sonja. Eine Melancholie für Fortgeschrittene. st 688
Erica Pedretti: Harmloses, bitte. st 558
– Heiliger Sebastian. Roman. st 769
– Sonnenaufgänge, Sonnenuntergänge. Erzählungen. st 1653
Nikolaus Pietsch: Der Gefangene von Heidelberg. st 1129
Peter Rosei: Der Fluß der Gedanken durch den Kopf. Logbücher. st 1656
– Reise ohne Ende. Aufzeichnungsbücher. st 875
– Wege. Erzählungen. st 311
Ralf Rothmann: Messers Schneide. Erzählung. st 1633
Hansjörg Schertenleib: Die Ferienlandschaft. Roman. st 1277
Jochen Schimmang: Das Ende der Berührbarkeit. Eine Erzählung. st 739
– Der schöne Vogel Phönix. Erinnerungen eines Dreißigjährigen. st 527
Einar Schleef: Gertrud. st 942
Peter Sloterdijk: Der Zauberbaum. Die Entstehung der Psychoanalyse im Jahr 1785. Ein epischer Versuch zur Philosophie der Psychologie. st 1445
Angelika Stark: Liebe über Leichen. st 1099
Harald Strätz: Frosch im Hals. Erzählungen. st 938
Karin Struck: Lieben. Roman. st 567
– Die Mutter. Roman. st 489
– Trennung. Erzählung. st 613

250/2/6.89

Neue deutschsprachige Literatur
in den suhrkamp taschenbüchern

Volker Wachenfeld: Camparirot. Eine sizilianische Geschichte. st 1608
– Keine Lust auf Pizza. Roeders Story. st 1347
Daniel Wigger: Auch Spinnen vollführen Balzgesänge. st 1550
Josef Winkler: Der Ackermann aus Kärnten. Roman. st 1043
– Menschenkind. Roman. st 1042
– Muttersprache. Roman. st 1044

250/3/6.89